心《シン》心《シン》

東京の星、上海《シヤンハイ》の月

角川文庫

24574

目次

第一部　東京編

1

（ブラックスーツなんて、お葬式みたいだ）

石森陽児《いしもりようじ》は東京メトロの地下通路から、地上へあがる階段をのぼっていた。

（ネクタイは鮮やかなブルーだし、まあいいか）

タイル張りのステップにはサクラの淡い花びらが、踏みつけられ薄汚れて散っている。顔をあげるとハチ公《こう》前広場の奥に、満開のソメイヨシノが硬い雲のように浮いていた。

通勤客の多くがスクランブル交差点のほうへ流れていく。あちらのほうがオフィスやデパートのある渋谷《しぶや》の表だった。陽児は人の流れに逆行して、青山《あおやま》通りをめざした。再開発で工事中の歩道橋をわたる。こちらの裏渋谷の高架下には、ブルーシートのテントがちらほら見えた。渋谷でさえホームレスがいるのだ。都心も豊かな人たちばかりではない。首都高速の陰に入った歩道橋を吹き抜ける風は、四月になっても氷水のように冷たい。

「いやだー、わたしたちクラス別々なんだ」

タイトスカートの黒いスーツでそろえた同世代の女子が数人、やけにおおきな声をあげていた。かなりの声量がある、よく響く声だった。ああこの子たちも、きっと同じ学校なんだな。歩道橋をわたり、さくら坂の入口までくると、いつの間にかブラックスーツの行列ができている。陽児も弔問客のように静かに列の最後についた。

さくら坂は二百メートルほど先の天辺《てっぺん》まで、ずっと通りの両側にソメイヨシノが植樹されている。渋谷駅近くの花見の名所だった。頭上は坂のうえまで続く明るいトンネルだ。風が吹き寄せると、視界がピンクのカーテンで閉ざされたように一色に染まっていく。今年初めての花吹雪だった。陽児は、ざわざわと羽虫のように身を翻し散っていく花びらに酔ったような気分になる。このなんでもない映像をアニメーションに起こすのは、きっと地獄だろうな。ぼんやりそう考えていると、バシンッと強く肩をたたかれた。

「なんだよ、駅で待っててくれてもいいだろ。陽児は冷たいな」

振りむくとグレンチェックのスーツを着た手塚浩平《てづかこうへい》が、にやにやしながら立っている。

「浩平は黒にしなかったんだ」

黒一色のなかでは灰色だって派手である。浩平のネクタイはサクラの花びらと同じ淡いピンクだった。

「おれたち声優めざしてるんだぞ。みんなと同じ黒のスーツなんて失格だろ。目立ってなんぼなんだからな」

浩平は陽児よりも七、八センチ背が低かった。人にきかれると百七十といっているが、正確には四ミリだけ自称に足りない。

「まあ、陽児が声優科にきてくれて、おれとしてはうれしいよ。さあ、いこうぜ」

これから入学式が始まるエンターテインメント総合学園は、渋谷さくら坂のうえに建つ専門学校だった。GENERAL ENTERTAINMENT ACADEMY、略してGEAと呼ばれる、渋谷でも有数の生徒数を誇る学校だ。声優科、アニメ科、ゲーム科、それに小説・シナリオ科の全四科がある。この順位は人気順で、生徒の数も比例していた。一番人気の声優科は一学年で三百人を超える生徒数だ。

浩平が目のまえを落ちていく花びらをつかみ、上機嫌でいった。

「声優科はきっとかわいい子がいっぱいいるぞ」

「ああ、おまえにはよかったな」

陽児は今のところ、あまり女子に興味はなかった。浩平に無理やり志望を変えさせられるまで、一番不人気な小説・シナリオ科にすすむつもりだったのだ。そちらは五十人ほどの少数精鋭だそうだ。子どものころから好きだったゲームやマンガのシナリオを学び、自分でも書いてみたかったのである。友人に誘われたくらいで志望を変えたのだから、それほど熱烈な願望というわけでもなかったのかもしれない。

同世代といきなり真剣勝負で創作力を競うのは、すこしばかり怖くもあった。声優科で演者の気持ちを勉強するのも、創作の役に立つんじゃないか。書くのはいくつになってからでもできるだろ。同じ高校だった浩平にそう誘われて、陽児は直前で志望学科を変えていた。

坂道をのぼり切ると、白いタイル張りのおおきなビルが建っていた。アプローチの階段を十段ほどあがると両開きのガラス扉があり、黒いスーツの生徒が吸いこまれていく。入口のうえにはぴかぴかに光るＧＥＡの金属製ロゴマーク。陽児はすこし緊張しながら、友人と肩をならべ、これから二年間声優の技術を学ぶアカデミーのなかへ最初の一歩を踏みいれた。

2

学科別の入学式が開かれるホールは最上階だった。

さすがに三百人の新入生と保護者少々、さらに教員が顔をそろえると、フロアは満員で息苦しいほどになる。パイプ椅子の列のうしろに、無人の空間がすこし残るだけだ。壇上では学園長の式辞が続いていた。スタジオジブリの映画にでてくる初老の郵便局員のようなおっとりした風貌《ふうぼう》ととぼけた声をしている。

「アニメーションはいまや日本のエンターテインメント産業に残された最後の成長分野であります。二〇一〇年に百本ほどだった年間のアニメ制作本数は、三倍程度にまで急拡大しました。年間三百本を超え、どんなマニアでも観切れないほどのボリュームになっています。そのひとタイトルごとに、すくなくとも二、三十名の声優が出演しているのです。アニメ関連市場の売り上げも年二兆円規模までふくらみ、新記録を更新しています。これは全盛期の半分に縮んでしまった他のエンターテインメントの分野である、出版や音楽の世界では想像もできないことです」

陽児は最後列の硬いパイプ椅子に座り、ぼんやりと挨拶《あいさつ》をきいていた。ここなら入学式が終わったら、さっさとホールからでられる。陽児はあまりに人が多いところが苦手だった。となりでは浩平がかわいい女の子がいないか、周囲を見まわしている。

「この急成長は国内だけでなく、欧米やアジアを始めとして世界中で日本のアニメが高い評価を集めているためでもあります。アニメはこの国を代表する文化です。みなさんは新しい日本文化の担い手として、誇りを胸に抱きアニメーションの声優をめざしてください。これからの二年間……」

そのとき後方から、重い扉がたたきつけられる轟音《ごうおん》が鳴った。壇上の学園長も、教師陣も、全新入生もいっせいに音のしたほうを振りむく。

真っ白いスーツを着て、肩から真っ赤なダッフルバッグをななめにかけた女の子だった。その場の全員の視線に射貫《いぬ》かれ硬直している。高速道路でトラックの直前に飛びだしたカモシカのようだ。

「すみません、道に迷って、遅刻しました」

ざわついていたホールが、そのひと声で静まった。こんな声は初めてきいた。陽児もパイプ椅子に座ったまま硬直した。声質、響き、発声、どこがいいのかわからないけれど、人の心に直接届く不思議な声だ。浩平はこの声に気づかないようだった。

「おお、あの子は合格。なかなかかわいいな」

白いスーツの女子はぺこりと頭をさげた。そのまま席につこうとやってきて、なにもないところでつまずき、空席のパイプ椅子に頭から突っこんでいった。ガシャガシャと金属音が鳴り椅子が飛ぶ。陽児は立ちあがって声をかけた。

「だいじょうぶ？　どこかぶつけてないですか」

「だいじょうぶです。ご親切にありがとうございます」

なめらかな日本語だけれど、どこかイントネーションに違和感をおぼえた。乱れたパイプ椅子を白いスーツの女子といっしょに整え、席にもどった。耳まで赤くしながら、その女子は陽児のとなりに座った。学園長が最後のひと言をマイクに吹きこんだ。

「これからの二年間、一日も休まず精進して、プロ声優への狭き門を突破してください。本学園はみなさんのチャレンジを全力でサポートします」

陽児は拍手をしながら、隣に座る純白のスーツの女子に目をやった。なんだろう、まだ違和感がある。なぜか左右で肩の高さが違っているのだ。そうだ、バッグのストラップをかけていない左肩が妙にふくらんでいる。左の襟元からは黄色いタオルが、ちらりとのぞいていた。タオルはジャケットの背中をとおり抜け、尻尾《しっぽ》のようにパイプ椅子の座面から垂れている。

陽児はほかの新入生に気づかれないように、声を殺していった。

「あの、きみ、背中にタオルがはいっているよ」

きっと遅刻しそうになっておおあわてで準備し、顔を洗った直後にジャケットを着こんだのだろう。タオルを肩にかけたまま。よく見ると少女の顔は化粧気がなく、むき卵のように白くつるつるだ。

「あー、ごめんなさい」

白いスーツの女子は、黄色のタオルの端をつかんで前方に引いたが、ジャケットとシャツのあいだに引っかかって、なかなか抜けないようだ。周囲に座る新入生がおかしな目で少女を見ている。顔だけでなく首筋から耳まで真っ赤に上気して、女の子はタオルを何度も全力で引いている。見ていられなくなって、陽児はいった。

「お手伝いしましょうか」

汗だくで女の子がこたえた。

「ごめんなさい、ごめんなさい」

陽児は中腰で白い服の女子のうしろに回り、黄色いタオルの尻尾をつかんだ。

「引くよ、背中をまっすぐに、肩の力を抜いて楽にして」

一気に引っ張ると、ふかふかのフェイスタオルが背骨でも抜くように、するするとでてきた。

「はい、これ」

タオルをさしだす。振りむいた顔が泣きそうになっていた。

「どうもありがとうございます」

どこの地方のなまりだろうか。涙目でうなずきかけてくる。まつげが長くて、すこしつり気味の目がおおきい。一生懸命で真剣な瞳だった。

「どうかしたの」

「ブラジャーのホックが……はずれて……わたし、トイレいってきます」

壇上ではつぎの挨拶が始まりそうだ。女子たちから悲鳴と歓声があがっている。冬アニメで主役を演じた人気声優だった。この学園を卒業後、現役の第一線で活躍している先輩からの祝辞である。陽児が席にもどると、白いスーツの女子は背を丸め、ホールの後部扉から外にでていった。

浩平が陽児の肩をつついていった。

「なんか、すごいのに出会っちゃったな。あんなポンコツでなければ、けっこうかわいいのに」

純白のスーツに、深紅のバッグ、それに黄色いタオル。なんてカラフルな子なんだろう。それにあの特別な声。初対面で陽児に残った彼女のイメージは、どれもあざやかな明るい色で埋めつくされていた。

入学式のあとは各クラスに分かれてのガイダンスが始まった。

陽児と浩平がむかったのは、四階にある、教室というよりダンススタジオのような造りの部屋だった。床はフローリングで壁の一面は鏡になっている。今はそこにカーテンがかかっていた。テーブルのついたパイプ椅子が半円形に並べられている。

「わたしがこのC組担当の早乙女勇《さおとめいさむ》です」

ひげ面の中年男だった。アディダスの黒いジャージの上下で、声優科の教師というより柔道部の顧問のようなごつい体つきだ。教壇のうえにはテキストの山がみっつ、横には巨大なダンボール箱がおいてある。

「全員、こっちにきて、テキストを一冊ずつと、ダンボールのなかからひと箱ずつもっていってくれ」

陽児は浩平と顔を見あわせた。今度は入学式とは違って、最前列を確保していた。浩平は見た目はちゃらいが夢に対しては真剣だ。最前列には六人の顔が見える。ちょうど男女半々だった。そのなかにはあの白いスーツの女子もいる。

陽児と視線をちらりとあわせると、真っ先に動いたのはその女子だった。ほかの生徒は気おくれしたのか、動きが鈍いようだ。みな空気を読んでいる。

「おれたちもいこうぜ」

浩平がそういって、席を立った。陽児があとに続くと最前列のほかの生徒も動きだした。テキストは、発声と声の訓練が一冊、演技が一冊、それにカリキュラムや年間スケジュールがまとめられた薄いパンフレットだった。

陽児は一冊ずつ手にとり、教壇わきのダンボールをのぞきこんだ。なかには弁当箱よりすこしおおきいくらいの小箱がぎっしりと詰まっている。英文と中国語の表記が見えた。浩平がつぶやいた。

「なんだ、ボイスレコーダーか。もうもってるけどな」

陽児もひと箱手にとって、席にもどった。早乙女先生の野太い声が響く。

「おい、ちゃきちゃき動け。おまえら、いつまでもお客さん気分でいるんじゃねえぞ」

鬼軍曹みたいだ。生徒があわてて教壇に集合する。浩平が手をあげた。

「先生、この箱開けてもいいですか」

「ああ、かまわない」

小箱を開けると、複雑に折りたたまれた厚紙に銀の頑丈そうなボイスレコーダーがはまっていた。MADE IN TAIWANの文字が裏に見える。造りは日本製に比べると、すこし粗いようだ。エッジのプラスチックがわずかだが、でこぼこしている。日本の量販店の店頭にはならんでいないような、とても高級品とはいえない普及品だ。

「さあ、みんなにいきわたったようだな」

早乙女先生は、そこでひと息深く吸いこんで、腹から深い声を放った。

「これから、おまえたちに課題をだす。いいか、よくきけ。これからの二年間で、そこに三万回自分の声を吹きこめ」

「えー」「マジか」「そんなにたくさん」

教室のあちこちで驚きの声があがる。教師は生徒の最初の反応に慣れているようだった。陽児は計算していた。二年で七百日とすると、毎日四十回以上は声をいれなければいけない。

病気や旅行でできない日もあるだろうから、一日に五十回が最低のノルマだ。

たのしくみんなで声優になるための声の訓練と演技を学ぶ青春の二年間。誰もがそんな甘い予想をしていたのだろう。教室に漂っていた空気ががらりと変わった。

「いいか、アニメでもマンガでも小説でもいい。自分で選んだフレーズを、自分なりに読み解いて、全力で演技をして、そいつに吹きこむ。で、そのあと冷静に自分の声と演技をきいて、きちんと評価と反省をする。そこまでで、まとめて一回。そいつを二年で三万回だ」

陽児は自分が好きなゲームやマンガの台詞《せりふ》を考えた。ただ吹きこむのではなく、演技とときき返しと反省に真剣にとり組んだら、とても一時間では終わらないのではないか。二、三時間はかかるかもしれない。

陽児と浩平以外の残るひとりの最前列男子が手をあげた。こちらは教師に負けないくらいいい身体をしている。スポーツ経験者だろうか。低くドスのきいた声でいう。

「三万回を超えてもいいんですか」

早乙女先生はひげ面でにやりと笑った。

「ああ、上限はない。最低三万回というだけだ」

やはり最前列の小柄で厳しい顔をした女子が質問した。

「これまでの最高記録は何回ですか」

「三年間で十五万回だ。おまえたちもよくしってる先輩だぞ。如月《きさらぎ》スバルだ」

驚嘆の声と歓声が同時にあがった。先ほど壇上で祝辞を述べてくれたイケメンの先輩だった。十五万回だと毎日欠かすことなく二百回は吹きこまなければならないだろう。現役で活躍するような声優は、それくらい必死の努力を積み重ねるものなのか。

「あの、先生、わたしも質問いいですか」

白いスーツの女子だった。早乙女は特殊な声質に気づいたのだろう。片方の眉《まゆ》をつりあげ、横目で女子を見ていった。

「ああ、かまわん。さっきは盛大にこけてたな」

女子はまた耳まで真っ赤になった。もうブラのホックは留めてきたのだろうか。陽児は思わずくすりと笑ってしまった。軽く陽児をにらんで、女子はいう。

「このレコーダーなんですけど、旧型ですし、性能も悪いと思うんですが、自分のもっているものを代わりにつかってもいいですか」

両手を開いて、早乙女はいじわるに笑った。

「そいつは禁止だ。学園がその機材を選んだのには理由がある。ただ安いからじゃないんだぞ。性能がいい高級品はよくない声でも、よくきこえるように録音してくれるし、再生するアンプもいいから、いい声になっちまう。それじゃあ、おまえたち自身、勘違いするだろ。課題の意味がない」

陽児は背筋を伸ばした。この学園は声優を育てるために本気だ。

「仕事を始めたらテレビやスマホで、おまえたちの声は再生されるんだ。スピーカーはちゃちだし、音もよくない。たいしたことのない機材でも、人を惹《ひ》きつける魅力のある声でなきゃ、勝負にならんだろう。その安い機材でもいい声にきこえるように、せいぜいがんばってくれ」

最前列の小柄な女子と身体のごつい男子が、ノートにメモをとっていた。浩平がとなりでつぶやく。

「さすがだな。オラ、なんか燃えてきたぞ」

浩平得意の『ドラゴンボール』の悟空《ごくう》のモノマネだった。中学のクラスで人気だったものだ。早乙女が腕組みをしてうなるようにいった。

「さっきの学園長の話ほど、現実の声優の世界は甘くない。アニメの制作本数は確かに膨大な数だが、声優でくっていけるのはせいぜい数百人だ。いくらでもかけもちOKな業界だからな。うちの学園は今年一学年で三百人いるが、卒業後声優のプロダクションと契約できるのは、せいぜい五パーセントくらいだろう。絶対にテンパーは超えない」

ぎろりと見開いた早乙女の目が、息をのんだ一年C組の生徒たちを見まわしていく。

「そうやって、プロダクションに所属できても、売れるのはさらにひと握りだ。おまえたちの先輩のほとんどは二十代をアルバイトで暮らしながら、チャンスがくるのを待って、自分の技を磨いてる。いいか、声優学校の卒業生は屍《しかばね》ばかりなんだぞ」

黒いスーツの生徒たちは、ほんものの葬式にでも参列したように静まり返った。

「だからな、覚悟のあるやつだけ、おれについてこい。青春の思い出づくりにきたやつには、おれはやさしくしてやる。うるさいこともいわない。課題も適当にやってもらってかまわない。だがな、本気で声優をめざすやつには、びしびしスパルタでいくぞ。声優の世界で生き残る確率を一パーセントでもあげるために、おれはすべての力をおまえたちに注ぐからな」

陽児は胸を打たれた。実社会の厳しさがもう始まっているのだ。討ち死にするのがわかっている生徒を、戦場におくる鬼軍曹のような気もちなのかもしれない。驚いたのは最前列にいたスポーツ男子が、目に涙をため泣くのをこらえていたことだった。こいつはいい感受性をもっている。陽児は感心した。感動屋なのだろう。声優には欠かせない資質かもしれない。

「さて、ひととおり新人生歓迎の脅迫がすんだところで、全二十八名分の自己紹介でもしておくか」

早乙女はジャージのポケットからストップウォッチをとりだした。

「ひとり三十秒やる。ここがオーディション会場のつもりで、自己紹介をしてみよう。アピールは大切だぞ。声にもちゃんと気をつけろよ。まず最前列のおまえからだ」

指をさされたのは、白いスーツの女子だった。跳ねるように立ちあがる。やはりカモシカのようだと、陽児は思った。

「どうせなら、まえにでて、ちゃんと顔を覚えてもらえ。はい、三十秒いくぞ」

少女は堂々と背を伸ばし、教室の中央にすすみでた。入学式でこけたときとは、雰囲気がまるで違う。すごい気あいだった。ここでミスを犯せば、命をとられる。そんな覚悟を感じさせる。目は祈るように、宙に据えられている。

「わたしは陽心心《ヤンシンシン》といいます。陽気の陽でヤン。心がふたつでシンシン。こちらは中国語だとシィンシィンとちいさなイがはいります。中国上海《シャンハイ》からやってきました。日本語は日本のアニメとマンガから独学で覚えました。声優になって、日本のアニメに出演するのが、わたしの夢です。日本と中国の文化をつなぐ声の懸け橋になりたいと思います。みなさん、どうぞ、よろしくお願いします」

少女は深々とお辞儀をした。この声が特別であることに、クラスの何人が気づいているのだろうか。彼女の声はすこしかすれていて、かわいいだけの高い声ではなかった。理由はわからないが、とにかく耳に引っかかるのだ。一度きいたら忘れられない。早乙女がストップウォッチを止めていった。

「おー優秀だな。二十九秒。つぎはおまえ」

指をさされたのは、先ほどのスポーツ男子だった。腹から響く声をあげる。

「はいっ！」

「いい返事だ。声優の世界も芸能界だから、挨拶と先輩後輩の順序だけは、ちゃんと気をつけるんだぞ。挨拶は基本だ。三十秒、始め」

ストップウォッチが新たに押された。坊主頭の男子が教壇のまえに立ち、口を開いた。

百八十を数センチ超えていそうな長身だ。

「藤子健太郎《ふじこけんたろう》です、よろしくお願いします。おれは甲子園《こうしえん》をめざす高校球児でした。県大会優勝経験もある名門校で、四番ピッチャーをやらせてもらっていました。ですが肩を壊して、野球をあきらめなきゃいけなくなった。燃え尽きて、死んじまいたいと思っていたとき観たアニメに、身も心も救われました。うちは金もちじゃないから、高校を卒業して自動車工場で二年間期間工として働き、この学園にはいるための資金をつくりました。おれは声優になるため、ぶっ倒れるまでがんばります。本気です」

早乙女はにやりと笑っていう。

「いい話だな。おっさんたちなら、みんなほろりとくるぞ。本番のオーディションでも、うまくつかえよ。だが、残念三秒オーバーだ。いいか、十秒なら十秒くらい。十五秒ならこれくらいの文字数になるという感覚を、身体にたたきこむんだぞ。時間と発音はつねに正確にな」

一度は夢に破れた元高校球児の健太郎か、覚えておこう。陽児は心のなかのチェックボックスに印をいれた。

「じゃあ、男女交互でつぎはおまえ」

指さされたのは、やはり最前列の女子だった。小柄なほうではない。背が高く、スタイルがいい。黒のタイトスカートのスーツが、正装のドレスのようだ。浩平がささやいた。

「うちのクラス一番の美女だな」

ゆる巻きロングの黒髪で、顔は大人びて整っていた。ひざからしたの脚がすらりと細く長い。深呼吸を一度してから、美少女は口を開いた。顔よりずっと幼いアニメ声だ。妹役ですぐに役がつきそうである。発声も明瞭《めいりょう》な早口だ。

「初めまして、大島遥《おおしまはるか》です。わたしは五歳から事務所に所属して、モデルや演技の仕事をしてきました。ですが、どうしても声優にチャレンジしたくて事務所に無理をいって、この学園に入学させてもらいました。オーディションで役を勝ちとり、仕事をひとつずつつなげていく芸能界の厳しさは、みなさんよりすこしだけわかると思います。負け続けの毎日は、ほんとにしんどいです。ですが、それであきらめちゃ絶対ダメです。早乙女先生はああおっしゃいましたが、全員でプロの声優になれるように、C組は力をあわせて、がんばりましょう」

「はい、二十七秒。さすがにアピール慣れしてるな」

美人のうえ、すでに芸能事務所に所属していて、さらに性格もよさそうだ。運のいいやつには、いつも空は快晴である。陽児のとなりで浩平が手をあげた。

「はい、はい、つぎはおれにやらせてください」

「いいぞ、やってみろ」

浩平は陽児にウインクしてから、バネ仕掛けのように席を立った。教壇のまえで足を開いて、胸を張る。背はちいさいが、声は二枚目である。

「手塚浩平です。ぼくはバイトで苦労もしてないし、事務所でモデルもしてません。上海からきたわけでもありません。アピールポイントはゼロです。東京で普通に生まれ育って、ガキのころからただただアニメがとにかく大好きで、GEAにきました。小学二年生から、毎日アニメを欠かさずに観ています。渋谷の安くてうまい店なら、まかせてください」

浩平は陽児のほうを見て、ニッと笑った。なにかやるつもりだ。このお調子者。鼻の頭をさっとかいて、いきなり悟空になって叫んだ。

「なんだか、オラ、わくわくすっぞ。ありがとうございました」

爆笑が起こる。硬かった教室の空気がほぐれてきた。浩平のムードメイカーぶりは、小学校時代から変わらなかった。ピースサインをしながら席にもどる浩平の横を、小柄な最前列女子がすり抜けた。早乙女先生が笑いながらいった。

「悪くない挨拶だが、ちょっと短い。二十四秒」

小柄な最前列女子が微笑んでいった。

「つぎはわたしですね」

事務職のOLみたいに落ち着いた雰囲気だった。髪はうしろで引っつめにして、高い位置でポニーテールにしている。

「萩尾真琴《はぎおまこと》です。この一年間、駅のキオスクで働いていました。早番のスタートは朝五時五十分、遅番の終了は夜十一時十五分でした。毎日ちいさなブースで、孤独な仕事を続け、このまま年をとっていくのかと心底怖くなりました。ほんとうにやりたいことはなかっただろうか。ある日、高校時代の放送部を思いだしました。ナレーションを読むのが、好きで得意だったのです。わたしが当学園にきたのは、声優になりたいのではなく、プロのナレーターとして声の仕事でたべていく専門技術を身につけるためです。以後、お見しりおきを」

落ち着いた声で、落ち着いたテンポだった。ＮＨＫのアナウンサーのようである。ストップウォッチを止めると、早乙女先生がいった。

「おお、初のジャスト三十秒だ。つぎはおまえだな」

陽児は震える足で立ちあがった。人前は苦手だし、書くのならともかくまとまったことを話すのも得意ではなかった。だが、最前列のライバルはみな自己紹介でベストを尽くしている。さあ、始めなければ。教室にいるＣ組の生徒全員をゆっくりと見わたして口を開いた。

のどが渇いているので、唇が張りついて開きにくかった。

「石森陽児です。ぼくはそこにいる手塚浩平と幼稚園からの腐れ縁で、この学園にきました。ほんとうは小説・シナリオ科にいき、アニメやゲームの脚本を書きたかったのですが、演者の気もちを学ぶのもきっと将来の役に立つと口説かれたんです。声の仕事で生きていきたいというみなさんの真剣な決意には胸を打たれました。ぼくなんかになにができるのか、まるでわかりませんが、この声優科一年Ｃ組にはいったからには、自分の限界まで声優の仕事に挑戦しようと思います」

最前列でなぜか白スーツの陽心心がうっすらと笑みを浮かべ、陽児にうなずきかけてきた。これからの二年間は、いったいどんな時間になるのだろうか。未来などまるでわからなかった。陽児はまだ震えている足をなんとか動かし、席にもどった。

「おお、めずらしいな。連続でジャスト三十秒だ。つぎは二列目のおまえ」

C組の教室では自己紹介がすすんでいく。陽児は胸の動悸《どうき》を鎮めながら、最前列の五人を順番に見つめた。この五人はきっと特別な仲間になるのではないか。そんな予感がしてならない。上海からきた特別な声をもつ少女、肩を壊した苦学生の元高校球児、子役あがりの妹キャラの美女、孫《そん》悟空のモノマネが得意なお調子者、ナレーターを目指す元キオスク女子、そして覚悟もなにもたずに、たまたまここに立ってしまった自分。

まだ新しいクラスも、春も始まったばかりだった。

陽児は神経を集中させ、つぎの自己紹介の声に耳を澄ました。声は不思議だった。その人の真実と嘘、隠したい本音とぴかぴかの虚飾、その人をその人らしくしているすべてが、あからさまにひと言の声にあらわれてしまう。

今日からは人の声に、もっともっと敏感になろう。陽児はそう決意して、不細工で安もののボイスレコーダーをぎゅっと握り締めた。

3

「ダメだ、ダメだ、絶対に足をおろすんじゃない。あと九十秒！」

早乙女先生がにやにや笑いながら叫んでいた。このドS教師め。

陽児のつま先は気づけばぷるぷると震えていた。声優科一年C組の全員がジャージに着替え、床にあおむけになっている。腹筋運動の真っ最中だ。足の角度は三十度。中学高校と帰宅部で、運動をほとんどしていなかった陽児には、足あげ腹筋は地獄だった。

「いいか、おまえたち、喉《のど》はいくらかは鍛えられるが、基本的には消耗品だ。大切にあつかわなきゃならん。だがな、その声をだすための基礎となる腹筋は、ただの筋肉だ。いくらでも鍛えられるし、鍛えるほどに強くなる。この腹筋運動は、プロになりたければ毎日欠かさずやるんだぞ」

元高校球児の藤子健太郎が涼しい顔で返事をした。

「はいっ、先生」

上半身を左右にひねりながら起こし、勝手に腹筋運動の強度をあげている。早乙女先生の指導で、C組の二十八人は四班に分けられていた。陽児が属するのは最前列の六人をまとめた第一班だ。陽児は新たな班のメンバーを順番に見わたした。人が苦しんでいるのを見ると、焼けつくような腹直筋がすこしだけ楽になった気がするから不思議だ。

幼馴染《おさななじ》みの手塚浩平は少年時代にサッカーをやっていたので、腹筋はさして苦にならないようだった。くやしいけれど、男子で一番体力がないのは自分かもしれない。芸能事務所に所属する大島遥は健太郎なみに楽々と腹筋運動をこなしていた。モデルにはストレッチングと筋力トレーニングはあたりまえなのだろう。元キオスク女子の萩尾真琴も額に汗を浮かべながら健闘している。地味なルックスだが、案外ガッツと体力がありそうだ。早乙女先生が白いトレーニングシューズのつま先をつかんで引っ張りあげると、叫んだ。

「おい、心心。もうちょっと上だ。あきらめるな、がんばれ。日本と中国の懸け橋になりたいんだろ」

「はい、がんばりますっ」

何気ないひと言だったが、陽心心のあの声にかかると、ひどく健気《けなげ》で応援したくなるからおかしなものだ。女子で一番体力がないのは、上海からきた少女のようである。あげたつま先を支える力がまるで足りずに、何度もかかとが床を打つ。顔は汗びっしょりで、白いジャージの脇や首筋は灰色に濡《ぬ》れている。その心心がなぜか顔を横にむけ、陽児の目を見て叫んできた。

「石森さん、しんどいけど、いっしょにがんばりましょう」

クラスに笑い声が響いた。陽児の顔は一瞬で真っ赤になった。きっと心心には陽児が自分と同じくらいみじめで苦しんでいるように見えたのだろう。情けない。早乙女先生が笑っていった。

「女子から応援されたんだ。がんばらなきゃ男じゃないぞ。石森、おまえはおまけでプラス三十秒だ」

思わず声が漏れてしまった。

「えーっ、そんな」

浩平が笑いながら、声をかけてくる。

「つらいのは最初だけだ。一週間もすれば、楽になるからな」

早乙女先生はぶらぶらと教室のなかを歩きながら、生徒を見ている。

「ああ、そのとおりだ。来週になったら、腹筋中に外郎売《ういろううり》をやらせるからな。おまえたち、ちゃんと覚えてこいよ」

外郎売は三百年まえに江戸《えど》で初演された歌舞伎十八番のひとつである。劇中の漢方薬売りの長台詞が、滑舌や発声の練習にいいと、俳優・声優のあいだでは昔から定番になっている。

「そうだ、大島、おまえならできるだろ。はじめのところ、やってみろ」

芸能事務所に籍をおく大島遥が、足あげをしたまま返事をした。

「はい、じゃあ、すこしだけ」

深呼吸を一度して息を整え、遥はおおきく口を開いた。朗々と妹キャラの切ない声が教室を満たす。

「いきます……拙者親方と申すは、御立会の内に御存じの御方も御座りましょうが、御江戸を発《た》って二十里上方、相州小田原一色町《そうしゅうおだわらいっしきまち》を御過ぎなされて、青物町《あおものちょう》を上りへ御出《おい》でなさるれば、欄干橋虎屋藤右衛門《らんかんはしとらやとうえもん》、只今《ただいま》は剃髪《ていはつ》致して圓斎《えんさい》と名乗りまする」

「おー、たいしたもんだ。みんな、拍手」

　まばらな拍手が続いた。誰もが腹筋の限界なのだ。陽児もつま先を震わせながら、懸命に手を打った。もうみじめな姿を他の生徒に見られるのは嫌だった。今日から毎日足あげ腹筋をすることにしよう。

「外郎売は演技の教科書の最初にのってるから、来週の授業までに覚えてくること。まあ、声優だから教科書見ながらでもいいが、つっかえないようにちゃんと練習してくるんだぞ。はい、足あげ腹筋終了。石森は続けて三十秒な」

「はいっ」

　陽児は顔を赤くして、必死で足をあげ続けた。最後の十秒になると、浩平が手を打ちながら叫んでくれた。

「十、九、八」

　心心がカウントダウンに加わる。

「七、六、五」

　一班の他のメンバーも参加してきた。浩平は悟空の声に変えてきた。

「四、三、二、一、ゼロだぞ、クリリンよくがんばったな」

爆笑がC組の教室を一杯にした。陽児はその笑い声を、痙攣《けいれん》する腹筋を抱え、転げまわりながら聞いたのである。

4

回転木馬と書いてカルーセルという名のカフェは、渋谷さくら坂のなかほどにあった。ナポリタンやオムライス、ボリュームたっぷりの目玉焼きのせハンバーグが人気の街の喫茶店だ。雑居ビルの一階にある店にC組一班が顔をそろえたのは、ある放課後のことだった。開かない窓の向こうでは、すっかり花が散り、ソメイヨシノは濡れたような新緑を都心の風に揺らしている。ムードメイカーの浩平がいった。

「みんな、課題はちゃんとやってるか」

健太郎がこたえた。

「ああ、ちゃんとやってる。だけど、一番むずかしいのは、自分の声をちゃんと聞くことだよなあ」

「わかる、わかる」

遥がちいさく手をあげていった。

「自分の声って、なんだか変に聞こえるよね。キンキンして、うるさくて、生意気というか。わたし、自分の声苦手だなあ。みんなもそうなのかな」

声優という声の仕事で一生生きていこうと決心したメンバーばかりだった。声自体は決して悪くないはずだ。浩平がいう。

「じゃあ、自分の声が嫌いというか、苦手な人、手をあげて」

陽児はテーブルの隅でてのひらだけあげた。驚いたことに、全員の手が上にある。陽児からすると心心だけでなく、自分を除く五人の声はみなそれぞれの形で魅力的だった。誰もが自分の声には簡単に自信などもてないのだ。目から鱗《うろこ》が落ちたようだった。自分の声が好きでなくともいいのだ。変な声に聞こえるのがあたりまえなのである。自分のおかしな声で語られる下手くそな台詞を毎日五十回も聞くのは、苦痛以外のなにものでもなかった。

真琴がアナウンサーのように冷静に指摘する。

「録音した自分の声がよく聞こえないのは、普通らしいよ。わたしたちはみんな耳だけでなく、自分の身体全体の響きを加えて自分の声を聞いている。骨や肉を通すと複雑な低い響きが乗って、声全体が豊かになるんだって。録音だと空気を通した上のほうしかマイクにはいらないから」

「へえ、そうなんだ。だから、なんかおれの声、子どもっぽく聞こえるんだな」

浩平は腕組みをして、片方の耳を押さえた。

「確かに耳をふさぐと、声が低くなった感じがする。ほんとはこっちの声に近づけたいんだけどな。おれが自分で聞いてる声は、もっとカッコいいんだよ」

「それをいうなら、わたしの声はもっとお姉さんっぽくて、できる女っていうイメージだよ。わたし、お兄ちゃん大好き妹キャラって、大嫌いなんだよね。ほんものの兄貴がいるから」

遥がそういうと、健太郎が続けた。

「おれはなんだかすごく人として弱い声に聞こえる。声だけだとダメ人間のイメージなのかなあって」

陽児はテーブルの向かいの元球児に目をやった。肩幅も胸板も陽児の一・五倍はありそうだ。二年間も自動車工場で働き、この学園にくるための学費を貯めたのだから、意志が弱いとはとても思えなかった。陽児はいった。

「ぼくはやけにこまっしゃくれた生意気なガキみたいに聞こえるよ。毎日あんな声で下手な演技を聞くのは地獄だな」

ぱちんと手を打って、心心がおおきな声をだした。

「陽児くんの声は、やさしくて繊細。健太郎くんの声は、強くて淋《さび》しい。遥さんの声は、かわいくてしなやか。真琴さんの声は落ち着いていて、信用できる。みんな、いい声してるんだよ」

浩平が口をとがらせていった。

「なんだよ、おれの声だけ忘れているぞ」

心心は首をかしげて、とがったあごの先をつまんだ。

「うーん、浩平はカッコよくて、すこしバカ」

カフェの一角で爆笑が起こった。陽児はカフェオレを噴きだしそうになりながら考えていた。心心の評価はいいところを突いている。同時に人は自分の声に、心の奥に隠している弱さやコンプレックスを見つけるようだ。声はおもしろい。

「なんだよ、なんでおれだけ『くん』がつかないんだよ、心心」

上海からきた少女は悪びれることなく、にこにこしている。陽児は聞いてみた。

「じゃあ、心心には自分の声はどんなふうに聞こえるのかな」

瞳《ひとみ》の色が一段深くなったようだった。心心はその場に座ったまま、胸の奥深くへ退却してしまった。表面の肌一枚を残し、身体のなかが空っぽになったようだ。ひどく頼りなげに見える。

「自分の部屋から一歩もでないで、ひとりぼっちで泣いてるちいさな女の子」

遥も心心の様子に気がついたようで、陽児と目があうと、ちいさくうなずきかけてくる。芝居をしているせいか、相手の反応がよく読めるのだろう。

「心ちゃんはそんなことないよ。響きが豊かで、すごく耳に残るいい声だと思う。早乙女先生もすこし贔屓《ひいき》をしてるみたいだよね。心ちゃんをあてることが多いもの」

確かにクラスではほかの生徒より、心心が指名されることがすこし多いような気もする。やはり声が特別なせいだと、陽児は考えていた。心心の変化にまるで気づかない浩平がいった。

「それをいうなら、遥もだろ。かわいい子ばかりさすセクハラ教師め」

真琴が眼鏡越しに横目で浩平をにらんだ。

「かわいくなくて、先生にさされなくて、失敬したわね」

浩平が両手を振って、あわてて話を変えた。

「いやいや、真琴姉さんをディスったわけじゃないから。そんなことより、せっかくだから心心に中国の話を聞こうぜ。上海は東京よりも高層ビルとかすごいんだよな」

心心は地元の話ができて、すこしうれしそうだ。

「上海中心《ヂョンシン》、日本では上海タワーという超高層ビルが何年かまえにできて、それは高さがスカイツリーと同じくらいです。二メートル低いだけ。ほかにも高層ビルはたくさん」

浩平が感心していった。

「スカイツリーって、日本の高層ビルの高さの倍くらいあるよな。上海すげえな」

「いえ、でも上海だと日本みたいな地震がないので。地震でも倒れない強さの三百メートルもあるビルをつくる技術はすごいですよ」

健太郎がいった。

「そうか、上海はあまり地震がないんだ」

「はい、背の低いビルの外装工事なんかだと、足場は竹で組んだりしますから」

ビルの壁面に張りついた竹製の作業用足場を想像してみる。日本だったら安全基準が厳しくて、絶対許されないだろう。ジャッキー・チェンがすごいアクションを演じそうだ。遥が質問した。

「心ちゃん、ひとり暮らしだよね。ごはんとかどうしているの」

「ほとんど外でたべてます。ひとり分とかつくれなくて。ついたくさんになっちゃう。うちでたべるのはインスタント食品かな」

真琴がいった。

「自炊したほうが安あがりだよ。わたしはほとんどうちでつくってたべてる」

陽児と浩平は目黒《めぐろ》区碑文谷《ひもんや》生まれ、中学高校と地元の公立で、今も親元から渋谷の学園にかよっていた。最寄りは東横《とうよこ》線で四つ目の学芸大学《がくげいだいがく》駅である。

「いいなあ、心心も真琴さんも健太郎もひとり暮らしだろ。おれなんか目黒区から出て暮らしたこと一度もないよ」

陽児も同じ気もちだった。ひとり暮らしなんて大人だ。遥がいった。

「ほんとひとり暮らしいいよね。うちは親が厳しくて、結婚するまでは絶対ダメだって」

浩平がまぜ返す。

「遥はお嬢さまだもんな。おやじさんは生命保険会社の専務とかなんだろ。うちも陽児のところも普通のサラリーマンで、出世とかしそうにないからな」

真琴がホットのミルクティーをのんでいう。

「息子が声優になるなんていって、お父さんはよく反対しなかったね」

陽児の父親は大学ではなくＧＥＡに進学することを、拍子抜けするほど容易に認めてくれた。若いころ、劇団に所属し舞台に立っていたと母から聞いたことがある。もしかしたらいまだに後悔があるのかもしれない。浩平が肩をすくめていった。

「陽児のおやじさんは理解があったけど、うちの親はたいへんだったよ。おふくろに泣かれたもん。声優なんてどうせなれっこない。将来は非正規かフリーターだって」

自分もそうなるのかもしれない。陽児の背中を冷たい震えが走った。いや、声優スクールに入学したばかりで、そんな弱気になってどうする。

「それが普通だよね。うちは茨城の地方公務員、健太郎くんのところは栃木の郵便局でしょう。アルバイトをしないと、とてもじゃないけど暮らしていけないよ。ありがたいけど、仕送りだってたかがしれてるから。ひとり暮らしって、ものいりねえ、だもの」

真琴が『魔女の宅急便』のキキの台詞を真似していった。健太郎が投球まえのピッチャーのように肩をぐるぐる回した。

「まったくだよな。必死にアルバイトして、貯金をとり崩しながら生活していくって、ほんとにしんどいよ。浩平も陽児も東京に家があって恵まれているんだ。親に感謝しろよ」

遥がカフェの天井でゆったりと回るファンを見あげていう。

「それはわたしもだね。恵まれてるけど、親といっしょに暮らすしんどさも、またあるんだよなあ。残りは心ちゃんだけだね。お父さんとお母さんはどうしているの。おうちのお仕事はなあに」

陽児は心心を見ていた。この子にはどこか目が離せないところがある。遥の質問に心心はさっきと同じ反応を示した。顔はにこにこと笑っているが、心はずっと奥深くへ退却してしまう。おだやかな笑顔は外の世界の脅威を撥《は》ね返す鋼鉄の鎧《よろい》のようだ。

「うちの親はハイテクの工場で働いています。わたしはアルバイトはしていないです。毎月仕送りをしてもらって、学園の近くで暮らしています。ほんとはバイトしてみたいけど」

浩平がいった。

「あれ、心心は留学生だよな。アルバイトできるんだ？」

「学生証があれば、週二十八時間まで働けます」

健太郎がテーブルに身を乗りだした。

「だったら、いいアルバイト紹介するぞ。おれにも紹介料がはいるしな」

「はい、そのときにはよろしくお願いします」

会釈した心心の視線が、カフェのテーブルにおかれたスマートフォンにむかった。暗い目をしている。どうしたのだろう。陽児は質問してみた。

「それ、アイフォーンじゃないよね。そのスマホとかお父さんの工場でつくってたりするの」

心心は両面がガラス張りのスマートフォンをとりあげた。深い濃紺ガラスの裏面には、三つのレンズがつき、三日月のマークが銀で抜かれている。浩平がいった。

「ああ、おれ、そこのスマホしってる。このまえ携帯ショップですすめられたよ。アイフォーンの半分の値段で、性能は同じだって。陽月《ヤンユエ》とかいう中国のメーカーだろ。最近人気あるみたいだぞ」

健太郎が自分のスマホをネルシャツの胸ポケットから抜いた。

「おれもそのヤンユエだ。格安シムで月二千円でつかえて、本体価格も三万台だぞ。ひとり暮らしの応援団だな。重い3Dのゲームをしなければ、性能は十分だ」

真琴が心心のスマートフォンを見てうなずいた。

「わたしもつかってるよ。でも、心ちゃんのはこっちでまだ発売されてない新型みたいだね。最上位機種じゃないかな。日本では夏発売で、値段は十二万円くらいするって聞いたけど」

心心はスマートフォンをショルダーバッグのなかにしまった。

「そうなんですか。父からもらっただけで、ぜんぜんしりませんでした。スマートフォンはみな同じに見えるので。わたし、ハイテク苦手なんです」

お調子者の浩平がいった。

「そりゃそうだよな。背中にタオルいれたまま入学式にくる心心が、パソコンやスマホばりばりのはずないもんな」

心心が口をとがらせた。

「浩平、それはいわない約束です。嫌いになりますよ。むかつくー」

陽児の目をのぞきこんで、上海からきた少女はいった。

「今の『むかつくー』は発音あってましたか」

思わず笑って陽児はこたえた。

「発音もつかいかたも完璧《かんぺき》だったよ。心心はよくアニメとマンガだけで、こんなに日本語上手になったよね。ほんとにすごいよ。ぼくもハリウッド映画ずいぶん観たけど、英語はぜんぜんだ」

班の他のメンバーもうなずいている。心心はあたりまえのようにいった。

「ここに命綱が一本ありますよね。手を離せば、先が見えない谷底まで落ちてしまう。そうしたら、誰だって必死になります。命がけだから。わたしにとって日本のアニメとマンガはそういうものでした。だから、日本語上手になるの、あたりまえです」

なにが心心をそこまで必死にさせたのか。その理由を聞いてみたかったけれど、陽児は思いとどまった。なにか深いわけがあるのなら、多くの人のまえで質問するのは控えたほうがいいのかもしれない。陽児は脚本家をめざしていただけあって、人の気もちに繊細だった。自分ではちょっと他人に遠慮し過ぎる弱気なところがあると考えている。

ムードメイカーの浩平がいった。

「なんだか暗くなったな。話を変えようぜ。発表会のネタなんにするのか、みんなちゃんと考えてるんだろ。つぎのミーティングで決めないとな」

ひと月半後、一年C組で発表会が開かれることになっていた。四つに分かれた班ごとに、自分たちの選んだ題材で、もち時間二十分の発表をするのだ。真琴がいった。

「わたしもあれこれ探してる。できたら、人物だけじゃなくナレーションがある素材だとうれしいんだけどね」

ナレーター志望の真琴らしかった。浩平が手を打っていった。

「おれは、おれが主役になれるやつなら、なんでもいいや」

心心が吐き捨てるようにいった。

「むかつくー！」

さくら坂のカフェに声優志望の生徒たちの心地よい笑い声が響いて、春の遅い午後はゆったりと流れていった。

5

カフェのまえで六人は解散した。さくら坂のうえは澄んだ夕日色の空が広がっている。遥と真琴と健太郎は坂をおりていった。心心は手を振って、さくら坂の途中の角を右に曲がっていく。浩平が陽児の肩を抱き、耳元でいった。

「なあ、陽児。心心のやつ、学園の近くでひとり暮らししてるって、いってたよな」

「そうだけど、それがどうしたの」

「いや、だからさ、あの上海ガールのあとをつけて、心心の住まいを特定するんだよ。

おもしろそうじゃないか。どうせうちに帰っても、例の課題を五十回やるだけだろ」

「ちょっと待って、だけど……」

肩を抱く浩平の腕にぐっと力がはいった。

「いいから、いいから、細かいことはいうなって。陽児がいかないなら、おれひとりでも心心を尾行するぞ」

それで陽児の心は決まった。浩平ひとりにそんなことをさせれば、どこまで暴走するかわからない。

「わかったよ。そっちひとりじゃ心配だ。ぼくもいく。だけど、あとをつけて住まいを見てくるだけだぞ。絶対に気づかれないようにしないと、心心に絶交されるからな。また、むかつくーって」

浩平がにやりと笑った。

「そうと決まれば、即行動だ。心心を見失っちまう。陽児、走れ」

そう叫んで、浩平はGEA帰りの生徒がたくさん駅に向かって歩いているさくら坂を駆けおりていった。

「ちょっと待って」

陽児もそういって、あわてて悪友の背中を追いかけた。

桜丘町《さくらがおかちょう》の裏道はとても渋谷から歩いて数分の場所とは思えなかった。道幅は狭く、やけにくねくねと折れ曲がり、古びたマンションや雑居ビルが雑然と建てこんでいる。高層ビルの裏の日のあたらない街といったイメージだ。陽児と浩平はすぐ心心に追いつくと、電柱ふたつ分ほどの距離をおいてあとをつけ始めた。

「なんか心心って、ひとりだと暗い感じだな」

浩平が電柱に隠れて、そういった。陽児も似たようなことを考えていた。心心はすこし背を丸め、さっさと歩いていく。なにか考えごとをしているようで、一度も脇見をしなかった。心心が古い教会の角を曲がった。陽児と浩平は十秒後、あとに続く。浩平があきれたようにいった。

「へえ、こんなところにこんなのがあるんだな」

築三十年か四十年はたっていそうなおんぼろアパートだった。モルタルの外壁には雨染みが、老人の肌のようにまだらに浮かんでいる。二階建てで、外階段は錆《さ》びた鉄製だった。何度もペンキを塗り直しているのだろう。層のように分厚くペンキが固まっている。心心はこつこつとローファーのかかとの音を立てながら、その階段をあがっていた。

「渋谷にもこんな安アパートがあったんだね。心心の暮らしも、健太郎や真琴さんと同じで、楽じゃないんだなあ」

陽児が低い声でそういうと、浩平があっけらかんといった。

「そりゃあ、そうだろ。お父さんは中国の工場でスマホ組み立ててるんだから。大金もちってわけにはいかないさ」

あたりは薄暗くなり始めていた。空には夕日の明るさが残っているが、通りのあいだには闇が流れ始めている。二階の角部屋のドアに心心が鍵《かぎ》をさしこんでいる。

「はあ、なんだか、切ない感じになっちまったな。いこうぜ、陽児」

陽児はそのときおかしなことに気づいた。アパートのななめ向かいに停車した黒いワンボックスカーで動きがあったのだ。スモークフィルムが貼られたサイドウインドウがするするとおりて、そこからバズーカ砲のような望遠レンズの先が突きだされた。

「ちょっと待って、浩平。あの黒いクルマ！」

望遠レンズの黒い目が、心心のうしろ姿を狙っている。何枚も連写で撮影しているようだ。カメラは動いて、アパートの全景を撮っている。心心は誰かに身の回りを調査されているようだ。浩平がいった。

「あれ、探偵社かな。心心のやつ、なにかやらかしたんじゃないのか。違法アルバイトとか、いけないブツの密輸とか」

陽児はぴしゃりといった。

「あの子はそんなことをするような子じゃない。なにか理由があるんだと思う。どっちにしても、ちゃんと記録をとっておこう」

ジーンズのポケットからスマートフォンを抜くと、陽児は電柱の陰に隠れて黒いワンボックスを撮影した。ズームをつかい、クルマのナンバーがちゃんと読めるように画像を拡大する。

「おー、なんだか陽児、探偵みたいだな。とすると心心は女スパイとか」

「冗談いうな。心心はそんなのじゃない」

黒いワンボックスは明かりがついた心心の角部屋を撮影して、渋谷桜丘町のさびれた裏町から走り去っていった。気がつけばあたりはすっかり夜の色に染まり、街灯の明かりが真下だけまぶしく夜道を照らしている。

陽児も最後に一枚、夜空のしたにぽつりとたたずむモルタルのアパートを撮った。なんだか奇妙な胸騒ぎを感じた。たぶんGEAでの学園生活は、ただ声優の技術を身につけるだけでは終わらないだろう。上海からきた少女と、どういう形でかはまったく予想はつかないけれど、これから深くかかわってしまうのではないか。

浩平は幼馴染みの胸中などしらずに、のんきなものだった。得意の『ドラゴンボール』のものまねでいった。

「クリリン、さあけえるぞ。オラ、腹がへっちまったぞ」

なにごともなかったかのように、きた道を引き返していく。陽児は通りの向かいのアパートの角部屋を見あげた。明かりのついた窓のカーテンが動かないか一瞬期待したが、明るい黄色のカーテンは揺らぎもしなかった。どこか名残惜しい気もちを断ち切るように、陽児はさっと身をひるがえし、渋谷駅に向かう友の背中を追いかけた。

6

「なあ、陽児、そろそろおれたちバイトしないか」

陽児と浩平は学内のカフェテリアにきていた。カフェテリアといってもただのホールで厨房《ちゅうぼう》はなく、のみものとパンの自動販売機があるだけだ。ふたりはコンビニの弁当をたべていた。陽児は大盛ナポリタン、浩平はスタミナ焼き肉弁当だ。

「どこかあてがあるのか」

割り箸《ばし》をくわえて、浩平がスマートフォンを操作した。画面を呼びだす。

「ほら、こいつ。さくら坂下の本屋さんだ」

画面には渋谷駅西口近くの書店の店頭が映っていた。陽児も文庫本やコミックスをよく買う店である。

「それで、これがアルバイト募集のポスター」

書店スタッフ求む、時給千二十円から、シフト応相談。悪くないかもしれない。学園から歩いて五分くらいだし、駅にいく途中の慣れた店だ。そのとき陽児は肩をぽんと叩かれた。

振りむくと、心心がコンビニのポリ袋をもって立っていた。

「いっしょにたべてもいいか、陽児くん」

にこにこしている。この明るさと、先日見た築四十年ほどのぼろぼろのアパートとの対比が奇妙な感じだった。

「おれには聞かないのかよ、心心」

浩平が口をとがらせたが、心心は無視して陽児の隣に座った。とりだした弁当はジャージャー麺《めん》だ。ショルダーバッグからガラスの小瓶を出した。ジャージャー麺にその中身をたっぷりとかける。陽児はぴりっと鼻を刺す匂いをかいで質問した。

「それ、なあに」

「老干媽《ラオガンマ》。貴州《きしゅう》省産の有名なたべるラー油だよ。陽児くんもたべてみる？」

陽児は大盛ナポリタンとたべるラー油を見比べた。あまり相性はよくなさそうだ。

「ありがと。また今度ね」

「そうか、わかった」

ふたを閉めて、バッグに戻してしまう。浩平がいった。

「よくわかんないラー油なんてくいたくないけど、いちおうおれにも聞けよ」

心心はたべるラー油を大量にかけたジャージャー麺をかき混ぜ始めた。表情が真剣だ。割り箸で麺を小学生の拳骨《げんこつ》くらいすくって、ひと口で頬張る。

「んーん、うまい。一気に中国の味になるなあ」

笑いながら、ジャージャー麺をたべている。浩平がいった。

「なんか心心がたべるとこ見てると、幸せな気分になるなあ。魔人ブウみてえだな、おめえ」

陽児は笑ってしまった。今度は心心が口をとがらせた。

「わたしはあんなに太ってないよ、失礼だな、浩平」

上海からきた少女は、浩平を無視して隣に座る陽児に身体を向けた。

「そういえば、今アルバイトの話してなかった？」

「ああ、してたよ。さくら坂下の本屋さん。星美堂《せいびどう》書店だっけ」

浩平がうなずいた。心心はテーブルに身体を乗りだした。

「わたしも、本屋さんでアルバイトしてみたい。いっしょに面接受けてもいいか」

陽児は浩平を見た。最初にこの話をもってきたのは浩平だ。幼馴染みはうなずいていった。

「ああ、いいよ。どこも人手不足らしいから、三人でもなんとかなるんじゃないか」

心心は座ったまま万歳をした。

「やったー！　東京でアルバイトをするのが夢だったんだ。なにを用意すればいい？」

陽児は一瞬考えていった。

「日本ではアルバイトの面接は、履歴書と身分証明書があればいいのかな。身分証明書は学生証でもパスポートでもいいと思う」

「履歴書？」

浩平が横から口をはさんだ。

「どこで生まれて、どんな学校を卒業して、家族は誰で、今の住所はどこか、なんて基本的なことを書いた自己紹介の書類だよ」

心心の顔が曇った。夏の夕方の天気のように急に変わるのが、この子のおもしろさだなと、陽児は思った。

「どこで生まれて、家族は誰かかぁ……」

口ごもってしまう。なにか家族関係でふれられたくないことでもあるのだろうか。あのぼろぼろのアパートを思いだした。それに誰かがバズーカ砲のような望遠レンズで、心心を隠れて撮影していたことも。助け舟をだしてやる。

「ちゃんと欄が埋まっていたら、だいじょうぶだよ。本屋さんのバイトを採用するために、いちいち上海までいって身元を調べたりするはずないから」

心心に笑顔が戻った。

「そうだよね、上海は遠いもん」

浩平が焼き肉弁当をたべながらいった。

「ああ、心心が店に多大な損害でも与えなければな。トラブルさえなきゃ、平気だろ」

一瞬真剣な表情になった。

「損害はたぶんだいじょうぶ。陽児、履歴書どこで買える？」

「どこのコンビニでも売ってるよ。ああ、そうだ顔写真を貼らなきゃいけないから、どこかで撮らないとね」

「写真館にいくのか」

「いや、日本では証明写真を撮るプリクラみたいなボックスが街のあちこちにあるよ。渋谷駅の近くにもいくつかあるね。よくわからないなら、いっしょにいこうか。いいだろ、浩平」

肉の切れ端をくわえたまま浩平がいった。

「ああ、いいぜ。どうせ、おれたちの分も撮らなきゃいけないしな」

渋谷駅の西口改札を出て、すぐ左手の百貨店の入口近くに証明写真のボックスが見つかった。放課後三人は手にコンビニで買った履歴書をさげ、そのボックスに向かった。最初は浩平だった。一枚目と二枚目はまじめに正面を向いて撮ったが、三枚目と四枚目はかめはめ波《は》と額に指をあてる瞬間移動のポーズだった。

陽児はおかしなポーズはとらなかった。浩平のように一、二枚目はまじめに、三、四枚目はすこしだけ笑顔で撮影した。交代で心心がボックスに入った。しばらくすると声が聞こえた。

「陽児、ちょっとよくわからない」

銀のカーテンを開いて、顔を入れた。心心はスツールに座り、百円玉を握っている。

「椅子の高さをあわせるには、どうすればいい？　あとお金を入れると、すぐに始まるのか」

顔の高さがあわないようだった。座高が低いのだ。そういえばダンスのレッスンでわかったが、心心は意外なほどいいスタイルをしている。

「ちょっと立って」

心心が中腰になると、陽児は座面を回転させて、高さを調整した。

「これくらいでいいかな」

「うん、いいみたい」

心心がすぐに百円玉を挿入口に落としてしまう。録音の声が聞こえた。こんなところにも声の仕事はあるのだ。

「正面を向いてください。フラッシュが光ります。三、二、一」

陽児はあわてて叫んだ。

「うわ、ちょっと待って」

急いでカーテンの向こうから上半身を引いたが、最初のフラッシュを浴びてしまった。浩平があきれていった。

「おまえたち、なにやってんの」

渋谷駅西口の構内で、三人は吹き抜ける春風にあおられながら、おたがいの証明写真を見せあった。心心の写真の一枚目には陽児の横顔の残像が写りこんでいた。残りの三枚では目一杯のほがらかな笑みを浮かべている。浩平がのぞきこんでいった。

「こうして写真で見ると、心心も意外とかわいいんだよな」

「重ねがさね失礼だな、浩平は。わたしはもともとかわいいですよ」

マンガで読んで覚えた言葉だろうか。日本人ではたとえ自信があっても、なかなかそこまで自分で「かわいい」といえる子はすくない。強気なものいいも、心心だと案外嫌みにならなかった。おかしなことを口走って許されるのは、やはり留学生だからかもしれない。

「わたし、初めてこういう写真撮りました。ほんとに楽しいね。ねえ、もう一回三人でいっしょに撮らない？」

「おー、いいですね」と浩平。

「わたしが中心だから、三百円出すね。陽児と浩平は百円ずつでいいか？」

お金には細かいようだ。あの貧乏アパートでは無理もない。陽児はいった。

「ぼくも二百円出すよ。心心の証明写真一枚ダメにしちゃったから」

心心はじっと上目づかいに陽児の目を見つめてきた。あやうく勘違いしそうになる。上海からきた少女の目は、しっとりと濡れておおきい。

「やっぱり陽児は紳士だなあ。浩平とは大違い。気をつかってくれて、ありがとね」

「なんだよ、おれだけ邪魔者にするな。この下等生物が！」

夕方のラッシュアワーで混雑する渋谷駅で、三人は証明写真ボックスになだれこんだ。やはり一名用の内部は狭く、三人がいっしょに写るには、頬と頬をぴたりとつけるほど密着しなければならない。浩平が叫んだ。

「なんかあっちーな。さっさと撮るぞ」

陽児は心心に聞いた。

「中国語ではハイ、チーズって、どういうの」

ちらりと横を向いて、陽児を見ると少女がこたえた。

「中国語では一、二、三、茄子《なす》！　っていいます」

浩平が大笑いした。

「イチ、ニー、サン、ナスって、いったいなんなんだ」

「正確には、イー、アル、サン、チェズ。チェズは口を横に開いて、口角をあげる発音になるんです」

おもしろそうだ。他国の文化を、すこしずつ知る。ほとんど目黒区と渋谷《しぶや》区しか知らない陽児には新鮮な感覚だった。

「いいね、おもしろそう。それでやってみよう。心心、お金入れて。三人でアニメの収録現場みたいに声をあわせよう。いくよ」

透明なガラスの向こうにレンズが見えた。そこには頬を寄せた三人の笑顔が透きとおって浮かんでいる。

「イー、アル、サン、チェズ！」

それから三人は駅前にあるチェーン店のコーヒーショップに向かった。渋谷の空はすっかり夕焼け色に染まっていたけれど、証明写真を撮ってすぐに別れるのが、なんとなく淋しかったのだ。アイスオレを頼んだ心心に浩平が聞いた。

「こっちのコーヒーは上海に比べて高くないのか」

心心は三人で撮った証明写真をスマートフォンで撮影している。

「ううん、上海は物価が高いから、東京のコーヒーは安いくらい。この写真、遥や真琴さんにも見せてあげようっと。これがほんとの両手に花ですね」

今度、上海の物価を調べてみよう。そう考えながら、陽児はいった。

「違うよ。男ひとりの両脇に女ふたりが、両手に花。日本語では男は花といわないからね」

「まったく陽児は言葉づかいに厳しいよな。おまえはともかく、おれは花でもいいだろ」

心心が顔をあげて、きっと浩平をにらんだ。

「浩平はカッコいいけど、雑草。ほんとの花は陽児です。男はここところが勝負ですから」

上海の少女は人さし指で、こめかみと左胸を押さえた。頭とハートか。どうして自分をそこまで評価してくれるのかわからなかったが、悪い気はしない。

「でたよ、また心心の陽児贔屓が。そういうのを日本語では依怙《えこ》贔屓っていうんだぞ。すごくよくないことなんだからな」

心心は平気な顔で、写真を遥と真琴に送っている。考えてみたら、陽児にとっても久しぶりのアルバイトだった。まだまだ先の話だが、今年の夏は楽しくなりそうだ。

7

心心の築数十年のアパートが近づいてきた。陽児は浩平に耳打ちした。

「どうする？　心心のところに着く前に、うまく別れたほうがいいよね」

尾行したことも、アパートの場所を知っていることも、ふたりだけの秘密だ。

「そうだ、陽児と浩平、最後の電車までは時間あるだろ。わたしのうち、くるか」

心心はにこりと笑うと、いきなりそういった。三人で遊んでいて、すっかり遅くなってしまった。陽児と浩平は目を見あわせた。浩平はいう。

「いいんじゃないか、いってみようぜ」

陽児は困った顔をした。もう夜の十一時になる。女子の一人暮らしの部屋にあがる時間としては好ましくなかった。

「わかった。じゃあ、すこしだけ」

モルタルの木造アパートが見えてきた。今回はあの黒いワンボックスカーはいない。心心が先に立って、ぼろぼろの外階段をあがっていく。

「その段、ぐらぐらするから気をつけて」

錆びた鉄板のステップにちいさな穴が開いていた。塗り重ねたペンキが地層のようだ。色も赤土色である。二階の外廊下には洗濯機が各部屋の前におかれていた。

「ここがわたしの部屋だよ。授業の帰りとか、気軽に寄ってけ」

丁寧な言葉づかいと、ぶっきら棒なものいいが交ざるのが心心の特徴だった。なかなかかわいくて、たどたどしい日本語もいいものだ。心心は薄い扉を開けると、さあどうぞといった。

ちいさな玄関の横はキッチンで、なかは塩ビシート張りの三畳ほどのダイニングだった。安物の二人用テーブルと椅子がある。

心心はガラス戸を引いて、奥の部屋に向かった。こちらは壁際にベッドがおかれた六畳間である。なにより目立つのは五十五インチの液晶テレビだった。他のものはすべて質素なのに、アニメに関するものにだけはお金をかけているようだ。

ガラス戸のキャビネットがあり、マンガやDVDがぎっしりと並んでいる。心心にはフィギュアを集める趣味はないようだった。

「ちょっと待ってて、お茶いれるよ」

リモコンで動画配信サービスを呼びだした。適当に見放題のアニメをつける。『ダーリン・イン・ザ・フランキス』だった。そういえば心心はヒロインのゼロツーに似ているかもしれない。すこし頰が丸いけれど。

浩平はすぐ映像に集中した。

「おれがやるとしたら、このなかだとゾロメの役だな。悔しいけど、キャラ的に陽児が主役のヒロだ。おれ、最近のロボットアニメではこれが一番好き」

ガラス戸が開いて、いいお茶の香りとともに心心が戻ってきた。浩平は真剣な目で少女を見あげていった。

「やっぱりヒロインのゼロツー役は、うちの班だと心心しかいないな。そうすると陽児と心心が主役のコンビか。くそー、おもしろくない」

心心が座卓にお茶をおいた。陽児はいった。

「へえ、熱いお茶なんだ。これはなに茶？」

「プーアル茶の五十年ものだよ。プーアル茶は古ければ、古いほど高価。これはもらいものだって、お父さんがいってた。中国ではあまり冷たいのはのまない。身体を冷やすから」

陽児はひと口すすってみた。確かに素晴らしく香りがいい。浩平がいった。

「夏でもアイスじゃないんだ。日本の暑さだと死ぬな。へえ、こっちはなに。見たことない」

心心がにやりと笑った。小皿の上には、太めのソーセージくらいの管状のものが何本か転がっている。

「中国名物のお茶うけだ。おいしーぞ、浩平」

心心がひとつ手にとって、赤い管のようなものをかじった。浩平に続いて、陽児も手にした。太いサラミのような感じだ。臭みはなく、甘辛い味つけで、なかなかおいしい。だが中央には骨や筋が通っているようだ。断面は不気味である。陽児は質問した。

「これ、なんなの、心心」

「湖北省武漢《こほくぶかん》名物、ヤンボァだ」

浩平がお茶をのんでいった。

「うわー、あとからだんだん辛さがくる。だから、日本語だとこいつはなんなんだよ」

心心はにやりと悪い笑みをつくった。

「中国のソウルフードね。カモの首」

陽児は皿に戻して叫んだ。

「えーっ、じゃあ、これカモの首のぶつ切りなんだ」

心心は上手に前歯で首の骨から肉をはがしたべていく。

「そうだよ。おいしいでしょ。わたし、大好き。新大久保《しんおおくぼ》でたくさん売ってるよ」

陽児は皿のうえのぶつ切りを見つめた。空を飛ぶものは飛行機以外すべてたべる。中国の人たちの食欲はすごいものだ。プーアル茶で口に残った脂と山椒《さんしょう》の香りをぬぐい去るといった。

「おいしいけど、慣れるまでぼくにはすこし時間がかかりそうだ」

心心はぱっと表情を輝かせ、ふたりにいう。

「じゃあ、たくさんあるから、すこし土産にもって帰るか。家族にもっていってやれ」

「いらねーよ、そんなもん」

浩平がぼやくと心心は大笑いした。

女子らしさがなにもない部屋にいたのは三十分足らずだった。陽児は浩平の肩を突《つつ》いた。

「さあ、いくぞ」

浩平は集中してアニメを鑑賞する態勢になっていた。

「なんでだよ、もうちょっといいだろ。電車は十二時半過ぎまであるんだぞ」

「いいからいくんだよ。明日も学校があるし、心心も女の子なんだ。寝る前にいろいろとあるんだ」

「はいはい、なんだよ、急にフェミニストになりやがって」

浩平は男の一人っ子である。放っておけば終電ぎりぎりまで、アパートに居続けようとするだろう。陽児はＩＣレコーダーと教科書のはいったディパックを肩にかけた。レコーダーはスマートフォンと同じように肌身離さずもつ習慣がついている。今夜も帰ったら、五十回吹きこまなければならない。もうマンガと小説は選んであった。アニメが完結した『からくりサーカス』と宮沢賢治《みやざわけんじ》の短篇だ。

狭い玄関でスニーカーをはいて、外廊下に出た。

「早くしろよ、浩平」

遅い春の夜はすこしも寒くなかった。陽児は手すりにもたれて、アパートの前の道路を見おろした。桜丘町の裏町で、左手に古い教会がある。ここからなら渋谷駅まで六、七分というところだろう。

伸びをして通りの奥に目をやったときだった。陽児はぎくりとして、両手を暗い空に伸ばしたまま固まってしまった。

「よう、待たせたな。いこうぜ、陽児」

陽児は浩平の肩をつかんで、手すりのほうへ引き寄せた。

「ちょっとあれを見てくれ」

「ああ、なんだよ」

陽児がちいさく指さした先にはあの黒いワンボックスカーがあった。街灯の明かりからはずれて、黒い獣のようにうずくまっている。

「心心のことを望遠レンズで盗撮していた車と同じやつだ、きっと」

陽児はちいさな声でそういって、まだ開いている扉に目をやった。サンダルをつっかけた心心が外廊下に出てくる。

「下まで見送りだ。今日はありがとな、ふたりとも」

「なあ、おかしなクル……」

幼馴染みがそういいかけたところで、陽児は浩平の肩を抱いた。かぶせるようにいう。

「そっちのほうは次回にご期待だ。ぼくたちは帰るから、見送らないでいい。不用心だから、ちゃんと鍵をかけるんだよ、心心。なんなら、もうひとつうち鍵をつけたほうがいいかもしれない」

心心は不思議そうな顔をした。

「うち鍵を追加か……心配性だな、陽児くんは」

陽児は心心に手を振り、ぎしぎしと錆びた外階段をおりて路上に出た。浩平と目を見あわせる。陽児はいった。

「どうする？」

浩平の目が暗闇のなか光っている。

「どうもこうもないだろ。いくぞ」

五十メートルほど離れたところに停車するワンボックスカーに向かって、歩いていってしまう。さすがに幼稚園からいっしょの幼馴染みだった。陽児の考えと同じだ。すくなくともあの不審車に乗っている人間に、こちらは気がついているぞと知らせておく必要がある。相手に調子に乗らせないため、釘《くぎ》をさしておくほうがいいだろう。

誰も歩行者のいない夜の道路だった。黒い車はスモークフィルムが貼られてなかの様子がわからない。四、五メートルまで近づいたところで、示しあわせたかのように陽児と浩平はスマートフォンを抜いた。自動車のナンバーが見えた。あのときと同じ数字だ。

浩平がちいさく叫ぶ。

「今度はおれたちが撮りまくってやろうぜ」

夜の渋谷の住宅街にフラッシュの光が鞭《むち》のように飛んだ。陽児と浩平が連写の音を立てて、派手に撮影するあいだ運転席に座った男は手で顔を隠していた。車内には一人だけのようだ。陽児はいった。

「これでいい。面倒なことになる前に、車の入れない裏道を抜けて逃げよう」

そのあたりは東京への空襲で焼け残ったせいか、うねうねと細い道が入り組んで走る住宅街だった。自動車の入れない路地がいくらでもある。

「そうだな、ヤムチャ。こんなとこ、さっさとずらかろうぜ」

そのとき暗い車内で動きがあった。ガチャリと胸に刺さるような金属の音が鳴って、運転席のドアが開いた。黒いスーツの男がおりてくる。陽児よりも背が高かった。健太郎くらいあるが、元高校球児よりもさらに厚い胸板をしている。浩平がつぶやいた。

「こいつはヤバそうだ、逃げようぜ」

体重をうしろにかけて、反転しようとしたところだった。男から鋭い声が飛ぶ。

「待ちなさい。きみたちに話がある。時間はとらせない」

力のある声だった。人のすべては声に出るものだ。この男はすくなくとも裏社会の危険な存在ではなさそうだ。話しかたにもどこか品がある。いざというとき相手は一人、こちらは二人だ。

陽児は浩平の目を見た。うなずき返してくる。

「わかった。そっちの話をきこう」

陽児と浩平は真夜中の路上で、黒いスーツの男からの返事を待った。手にしたスマートフォンが汗でぬるぬるだ。恐怖心を見せてはいけない。陽児は早乙女先生に習った腹式呼吸で、何度も深い息を吐いた。

「これって、ヤクザの事務所に連れていかれる訳じゃないよな」

ビジネスクラスのように分かれた隣の座席から、浩平が身を乗りだしてささやいた。黒いワンボックスはメルセデス・ベンツの高級車で、シートはミルク色の革張りだ。サングラスをかけた男が、運転席で振り向かずにいった。

「心配はいらない。わたしがその手の人間に見えるか」

黒ずくめのスーツに、黒いメルセデス。怪しい人間に見えないはずがなかった。

陽児は窓の外に目をやった。もうすぐ真夜中近くなる。渋谷・桜丘町を発車したワンボックスカーは青山通りを都心にすすんでいる。道路は空《す》いていて、半分はタクシーだ。青山一丁目《あおやまいっちょうめ》の交差点を右折すると、すぐにマンションの地下駐車場に滑りこんだ。

「ここだ。きみたちに話がある」

黒いスーツの男は運転席から降りると、後部のドアを開けてくれた。陽児に続いて浩平も降りた。コンクリート張りの地下駐車場は、冷えびえとしている。

「ついてきてくれ」

男がオートロックをカードで開けた。先にはエレベーターホールがある。床は白い大理石張りだった。エレベーターがやってくると、三人は乗りこんだ。花の模様が刻まれた鏡が三面から陽児をとり巻いている。浩平がつぶやいた。

「なんだか高そうなマンションだな」

男が押したのはずらりと数字入りのボタンが並んだ操作盤の最上階だった。三十七階。体感的には十秒とたたずに到着した気がする。耳が痛くなったので、陽児は一度唾《つば》をのんだ。エレベーターの扉が開くと、黒いスーツの男は慣れた様子で内廊下を歩いていく。足音はしなかった。毛足の長いカーペットが隅々まで敷きつめられている。

男が立ち止まったのは角部屋のようで、部屋番号は３７０３だった。扉脇のプレートに目を留めて、陽児は驚愕《きょうがく》した。黄金のプレートに白く彫りこまれているのは、陽児もよく知る名前だった。浩平がいった。

「陽……心心？　あの心心かよ」

黒いスーツの男が振り向いていった。

「そうだ。ここは心心お嬢様の部屋だ。最上階は三部屋しかない。広さは二百七十平米。六億円と少々の価格だった。今では、すこし値上がりしているらしい」

カードキーでドアを開けると、男が白いタイル張りの廊下を奥にすすんでいく。陽児は声をかけた。

「靴はどこで脱ぐんですか」

長い廊下の先から声が響いた。「そのあたりで脱いでも、そのまま履いていてもかまわない。きてくれ」

トンネル効果で、よくエコーがかかったいい声だ。この男は『ガンダム』のシャアや『ベルセルク』のグリフィスのような二枚目の敵役ができそうだ。

陽児は浩平と目を見あわせた。

「じゃあ、すぐにずらかれるように履いてようぜ。心心がこんなに金もちだなんて、びっくりだな」

黒いスーツの背中を追いかけ、扉のところで追いついた。廊下の長さは二十メートルはあるのではないだろうか。駆けっこができそうだ。男がガラス張りのドアを開くと、目の前に青山から渋谷にかけてのまばゆい夜景が一気に広がった。

リビングルームは四十畳ほどの広さだった。正面はすべて輝く夜景の窓だ。

男が歩いていくと、誰もスイッチにふれていないのに、ゆっくりと部屋の明かりがついた。浩平が叫ぶ。

「なんだか、ハリウッド映画みたいだな。大スターか、麻薬王のうちだぞ、ここ」

浩平を相手にせずに、男は砂色の布張りのソファに腰をおろした。

「かけなさい。きみたちは心心お嬢様のクラスメイトだ。悪いようにはしない」

陽児と浩平は身体が沈みこむたっぷりとしたソファに腰かけた。陽児は浅く、浩平は深く背もたれに背中を預ける。サングラスをとって男がいった。意外なほど真面目そうな顔つきのハンサムだ。

「わたしの名前は、王徳希《ワンドゥアシー》。王さんでかまわない。仕事は……」

浩平が口をはさんだ。

「心心のお守り役なんだろ」

笑顔を固定したまま、じっと浩平をにらみつけた。先に目をそらしたのは浩平のほうだ。

「ああ、それでも間違いではないがね」

「心心のお父さんは、いったい何者なんですか」

陽児は思い切って質問した。いくら一人っ子政策とはいえ、娘に六億円のマンションを買う親とは、どんな人間なのだろう。

王はスーツの内ポケットから、スマートフォンを抜いた。こちらに青いガラスの背面を向け、三日月のロゴを指さす。

「このスマホを製造している会社だ。心心お嬢様のお父様・陽峰《ヤンフアン》氏は、この『陽月電子《ヤンユエディイエンツゥ》』の創業者で、オーナー社長だよ。会社はほかにも、半導体、通信基地局、パソコンやディスプレイなどをつくっている。あとは不動産会社や新聞社やテレビ局なども所有している。そしてわたしは社長秘書室長だ」

「陽月」といえば、世界第二位のスマートフォン製造会社だった。オーナー社長は謎めいた人物で、メディアにほとんど顔を出さなかったのではないだろうか。

「たまげたなあ、心心がそんな大企業オーナーのお嬢様だなんて。あんなボロアパートに住んで、カモの首なんかかじってるくせに。だいたいあいつ、おれたちといっしょに本屋のアルバイトしてるんだぞ」

王がにやりと笑った。

「オードリーだよ。お嬢様は普通の街の人間の暮らしを楽しんでるんだ」

『ローマの休日』か。それで陽児もわかった。心心がどんなに貧しいアパートでも恥ずかしがらないのは、それが夢に見ていた日本の普通の暮らしだったからだ。書店でのアルバイトさえ、ディズニーランドのキャストのような気分なのだろう。浩平がいった。

「じゃあ、心心はバイト代なんてぜんぜん必要ないんだな。ボロアパートだって『めぞん一刻《いっこく》』でも観て、そっちのほうがよかったのかもしれないな。こんなタワーマンションの最上階よりさ。贅沢《ぜいたく》なお嬢様だ」

王がきりりと引き締まった表情でいう。

「お嬢様を、そう悪くいうな。必死にアルバイトをして、父上からの仕送りになるべく手をつけずにがんばっているんだ。星美堂のアルバイトも生まれて初めての賃金労働だ。まあ、この部屋から五十五インチの有機ELテレビは、ちゃっかりともっていったがね」

それで心心のアパートには不相応な高級テレビがあったのか。浩平がいった。

「王さん、心心のおやじさんって、そんなにすごい金もちなのか」

黒いスーツの男は開いた片手をあげていう。

「中国で五本の指に入る資産家だ」

陽児は王のきれいな指先を見つめていた。中国のベスト5なら、世界でも二十位から落ちることはないだろう。ちいさな国をひとつ所有するようなものだ。

「それをいうなら、心心お嬢様自身もたいへんな資産家だ」

「おーっ、じゃあ心心と結婚したら、すごい逆玉だな」

「ああ、その通りだ。今年の経済誌の発表では、お嬢様も中国で十四番目の資産家だ」

おかしい。陽児は驚きよりも違和感をもった。いくら大富豪でも、まだ子どもの心心に、それほど巨額の資産を渡すものだろうか。中国の法律はわからないけれど、心心は陽児や浩平と同じ十八歳ではなかったか。

「心心はまだ未成年ですよね。どうして、そんな大金をもってるんですか」

王が目を細めて陽児を見つめた。きちんと話ができる相手だと認めたようだ。

「お嬢様はもう十九歳におなりだ。中国では十八歳から成人だ。きみたちは悲しい事故の話をきいていないか。お父上が車椅子生活を送るようになった原因について」

「子どもの頃にひどい交通事故に遭ったとしか。心心は詳しく話してくれませんでした」

王の顔色が曇った。しばらく窓の外、青山の夜景に目をやって口を開く。

「ほんとうなら、心心お嬢様の許可を得なければならないが、ネットで調べればすぐにわかることだ。いいだろう。十年前、心心お嬢様はたいへんお気の毒な目に遭われたのだ」

そういうと王社長秘書室長は低い声で語りだした。

「あれは『陽月』という会社が創業して八年目のことだった。社長の陽峰氏は元国営通信会社の優秀なエンジニアで、設立以降毎年四倍増の勢いで売り上げを伸ばしていた。上海郊外に国内七番目の中核工場を建設予定で、その竣工《しゅんこう》式の日に、あの悲しい事件は起きた」

事件？　交通事故ではないのか。陽児はこれから耳にするだろう悪いニュースに備えて、ソファにかけたまま背筋を伸ばした。浩平はなにを考えているのかわからない顔をしている。王はゆっくりと語り続けた。

「あの日はあいにくの雨空で、朝から激しい雨が降ったり止んだりだった。その工場の土地は集団農場の元農地で、『陽月』が農民からでなく地元の自治体から、かなりの高値で落札し、購入したものだ。どのように考えても、わたしたちには落ち度はなかった」

王の指先が震えていた。きっとこの人は現場にいたのだ。

「社長車は銀色のメルセデス・ベンツＳ６００のロングバージョンだった。ドイツの首相が公用車に使うような、とても頑丈な車だ。竣工式の会場は地元の体育館だったが、到着する直前に心心お嬢様が喉が渇いたといった。社長車が停止し、後続の車に乗っていたわたしが降りて、お嬢様につき添った。当時中国には自動販売機があまりなかったので、心心お嬢様はめずらしかったのかもしれない。体育館の脇には自動販売機がずらりと並んでいた。お嬢様が選んだのは日本の『ポカリスエット』だった。あの青い缶は忘れられない」

浩平が身を乗りだしている。

「それで、心心の家族になにがあったんだよ。早く教えてくれ」

陽児も同じ気もちだった。けれど、心の半分はもうこれ以上この話をききたくない気分にもなっていた。どうせ不幸で終わるに決まっているのだ。それも飛び切りのバッドエンディングである。

「メルセデスが体育館前に停車していたときだった。心心お嬢様はスポーツドリンクをもって、ほんの二十メートル先の社長車に再び駆け寄ろうとしていた。わたしも小走りで後を追った」

ひどく嫌な予感がする。上海郊外にある旧式の体育館のエントランス前に、銀のメルセデスのセダンが停止している。幼い心心は父親か、母親を呼んだことだろう。よく冷えた青い缶をもって。パパ、ママ、待って！　あの特別な声で。

「そのときディーゼルエンジンの轟音が周囲に響いて、地響きを立てて建築資材を満載した十トントラックが突っこんできた。それは工場用地の工事現場から盗まれたもので、地元の農民が運転していた。農地から強制退去させられ、逆恨みしていたのだろう。いくら頑丈な社長車でも、十トンの資材に加え、自重も同じく十トンあるダンプカーの突進には抵抗できるはずもなかった。運転手と心心お嬢様の母上・陽佳月《ジィアユエ》は全身打撲で、その場で命を落とされた。お気の毒に、事故の直後にはもう人の形は留《とど》めておられなかった。ぐしゃぐしゃに潰《つぶ》れた金属の間に、無理やり詰めこまれたようだった」

陽児は息を呑《の》んで、つぶやいた。

「それでお父さんは……」

王秘書室長はうなずいた。悲痛な声でいう。

「腰から下を潰されて、車椅子生活を送ることになった。それでも社長が命をつないだだけでも、『陽月』という会社にとっては不幸中の幸いだった。その後の会社のさらなる成長は、みなさんもよくご存じだろう」

世界第二位の巨大スマートフォンメーカーになったのだ。だが、心心は十歳で母親が死亡し、父親が半身不随になる現場を目撃してしまった。家からほとんど外に出ず、日本のアニメを観ることだけが日課だった。上海からきた少女は明るい顔で、そういっていた。日本のアニメだけが救いだった。わたしは文字どおり命を救われたと。

父の陽峰は長期入院し、母・佳月のいない家で、ひざを抱えてアニメを観ている少女の姿が目に浮かぶ。中国を代表する企業に起きた悲惨な殺人事件は、きっと国中を揺るがすビッグニュースになったはずだ。どこにいっても好奇の目が追いかけてくる。十歳の女の子に耐えられる限界を超えている。

浩平がソファのクッションを殴りつけて叫んだ。

「ふざけんな、この野郎。心心のおふくろさんを殺したトラックの運転手はどうなったんだよ。許さねえぞ、絶対」

単細胞だが、この幼馴染みはいいやつだった。王は浮かない顔でいう。

「もうとっくに死刑になってるよ。中国は犯罪者に厳しいから。その運転手の家族には銃殺刑で使用された弾丸の請求書が送られたという。はした金で農民を強制退去させ、農地を高額で転売した郡の悪徳官僚たちも当局に逮捕され、いまだ刑務所のなかにいる。それでもね、まったく……ああ、こんなときは日本語ではなんというのかな」

陽児は思いついた言葉を口にした。

「まったく浮かばれない。心心も、心心のお父さんも、王さんも、浮かばれない。ぼくも悔しくてたまらないです」

「浮かばれないか……日本語にはぴったりの言葉があるものだ」

それであのなんにでも一生懸命な少女が、大富豪である理由がわかった。素直によろこべるような理由ではとてもないけれど。

「心心はお母さんの遺産を相続したんですね」

浩平が横に座る陽児を見ていう。

「なんの話だよ」

王秘書室長が陽児の代わりにこたえた。

「心心お嬢様が中国で十四番目の大富豪である理由だ。正確にはお母さまが所有していた『陽月』の発行済み株式の十八パーセントを相続された」

浩平がおかしな顔をした。

「あれ、中国って共産主義じゃなかったのかな。株式市場とかあるんだ」

王室長が久しぶりの笑顔を見せた。

「あるんだ。国は社会主義市場経済をすすめている。どちらかというと社会主義よりも、今は市場のほうが強いね。上海株式市場も、最近できたハイテクの科創板もある」

もう陽児には想像もつかなかった。世界的IT企業、例えばアップルの株式の二十パーセント近くをもつというのは、どういうことなのだろうか。十億でも百億でも一千億でもなく、単位は兆になるはずだ。陽児はそこでバイト代をもらうときの心心の底抜けにうれしそうな顔を思いだした。時給千円でも自分の身体を動かして得たお金は貴重でうれしいのだろう。母親の死によって得た莫大《ばくだい》な資産よりも、ずっと手ごたえがあるはずだ。

「そうか、心心は大金もちなのか。じゃあ、おれはもうあいつにジュースおごるのやめよう」

浩平がそういうと、陽児はいった。

「逆だろ。心心は生まれて初めて自分で稼いで、お金の大切さを感じてるんだ。もっとおごってあげようよ。お金がないときに、おごってもらったら、心心もきっと忘れないよ」

「なんで、中国で十四番目の金もちに、おれがおごらなきゃいけないんだよ」

陽児はかなりの量の海外ミステリーを読みこんでいた。遺産相続にはルールがある。

中国でも同じかわからないが、王室長に質問してみる。

「その株式は確かにすごいけど、心心は自由につかえる訳じゃないですよね」

王室長はあごの先をひねっていった。

「石森くんは目黒区の公立高校を出てから、声優学校にいっているんだよね。どうして、そんなことにまで気が回るんだ。かなり優秀なんだな。きみのいうとおりだ。社の内規で二十歳になるまで、株式を自由に動かすことはできない。まあ、それでも陽社長は心心お嬢様のことは目に入れても痛くないから、おこづかいはうちの部長級並みにあげているんだがね。お嬢様はご自分ではあまりつかわないんだ」

浩平が陽児の背中を強く叩いた。陽児は顔をしかめる。この幼馴染みは力の加減を知らないのだ。

「おまえのいうとおりだな。今のうちにせっせと心心に恩を売っとくのも、いいかもしれないな。後で千倍万倍になって返ってくるぞ」

そういう意味でいったのではないけれど、浩平がそう考えるのは自由だった。王室長は浮かない顔でいった。

「いつかそうなるといいんだがな。その遺産がたいへんなトラブルの種なんだ。まあ、今夜はこのくらいにしておこう。わたしがきみたちに頼みたいのは、それとなく心心お嬢様を見守り、なにか事が起きた際にはすぐにわたしに連絡をして欲しいということだ。もしもだけれど、お嬢様に危険が迫った際には、身をもってお守りして欲しい。きみたちの書店のアルバイト代は月いくらになる？」

浩平が喜びを隠せない顔で、バイト代を告げた。王室長は迷うことなくいう。

「そのバイト代の倍だそう。心心お嬢様の監視と警護料だ。それでどうかな。もちろん警護の際に負傷したときの医療費と慰謝料は別だ」

浩平が真っ先にこたえた。

「オラ、なんでも界王《かいおう》さまのいうとおり、がんばってみるぞ」

王室長が陽児のほうを向いていった。

「きみはどうする？　石森陽児くん」

陽児はちいさく首を横に振っていった。

「心心は友達だから、お金はもらえません。でも、心心になにかあったら、身を擲《なげう》って守りますよ」

感に堪えないというような顔をして、王室長が陽児を見た。

「中国人がなんでも金頼みだと思ったら、大間違いだ。『三国志』の昔から、男気や心意気を金なんかよりずっと評価する民族なんだよ。わたしは陽児くんが気に入った。いつかゆっくりと話をしよう」

陽児はうなずいた。気にかかることをきいておく。

「そのときはさっきの心心のトラブルについて、きかせてくれますか」

破顔して王室長はいう。

「ああ、それまで心心お嬢様を頼んだぞ」

王室長が黒いスーツの内ポケットから財布を抜いた。指先が切れそうな新券の一万円札が陽児と浩平に一枚ずつ配られる。

「帰りのタクシー代だ」

幼い頃から心心を知る室長は、そういうと高らかに笑った。

8

「脚本のすすみぐあいはどうだ、陽児」

心心がまるで心配していない顔でそういった。クラスの発表会まで、ひと月を切っている。気がつけば五月病もなく五月が始まり、雨の季節が近づいていた。陽児と心心は書店のロゴが胸にはいった揃いのデニム生地のエプロンをつけて、レジカウンターにならんでいた。お調子者の浩平は、バックヤードで新刊の詰まったひどく重いダンボールを開けていることだろう。書店は意外に重労働である。

「うーん、なかなかむずかしいよ。どうしたらいいのか、わからなくて」

今さら脚本が書けないとはいえなかった。C組のほかの班は、アニメやマンガの有名作品の一場面を演じるという。陽児はそれに反対だった。プロの一流どころの声優がベストを尽くした場面を、声優学校の生徒が再演してもせいぜい敢闘賞だろう。名演のイメージが耳にこびりついている。陽児はそれより課題をひとつの作品として楽しんでもらいたかった。一班のミーティングで主張したのは、本格推理ものの短篇を脚本化して演じることだった。謎解きの推理小説なら、犯人は誰か、どうやって不可能犯罪を実行したのか、興味とスリルで最後まで引っ張れる。早乙女先生さえ仕事を忘れるかもしれない。

その短篇集は、今もジーンズのヒップポケットに押しこんであった。孤島に招かれたミステリー研究会の大学生探偵は五人。そのうちひとりが別荘の一室で殺される。しかもその部屋は密室になっていた。海は嵐で荒れている。警察がくるまでの四十八時間で、残された四人の犯人捜しが始まる。地の文はナレーター志望の真琴にまかせればいい。原作だってあるのだから、台詞を抜きだすくらい簡単だ。脚本はすぐにできる。陽児はそう単純に信じこんでいた。

スーツを着た中年の会社員が三冊、文庫本をカウンターにおいた。

「いらっしゃいませ、カバーおつけしますか」

会社員は無言のままうなずく。レジの仕事は分業制だった。接客とレジ打ちは愛想と笑顔がいい心心、面倒なカバーかけは器用な陽児の担当である。ちなみに陽児は自分で買う本にはカバーをかけない派だ。心心がバーコードを読んだ。三度小気味いい電子音が鳴る。

「はい、あわせて千六百二十四円です」

文庫本をまとめて三冊買うというのは、なかなかの読書家なのだろう。陽児は手を動かしながら、ちらりと客の様子を観察した。この人にはポリ袋の手提げよりも、紙袋のほうが似あう。会社員は無表情なままクレジットカードで会計を済ませた。きれいにカバーがかかった三冊をいれて小ぶりの紙袋をカウンターにおくと、心心が流れるようにとりあげて、にこやかにいった。

「どうもありがとうございました。またのご来店をお待ちしています」

「むっ……」

あまりにていねいな接客と心心の素晴らしい声に驚いたのか、中年の会社員は恥ずかしそうにひと息漏らし、明るい店内を去っていく。背中がどこかうれしげだ。陽児も声をあげた。

「ありがとうございました」

心心が正面を向いたまままいった。

「ありがとうっていう日本語は、すごくいいな」

「へえ、上海ではありがとうっていわないの」

眉をひそめて、心心が横に立つ陽児の顔をにらんだ。真夏の天気のようにくるくると変わる少女の表情は、いつだってなかなかの見物である。

「いうよ。中国をなんだと思っている？　でも、上海のありがとうは、お金の額によって変わる気がするな。高い買いものなら、たくさんのありがとう。安いものなら、それなりのありがとう」

陽児はなんの考えもなく答えていた。

「日本だって、そうじゃないのかな」

「違うよ。日本人は薄い文庫本一冊にも、分厚い辞典にも同じありがとうをいう。星美堂書店だけでなく、街でもいっしょ。牛丼をたべても、ステーキをたべても同じだよ。それって、日本人のいいところだとわたしは思うな。お金がある人にもない人にも平等に接する。上海でも広げていきたいくらいだ」

夕方なのにまだすこし寝癖が残る心心の毛先を見た。この少女が世界第二位のスマートフォンメーカーの約五分の一の株式を所有しているのだ。心心がひと言いえば、十万人以上いる陽月電子の社員全員が、明日から価格に関係なく同じ「ありがとう」をいうようになるかもしれない。

心心の視線が陽児のジーンズの尻《しり》に落ちた。

「わたしも『孤島の探偵』読んだよ。おもしろかったけど、あれを脚本にできる陽児はすごいなって思った」

できていないのだから、ほめられてもまったくうれしくなかった。発表会では壇上に丸く椅子をならべて、本読みの形で作品を演じる。すくなくとも二週間は練習時間を確保したかった。そうなるともうとっくに書き始めていなければいけない時期だ。いつもはただもらうだけの脚本を、脚本家は一文字ずつ埋めているのだ。えらいものだ。

「ねえ、陽児、簡単だって思ったときは、どうするつもりだった？」

頭の上にちいさな黒い雷雲でも浮かんでいるようだ。よくプロが口にする締切の重圧というのは、これのことだろうか。気が重いまま考えることもなく口にした。

「『孤島の探偵』は短篇だけど四十三ページもあって、原稿用紙だと八十枚を超えるんだ。最初に全員の人物紹介をするエピソードをいれたら、状況設定は真琴さんのナレーションでさくっと済ませて、すぐに殺人事件にいく。あとは推理合戦で最後まで引っ張る。そんな感じかな」

心心が顔を崩してにこりと笑った。笑うときはいつも雲が晴れて、百パーセントの晴れになる。それが上海からきた少女のいいところだ。

「なんだ、できてるじゃないか」

陽児は口をとがらせた。

「できてないよ。そこからがむずかしいんだ。浩平も健太郎も早く脚本よこせってうるさいし」

こんなことなら、できあいの作品の一場面にすればよかった。それならこんなプレッシャーに悩むこともなかっただろう。

「陽児、よかったらわたしも脚本づくり手伝おうか」

「えっ……」

そんなことをいわれたのは初めてだった。同じ班でも心心以外の四人は、自分は演じる人だと割り切っているようだ。まだはっきりとは決めていないが、演出も脚本を書いた陽児の仕事だと内心考えている節がある。

「どうすれば陽児の役に立つ？」

陽児の心の奥にちいさな灯がともった。押しても引いても動かなかったおおきな岩のような仕事がじわりと揺れた手ごたえがある。

「心心、ほんとにありがとう。なんだか今のひと言で、すこし気が楽になったよ」

「それは、よかった。で、わたし、なにをすればいい」

この少女にどれくらい小説を読む力があるのか陽児にはわからない。演じることと読むこと、それに物語を構成するのは、どれもまったく別の力だった。けれど作業がすこしでも減らせるのなら、時間もないことだし協力はおおいに助かる。

「じゃあ、心心は後半の推理合戦のところで、必要な文章を抜きだして、粗くていいから脚本の形にしてくれないかな。できるだけ文章を削ってくれると助かるよ」

「全部で二十分以内にするんだもんね」

「そうなんだ。いらない台詞はばしばし切っていいから」

心心がひどくうれしそうな顔をした。

「なんだか、ほんとうにアニメの脚本つくるみたい。わたしたち、プロみたいだね」

実際にはそんなプロの技術などぜんぜんないのだが、確かに自分たちの手で一からつくるという意味では、ひとつの「作品」に違いなかった。

「うん、心心、いっしょにいい『作品』にしよう」

「まかせろ、陽児。ヒロインの美少女探偵・薬師丸《やくしまる》綺羅羅《きらら》はわたしに決まりだな」

ちゃっかり主役を要求してくる。どちらかというと綺羅羅は、遥のほうが似あうような気もするが、心心のように天然の名探偵もおもしろいかもしれない。

「ちなみに陽児はどの役やるんだ？」

それならもう決めていた。

「殺される南河菊千代《みなみかわきくちよ》」

「うえ、青酸カリをのまされたうえ、首を切られて、目を潰される菊千代か。あいつ殺されても当然な嫌なやつだ」

ふふふと笑って、陽児はいった。

「だからいいんだ。前半で出番が終わるから、ぼくはみんなの芝居に集中できる。テンポが速くなったり、感情がぶれたときには、目で合図を送るよ」

「おー本物の音響監督みたいだ」

音響監督はアニメーションの演出とは別に、声優の演技を指導する役割だった。アニメにかかわる仕事のなかでは、実入りがいいといわれている。

「ぼくには演じる側よりも、演出とか脚本のほうが向いているのかもしれないなあ」

心心がばしんと音がするほど、陽児の背中を平手で叩いた。

「なんだ、声優の卵が、そんな弱気でどうする。陽児の声にはいいところがある。気が弱くて、控えめで、うじうじしていても、それが陽児のもち味だ」

陽児は口のなかでぶつぶつとつぶやいた。

「……うじうじは余計だろ」

「まあ、いいじゃないか。いっしょに脚本づくりがんばろう」

心心は前歯を全部見せて、陽児に笑いかけてきた。少女の顔がレジの正面に戻るのと、カウンターにどさりとカゴが置かれたのは同時だった。しかも本でいっぱいのカゴがふたつ。いったいどういうお客なのだろうか。

陽児は驚いて、カウンターの向こうを見た。中年の夫婦がにこにこと笑いながら立っている。男は恰幅《かっぷく》のいい身体で、真っ赤なラコステのポロシャツを着ていた。ベルトで締めた腹がこぼれそうだ。腕時計はゴールドの輝きがまぶしい。女のほうは高級そうなツイードのスーツ姿である。これがシャネルスーツだろうか。こちらは愛想のいいカマキリのような美女だった。

「ああ、岳叔父《ユエおじ》さん、びっくりした」

それから機関銃のような中国語の会話がカウンター越しに飛び交った。赤いポロシャツの金時計は、どうやら心心のおじさんのようだ。そうすると、女性のほうは妻だろうか。中国語はなぜか声がおおきくきこえるなあ、と感心しながら、陽児は黙ってカゴから本をとりだし始めた。

ひとつのほうのカゴは最新のビジネス書でいっぱいで、なかには陽月電子の成功の秘《ひ》訣《けつ》を書いた日本人経済評論家のものもある。もうひとつのカゴにはジャンプコミックス『HUNTER×HUNTER』の一巻から最新巻まで三十冊を超える全巻が入っていた。

ひとしきり話を終えると、心心が陽児を振りむいた。ふたりをてのひらで示していう。

「こちらが陽岳さん。お父さんの弟なんだ。で、奥さんの麗香《リィシャン》さん」

続いて中国語で、陽児を紹介してくれた。意味はぜんぜんわからないが、イシモリヨウジの名前だけはききとれる。岳が金のロレックスをつけた手をさしだしてきた。陽児は恐るおそる握手をした。驚くほど力が強い。

「わたしは日本の大学を卒業したから、日本語はだいじょうぶ。石森くんは心心と同じ声優学校に通っているんだね。クラスでの心心はどうかな」

入学式に遅刻してきて、無人のパイプ椅子の列にダイブした話をしたほうがいいのだろうか。陽児が思わず笑みをこぼしそうになると、心心が真剣な目でにらみつけてきた。

「あの、よくがんばっていると思います。誰も知っている人のいない東京で、ひとり暮らしをして、ここでバイトを続けながら、学校にも毎日通っている。心心はすごくえらいですよ」

これくらいいっておけば、あとで叱られることもないだろう。岳は心心にいった。

「あの部屋の住み心地はどうかな」

心心は無感情に即答した。

「最高です」

そのときシャネルを着たカマキリ美女が声をあげた。攻撃的な中国語の響きがする。これがアニメなら、敵宇宙船への全艦攻撃命令だろう。岳が肩をすくめて、日本語に訳してくれた。

「あの部屋の購入費用の半分はうちが出した。住み心地がよくないと詐欺みたいなものだといっている。石森くんにいいことを教えておこう。中国の女性というのは、実に気が強いんだ」

陽児はそ知らぬ振りをしながら考えていた。このふたりが話しているのは、きっと青山のマンションのことだ。心心が心外そうに口をはさんだ。

「そうでないのもいる。わたしの住まいの話はよしてほしい」

岳は心心を興味深そうに見つめていった。

「確かに、すこしはそうでない女性も存在する。まあ例外だが」

空気がすこし気まずくなった。陽児はとりなすようにいった。

「本にカバーはかけますか」

「いや、いらない。紙袋に入れてくれればいい」

心心がバーコードを読み、陽児が二重にした紙袋に本を詰めていった。ビジネス書とコミックスのおおきな紙袋がふたつ、カウンターに直立した。見たことのない金属製のカードがトレーに置かれた。超富裕層向けの特殊なカードなのだろうか。支払いが済むと岳はビジネス書の紙袋を手にしていった。

「こちらのほうはいただいていく。もうひとつは心心へのプレゼントだ。きみは上海の家に大好きなマンガを置いていったろう。あとでゆっくりと楽しんでおくれ」

『HUNTER×HUNTER』の大人買いか。金もちというのは洒落《しゃれ》たプレゼントをするものだ。心心はうれしそうにいった。

「わあ、やった」

「わたしたちはまだしばらく日本に滞在している。どうだね、石森くん、心心といっしょに晩飯でもたべないか。店はわたしのほうで選んでおく。当然、こちらのおごりだ」

陽児は心心の様子をうかがった。自分がいっしょに食事になど顔を出してもいいのだろうか。親戚《しんせき》と積もる話もあるかもしれない。だが、心心の顔は完全な無表情だった。うれしそうでも、嫌そうでもない。すこし迷ったが返事をした。

「わかりました。ぜひ連れていってください」

いい返事をしておいて、あとでアルバイトが忙しいといい訳をしてもいいだろう。どうせ心心のクラスメイトというだけの関係だ。書店の廊下を赤いポロシャツと高そうなスーツの後ろ姿が去っていく。

「はあっ」

心心がため息をついて、カウンターの上にあるコミックス三十冊以上が詰めこまれた紙袋をとりあげ、足元に置いた。陽児はいった。

「いろんな意見があるみたいだけど、ぼくは今の『暗黒大陸編』もおもしろいと思うよ」

「うん、ありがとと」

心心はそれから口数がすくなくなり、淡々とレジ打ちのアルバイトをこなした。陽岳夫妻のことはひと言も口にしない。親戚の娘の下宿のために三億円を出すのは、中国の富裕層のあいだでは普通のことなのだろうか。陽児はそう疑問に思ったが、心心には質問しなかった。

9

「時間はとらせない。さっそく、陽岳副社長が訪れたときのことを教えてくれ」

王秘書室長のワンボックスカーが学校帰りで渋谷駅に向かう陽児の目前で停車した。陽児の家まで送ってくれるという。王はバックミラーで後続車が同じように停まっていないか確認している。どこかの国の諜報《ちょうほう》部員のようだ。陽児は運転席に座る黒いスーツの男にいった。

「そんなことをいわれても、三分くらい本屋のレジで立ち話をしただけですから」

王室長はスマートフォンを出して、録音を開始した。

「いつのことだった？」

「脚本で苦しんでいた頃だから、もう十日以上前になります」

「そんな前に副社長は東京にきていたのか。あの人はときどき行方をくらますことがあるんだ。いったいどこでなにをしているんだか」

陽児にはなぜ王室長が神経質になっているのかわからなかった。

「人のよさそうな感じでしたよ。心心に『HUNTER×HUNTER』を大人買いして、プレゼントしてたし」

王が皮肉っぽく笑った。

「あの人は、気前のいい人だよ。味方とこれから味方につけたい人間に対してはね」

「そういえば、奥さんのほうがいってました。あの青山のマンションの代金のうち、半分は自分たちが出したんだって。ぼくは訳がわからないって顔をして、ごまかしましたけど」

王が鼻を鳴らしていった。

「あの女は副社長とは逆で、自分が人にしたことを毎回思いださせないと気がすまないんだ。陽月電子でも煙たがられているよ」

会社の名前だけ見事な中国語だった。

「でも、どうしてそんなに心心の叔父さんが気になるんですか」

王室長がじっと陽児の目をのぞきこんだ。都心の空には夕闇が迫りつつある。西の空にひと筋だけ燃え残った夕焼けがあざやかだ。

「陽児くんなら、まあいいだろう。どの世界のどんな企業にも、社内の争いはあるものだ。心心お嬢様のお父上・陽峰氏は陽月電子の創業者で、軍の通信部の出身なんだ。生粋の技術者といってもいい。つねに最高の性能をもつスマートフォンをつくりたいと願っている。社内のエンジニアはみなお父上の味方だ」

「わかります」

日本ではまだそれほどブレイクしていないが、そうやって技術を磨き続け世界第二位のスマホメーカーになったのだろう。陽児もホンダの本田宗一郎《ほんだそういちろう》やパナソニックの松下《まつした》幸之助《こうのすけ》の話なら、社会の時間に習っていた。

「陽岳副社長は最初に社長に出資して、会社を成長軌道に乗せた人だ。もともとは上海で不動産業を手広く営んでいた。商売上手で、人当たりもいい。いってみれば、社長の技術力と副社長の営業力で、陽月電子は中国一のスマホ会社になった。だが、ふたりの路線は割れている」

技術と営業か、やはりどちらかひとりの天才だけでは、巨大企業などつくることはできないのだろう。陽児にとっては雲の上の話だった。巨大企業の権力争いか。映画のなかでならわかるけれど、とても現実のこととは信じられない。陽児はそこではっと気がついた。

「心心は子どもの頃から、そういう巨大なビジネスの世界を見てきたんですね」

王室長の目がわずかに細められた。この人は心心のことが好きなのだろう。

「ああ、そういうことだ」

毎日好きなアニメを観て、好きなマンガや本に夢中になっていられた自分は、どれほど恵まれていたのだろうか。せいぜい学校の成績と将来の進路のことを気にするだけでよかった。心心は母親を殺され、父親を半身不随にされたうえ、家業についていつも周囲から教えこまれていたに違いない。まだ子どもとはいえ、全株式の二十パーセント近くを相続してしまったのでは逃げることのできない責務だ。

「この秋に開かれる株主総会では、心心お嬢様も二十歳を迎えられる。お嬢様がもつ議決権が、どこに流れるのか。幹部はみんな心配しているのだ」

「でも、心心はお父さんと仲がいいんですよね。だったら、普通はお父さんのほうに投票するんじゃないんですか」

「そうなることをわたしたちも望んでいるよ。だが、陽岳副社長もひと筋縄ではいかない。いろいろと切り崩しの工作を仕かけてくるだろう。あれだけ多忙な人が心心お嬢様にひと目会うために東京までやってきたんだ。なにか考えがあるに違いない。問題は社長と副社長の対立では済まなくなっている。技術部と営業部が割れて、つぎの十年間の経営方針でも対立が起きているんだ。今後も心心お嬢様の『叔父さん』がくるようなことがあったら、なんでもいいからわたしに報告してほしい」

陽児は黙ってうなずいた。けれど、心のなかで考えていたのはまるで別なことだった。

こうしてひそかに身辺を探られることを、あの少女はどう感じるのだろう。好意を寄せてくれる身内とはいえ、決して気分はよくないはずだ。それに王室長が望む方向が心心にとって最良とは限らないだろう。心心を守るアルバイトを頼まれているとはいえ、百パーセント依頼主に忠実でなければいけないということはないかもしれない。陽児は自分でもこっそりと、心心のために動いてみようと決心した。

10

「みんな、まるでダメだな。肝心な点を、それもひとつだけでなく、いくつも見落としている。きみたちの目は節穴かな。それでは、ぼくの華麗な推理を披露しよう。まず殺された南河くんだが……」

陽児は脚本を見ながら、浩平の声をきいていた。いつもの渋谷駅新南口近くのカラオケ店である。声を出す練習や本読み、歌の稽古《けいこ》には防音対策の施されたカラオケ店がベストだ。

「ちょっと待って、台詞にもっと嫌みな感じを乗せたほうがいいんじゃないかしら。静《しず》馬《ま》は一年前に発生したレイプ事件の犯人のひとりで、悪役でしょう」

そう指摘したのは、ナレーター役の真琴だった。なかなか鋭い。浩平が脚本から顔をあげていった。

「演出の陽児はどう思うんだよ」

「うーん、迷うなあ」

心心が不思議そうな顔をした。

「静馬は悪人だよ。女の子をレイプするという最低の犯罪をやってるし、最後は濡れ衣《ぎぬ》を着せられて逃げ切れないと悟って、自殺するんだよね」

密室で起きた不可能殺人に手をくだしたのは、浩平演じる毒島《ぶすじま》静馬であると責め立てるのが心心の役だった。亡くなった女子学生の親友である。大型ディスプレイには音を消したプロモーションビデオが流れていた。雨のなかを歩きながらイケメンが切々と歌うありふれた場面だ。健太郎も、遥も、こちらを見ている。心心がいった。

「どうして、迷うことある？　悪人は悪人だろ」

ときどき男言葉になるのが、心心のかわいさだった。陽児は脚本をテーブルにおいて、腕を組んだ。

「普通のアニメなら、最初から悪い人は悪い人っていうフラグが立ってるよね。イケメンはいつも正義で、かわいくて健気な少女も正義。二十三分でストーリーをわからせるためには単純化も必要なのはよくわかる。低年齢の子どもだって観てるしね。でも、この作品ではもうすこし大人向けのアプローチができないかとも思うんだ。最初から犯人が簡単にはわからないほうが、後半の推理合戦が盛りあがって、いいのかなあって」

「ふーん、なるほどね。陽児くん、ほんものの演出家みたい」

遥がそういって、くりくりとよく動く瞳で見つめてくる。子役からの芸能活動がもう十年を超えるので、何人もの演出家と仕事をしてきたのだろう。

「おれはそういう大人向けのアプローチ、いいと思うな」

そういったのは、普段は寡黙な健太郎だった。

「おれ自身、外画《がいが》のアテレコをやりたいと思ってるせいか、アニメの声の当てかたは型にはまっている感じがして、すこし気になるんだ。ひと声当てた瞬間に、いい人悪い人ってわかるのは、すくなくともおれにはおもしろくない。人間って、そんな簡単なもんじゃないだろ」

全員の視線が陽児に集まった。さあ、おまえが決めろと迫ってくる。演出家とはこういう孤独な決断を、毎日何回もする仕事なのだろう。

「わかったよ。じゃあ、浩平は今の感じよりも、逆にもうすこしいい人キャラにしてみてくれ。でも、一年前に事件を起こし、それを隠してもいる。悪事がばれないかというひそかな恐怖もあるという複雑な感じでいってみよう」

浩平が陽気にいった。

「おー、うちの演出家がすごいハードル上げてきたな。わかった、二枚目ならまかせとけ」

遥がつぶやいた。

「そういう単純なもんじゃないんだけどね」

本読みの続きが再開された。浩平の声は先ほどよりすこしイケメン方向に振られている。この調子でミスリードして、静馬が実は一年前のレイプ犯で、最後には自らの手で破滅するというほうが、衝撃は強いかもしれない。ほんのひと言のアドバイスで、芝居の流れが変わってしまう。陽児は演出のおもしろさを感じ始めていた。

それにしても、本読みは真剣になるとひどくおもしろかった。それぞれの役を、演者がどう読んできたのか。どうやって、新しいキャラクターをつくりあげるのか。それが台詞ひとつに明白にあらわれてしまう。もっともおたがいに疑問をぶつけあうので、なかなか稽古は前にすすまなかった。四時間の本読みのあとで、心心が最後にいった。

「これじゃあ、本読みじゃなくて、本の相談だよ」

心心のいう通りだった。けれど、陽児はこの作品が前にすすんでいるという確かな手ごたえを感じていた。

11

一年C組の発表会を四日後に控えた午後だった。陽児は夕方まで星美堂書店のアルバイトが入っていた。いつものようにレジ打ちのためカウンターにいると、新刊本を十数冊抱えた浩平がやってきた。

「あれ、今日は心心といっしょじゃないんだ」

陽児もすこし気にはなっていた。同じ時間から勤務予定のはずだが、もう小一時間遅刻している。

「心心にはめずらしいけど、遅くなってるみたいだ」

声優学校の授業でも、本読みの練習でも、心心が遅れてきたことはなかった。陽児のなかでかすかな不安が生まれた。王室長の依頼もある。よくわからない秘密組織が心心を誘拐したのではないだろうか。浩平はのんびりという。

「連絡とってみたのか」

「いや、まだだ。ちょっとラインしてみるよ」

店長があたりにいないのを確認して、スマートフォンをジーンズの尻ポケットから抜きだした。浩平はカウンターに新刊をおいて、手元をのぞきこんでくる。

「遅くなっちゃった。ごめんなさい」

心心の声がきこえた。幻聴ではない。身体に入っていた力が抜けていくような例の特別な声だ。陽児が顔をあげると、レジ脇の通路をバックヤードのほうからやってくる。

「店長に怒られちゃった。遅くなるなら、電話くらいしてくれって」

「なんだよ、心心。元気そうじゃないか。おれ、仕事にもどるわ」

浩平は新刊本を抱えて、ビジネス書の棚に移動していく。心心はレジに入るといった。

「昨日の夜からだるくて、午前の授業終えて一度部屋に帰ったんだ。ちょっと仮眠するつもりだったんだけど、目が覚めたらバイトに間にあわない時間で。びっくりだよね。

ほんの四、五分のつもりが一時間半たってた」

浩平のいうように元気そうには見えなかった。よく見ると、頬と唇がいつもより赤いし、目のしたにクマができている。

「ちょっといいかな」

手を伸ばした。心心は驚いた顔をしているが、かまわずに前髪をかき分けて額に当てる。ひどい熱ではないが、明らかに平常の体温ではなかった。

「心心、熱があるじゃないか。風邪ひいたんだよ」

心心の表情がさっと曇った。感情の変化量は日本人の女の子よりおおきいようだ。

「それは困る。もうすぐ発表会じゃないか」

「そんなことより、身体のほうが心配だよ。熱だけじゃなく、身体もしんどくない？食欲なくなってない？」

ふにゃりとした笑顔を見せて、上海の少女はいった。

「ぜんぜん食欲なくて、ラッキーと思ってた。わたし、ダイエット中だったんだよね。

陽児もすこしやせたほうが魅力的だと思うだろ」

これだから女子というやつは。陽児はぴしゃりといった。

「風邪のときにダイエットなんかしたら、倒れちゃうよ。心心、無理はいけない。せっかくきたけど、今日は早退させてもらいなよ」

「それはいいけど……」

心心が不安そうな顔をしている。無理もなかった。中国から東京渋谷の声優学校にひとりぼっちで留学にきて、いっしょに暮らす人は誰もいないのだ。異国で病気になるのは、さぞ不安なことだろう。心細そうな心心を見て、陽児はいった。

「遥と真琴姉さんに連絡してみる。心心は店長に風邪で休むっていっておいで。ふたりのうち、どっちかのところに泊めてもらえるように、話をしておくよ」

腕時計を確認した。午後三時半だ。

「あと一時間半で、ぼくのバイトは終わるから、近くのカフェで待ってて。心心をちゃんと看病できるようにするから」

これも王室長の依頼に含まれる仕事のうちだろう。体調を崩した心心を守るのだ。ボディガードの務めのひとつである。自分で額に手を当て、心心はいう。

「なんだか風邪だと思うと、急につらくなってきた。陽児のいう通りにするよ。さくら坂のカフェで休んでるね」

陽児は浩平の姿を捜した。心心をどうするか相談したほうがいいし、遥や真琴に連絡をとらなければいけない。心心が急に風邪で倒れるなんて、想定外の出来事だった。

九十分後、陽児と浩平の姿はいつものカフェの窓際のソファ席にあった。心心はテーブルの向かいでぐったりと身体を投げだしている。姿勢を保つ力も入らないようだ。顔は発熱のせいか真っ赤だ。浩平が怒っていった。

「おれたち手分けして電話したんだけど、結論からいうと、遥も真琴さんもダメだった。ほんと女って冷たいよな。心心がこんな体調なのに」

心心は赤い頬でぼんやりと話をきいている。陽児はいった。

「しかたないだろ。真琴さんはひとり暮らしで、昼は学校で夜はガールズバーのバイトがある。遥は今日から泊まりがけで九州に撮影の仕事でいっちゃうんだから。ふたりとも看病なんてできないよ」

浩平が口をとがらせた。

「じゃあ、どうすんだよ。あとはおれたちと健太郎しかいないぞ。あいつは男のひとり暮らしだし、心心を泊めるなんてできないだろ。と、すると……」

幼馴染みがこちらを見つめてくる。なぜかにやりと笑っている。

「そしたら、おれか陽児しかいないだろ。でも、うちは絶対無理だからな」

陽児は心心の様子を観察した。ぼんやりと笑ったまま、ぐったりしている。王室長ならなんとかしてくれるだろうが、あの人の存在は心心には秘密だった。このままひとり暮らしのアパートに帰すのはかわいそうだ。浩平がまだいっている。

「だいたい心心の風邪に気づいたのは陽児なんだし、心心のお守り係はもともとおまえなんだから、陽児がなんとかしろよ」

心心がそこでタイミングよく苦しそうに咳《せき》をした。

「わかった。ちょっとうちに電話してくる」

陽児はスマートフォンをもって、カフェを離れた。さくら坂のソメイヨシノのしたで、自宅に電話をかけた。母の京佳《きょうか》が出る。

「あっ、母さん。ちょっとクラスの友達が風邪をひいて、困ってるんだけど」

背景にちいさくテレビの音声がきこえる。まだ夕飯の支度には早い時間だ。

「浩平くんが風邪でもひいたの」

専業主婦の京佳の声はのんびりしていた。

「いや、浩平はだいじょうぶ。風邪をひいたのは上海からきてる留学生なんだ。ぜんぜん知らない国で、ひとりで病気になるのはつらいだろ。二日くらいうちに泊めてやってほしいんだけど」

「あら、そうなの。そういう事情なら、うちはかまわないわよ」

OKが出たところで、難問をさっさと片づけなくてはいけない。それでも陽児の声はついちいさくなってしまった。

「それで、その子なんだけど、実は女の子なんだ」

しばらく間があった。驚いているのかもしれない。陽児は母親と女の子の話をしたことがなかった。京佳の声がはじけた。

「そうなんだ。だったら、晩ごはんはご馳走《ちそう》にしなくっちゃ。陽児が女の子をうちに連れてくるなんて、初めてでしょう。つぎはいつあるのかわからないしねえ」

カフェのガラスの向こうで、浩平が手を振っていた。陽児はむきになっていった。

「彼女とか、恋愛とか、勝手に先回りしないでよ。心心とはなにもないし、病人の世話をするだけだから」

「はいはい、で、その心心って子はどこに寝かせるの」

陽児の家は一戸建ての3LDKで、余っている部屋はなかった。個室は陽児と妹の詩《し》織《おり》、あとは父と母の寝室である。

「彼女はぼくのベッドに寝かせるよ。ぼくが布団もって、リビングで寝るから」

「へえ、なんだかちょっとわくわくするわね。病気の女の子にやさしいなんて、陽児もいいところあるじゃない」

「だから、そういうのじゃないって。心心に変なこといわないでよ」

母は妙にはしゃいでいるようだった。

「はいはい。その子に着替えの下着とパジャマもってくるように伝えて。あとはなにもいらないからって」

こうして困ったときにすぐに頼れる家族がいるのはいいものだった。陽児にはこれまで反抗期らしい反抗期はなかった。家族との関係がうまくいっていなければ、とても気軽に中国人の留学生を自宅に連れていこうとは考えなかっただろう。

電話を切り、カフェにもどった。浩平がにやにやしながらきいてくる。

「京佳さんはなんだって?」

陽児はむっとした。

「前からいってるだろ。人の母親を名前で呼ぶなって」

心心がいらないところで口をはさんだ。

「陽児のお母さんは、京佳さんっていうのか。よろしく伝えてくれ」

陽児はテーブルの伝票をつかんだ。面倒だ。ここは王室長からもらった金で払ってしまおう。

「これから、その京佳さんに会いにいくよ。熱が下がるまで、うちに泊まる許可をもらったから。心心は部屋に帰って、着替えを用意してくれ」

心心は話がうまく呑みこめないようだった。びっくりした顔をしている。

「わたしが陽児の家にいくのか？　それで泊まるのか？」

「そうだよ」

陽児は青山のタワーマンションを思いだしていた。六億円もするという最上階の物件だ。きっと上海にある実家もものすごい豪邸なのだろう。

「うちはちいさな一軒家だから、変に期待しないでよ」

ぱちんと手を打って、心心が叫んだ。

「うわー、やった！　日本人の家に泊まれるんだ。うれしいなあ、夢がひとつかなうよ」

陽児は苦笑いするしかなかった。億万長者の少女の夢がこんなに単純で質素なものなのだ。浩平がいった。

「なんだよ、小学校のときのお泊まり会みたいだな。楽しそうじゃないか。おれも陽児の家いこうかな」

「おまえはダメ。浩平なんかきたら、心心がゆっくり眠れないだろ。絶対アニメのボックスセットもってきて、ひと晩中鑑賞会になるんだから」

浩平はバイト代をすべてアニメのディスクに投入していた。今どきめずらしいパッケージソフトの購入派である。

「さあ、いこう。心心は早く横になったほうがいいよ」

陽児は伝票をもって、レジに向かった。心心はのろのろとついてくる。癪《しゃく》に障るのは浩平がうやうやしく心心の手を引いてエスコートしてくることだった。自分の家には絶対、心心を泊めないといっていたくせに。陽児は王室長からもらった剃刀《かみそり》のように鋭い一万円の新札で、コーヒー代を支払った。


「どうりでいつもより、晩ごはんが豪勢だと思った。お客さんのおかげだったんだね」

渋谷にある共学高校の制服を着たままの詩織がそういうと、箸を手にとった。テーブルには箸だけでなく、ナイフとフォークも用意してある。確かにいつもの夕食より格段に豪華だった。自家製のミネストローネに、ミモザサラダ、パン粉にチーズを混ぜてぱりっとあげた薄手のビーフカツ（これはバスケットシューズくらいのおおきさ）、それにタコとイカとエビにイクラをたっぷりかけた海の幸のマリネ。炭水化物はフランスパンとサフランライスだった。

詩織が気をつかっていってくれた。

「こんなご馳走が毎日たべられるなら、心心さんずっとうちにいていいからね」

テーブルを囲んでいるのは母の京佳と妹の詩織、それに心心の三人の女性と、男性は陽児ひとりだった。父の省吾《しょうご》はまだ仕事から帰っていない。いつも帰宅は九時すぎだった。陽児はあらためて自宅のリビングルームに目をやった。心心という別な文化圏からきた客を迎えたことで、微妙な緊張感がある。見慣れたリビングのインテリアがどこかよそいきで、冷たく見えた。心心はビーフカツに飛びついた。

「陽児くんのお母さん、料理が上手です。どれもみんな美味《おい》しい」

京佳は満足そうに上海からきた少女を見つめている。

「心心ちゃんのお母さんは、どんな料理が得意なの」

陽児は目配せをしたが間にあわなかった。心心の家族を襲った悲惨な事件の話は、誰にもしていない。

「うちのお母さんは、料理あまり上手じゃなかった。いつも外にたべにいくか、お手伝いさんがつくっていたから」

陽児はあわててフォローした。ネットで見かけた情報を口にする。

「中国では屋台とか街の食堂がすごく安くておいしいんだよね。みんな、あんまり家で料理しないんだろ」

「うん、そうです。でも、わたしのお母さんは家事が嫌いだったんだと思う。ぜんぶお手伝いさんにまかせて、自分はお父さんの仕事の手伝いをしていたから。わたしの面倒はしつこいくらい見てくれたけど」

急成長を続ける陽月電子の業務をサポートしていたのだろうか。京佳が不思議そうな顔をした。

「今の話みんな過去形だけど、心心ちゃんのお母さんは中国でお元気なの」

心心は新しいビーフカツに箸を伸ばしながら、明るい声でいう。

「ああ、お母さんは交通事故で亡くなりました。ほんとのことをいうと、お母さんの料理はよく覚えていないんです」

「そうなの、悲しい目に遭ったのね。わたしを日本のお母さんだと思って、いつでもこの家に遊びにきていいからね、心心ちゃん」

風邪でもとから赤くなっていた心心の頰が、さらに赤みを増した。

「ありがとうございます。絶対また遊びにきます。陽児くんはいいやつだと思っていましたけど、こんなに素敵な家族がいるから、いいやつに育ったんだなと、ここにきてわかりました。料理は美味しい、おうちは素敵、妹さんはかわいいし、お母さんは若くてきれい。納得しました」

同じ台詞を日本人の女の子が口にしたら、きっと歯が浮くようなお世辞にきこえたことだろう。だが、上海からきた少女がいうと、素直に言葉通りの意味にきこえるから不思議だった。心心の飛び切りの素直さと、この特別な声のせいかもしれない。少々の罪を犯したくらいなら、法廷でこの声をきいた裁判員はみな無罪にしてしまうのではないだろうか。詩織が兄を見て、さっと盗むような笑みを浮かべた。

「うちのお兄ちゃんって、ぜんぜんもてなくて高校時代も彼女いなかったんだ。よかったら、ちょっとつきあってやって」

心心が驚いた顔をした。

「日本では高校生で男女がつきあうのか」

つぎに驚いたのは詩織のほうだ。

「えっ、中国ではつきあわないの。日本では中学からつきあってるよ。なんなら小学生でもね」

ビーフカツをひと口かじって心心がいった。

「そうか、文化が違うんだな。中国の親はとにかく勉強しろとうるさいんだ。大学までとにかく勉強、勉強また勉強。男女交際なんて許さない。それで就職したら、すぐに今度はいい相手はいないのか、早く結婚しろ、結婚しろってうるさくなる」

科挙という役人登用の全国統一試験の成績で、人生が左右された古《いにしえ》の王朝時代の風習が残っているせいだろうか。親のほうが教育に力が入るのは、東アジアの特徴なのかもしれない。

「だとすると、よく心心のお父さんはうちの学園への入学を許してくれたね。アメリカの大学にいけとかいわれなかったんだ」

心心は肩をすくめた。

「いわれたよ。電子工学を学ぶために工科大学にいけとか、MBAをとれとか。でも、わたしはそういうのに興味がもてなくて。自分の人生をかけるなら、アニメーションがいい、日本で声優をやりたいって思ったんだ。それ以外には考えられなかった」

詩織が口をはさんだ。

「だったら、上海では心心さんって、すごく成績がよかったんだね。そうでないと、そんな進路すすめられないもん」

「わたしは子どもの頃から全教科に家庭教師をつけられたから、成績はそこそこよかった。でも自分の人生は自分のもの」

陽児は結局はうまくいかなかった中学受験のときに、学習塾に通ったくらいである。きっと自分などより心心のほうがずっと頭はいいのかもしれない。陽児は、母の手料理を平らげる少女を見つめて考えていた。

心心はかぐや姫のようなものなのだ。

声優学校を卒業すれば、きっと上海に帰っていくのだろう。中国では日本に負けないほどつぎつぎとアニメーションスタジオがオープンしているという。心心なら優秀な頭脳と特別な声で、きっと自分の道を切り開いていくだろう。自分は東京に残りアニメ業界の片隅でなんとか居場所を探すことになる。それは華々しい未来にはならないかもしれないが、自分で選んだ道だから陽児に後悔はなかった。

「陽児はたべないのか。京佳さんの料理はおいしいぞ」

「うん、たべるよ。ただなんだか心心がうちにいるのが、すごく変な感じがしてさ。箸がとまってた」

「あーお兄ちゃん、見とれてたんでしょう。心心さん、かわいいし」

心心がおかしな顔をした。

「見とれるって、どういう意味？」

京佳がいった。

「心心ちゃん、サフランライスのお代わりはいかが。見とれるっていうのは、かわいいなあってうっとりして見ることよ。陽児はほんとうに見とれていたのかもしれないわね」

「母さん、詩織、それ以上はやめてくれよ。心心、さっさとめしをくって、ぼくの部屋にいこう。ここにいたら、ろくでもない日本語ばかり教えられるぞ」

心心はにこりと笑った。口にたべものを詰めこんだまま質問してくる。

「陽児、それでほんとにわたしに見とれていたのか」

陽児は上海からきた少女の問いには一切こたえずに、猛然と夕食をやっつけ始めた。

陽児は来客用の夏掛けを階下から運び、心心のために新しいシーツを自分のベッドに敷きこんだ。いちおう部屋のなかを確認した。目につくどこかに成人コミックや成人アニメはないだろうか。本棚の背表紙にはその手のソフトは見えていない。陽児も健康的な男子なので、浩平に比べたら断然数はすくないが、いくつかは所有していた。壁にポスターを貼るのは苦手なので、全体としてすっきりとした部屋だ。

「陽児、いいか」

心心の声がした。心臓をどきどきさせながら部屋のドアを開ける。

「今、ベッドの用意をしてたんだ。シーツはお中元でもらった新品をおろしたよ。ぼくのベッドは気にいらないかもしれないけど、我慢して」

風呂《ふろ》上がりの心心がぶんぶんと風音がするほど強く手を振った。

「陽児のベッドならぜんぜん気にいるよ」

なんだかおかしな日本語だった。ちいさな猫の顔がたくさんプリントされたチェックのパジャマを着ている。顔はすっぴんで、肌が透けるようにきれいだ。

「風邪のほうはだいじょうぶ？」

心心は力こぶをつくってみせた。

「中国人は日本人より、風邪に強いんだ。新型のインフルエンザとか、ばんばん生まれてる国だから、中国人の免疫力はすごいんだぞ」

そんな話は初耳だった。心心はにこにこしている。

「中国の農村部では、ニワトリとブタをいっしょに飼っている。ブタはヒトとニワトリ両方のインフルエンザにかかるんだ。そこでヒト・インフルエンザとトリ・インフルエンザが混ざって、新しいウイルスが生まれたりするんだ」

「新型インフルエンザ?」

「そうだ。A香港《ホンコン》型とかきいたことがあるだろ、陽児」

アメリカの工科大学をすすめられたくらいだから、心心は元々理系に強いのだろう。女の子から新型インフルエンザの話をきいたのは初めてだった。日本の女子はまずこんな話はしないだろう。

「で、今は体調どうなの」

心心は自分の額に手をあてた。

「熱も引いたみたいだし、だいじょうぶだ。明日には学校もいける。もう本番まで残り時間がすくないから、練習は休めない」

金曜日にはC組の発表会だった。陽児は思いつめたような心心の顔を観察した。ちょっと無理をしているのではないだろうか。マイクに向かって収録しているときのように、顎《あご》の線が硬い。そういえば、この少女はいつだって、すこし無理をしているように見える。

「いや、熱がさがったとしても、明日は一日うちで休んだほうがいいよ。無理して練習しても、本番の日に風邪がぶり返したらアウトだから。心心の役はほかの誰にもできないし、キャストの余裕もないんだ」

一班六人には全員役が振られている。誰ひとり欠けても『孤島の探偵』は発表できないのだ。心心はしおれた花のようにベッドに座りこんだ。

「わかった、陽児。じゃあ、今夜と明日は全力で休むよ」

夏掛けの下にちいさな爪のそろったつま先を滑りこませる。陽児は心心の足の指を見て、どきりとした。自分は足フェチではないけれど、普段は靴下に隠れて見えないところだ。夏掛けを顎まで引きあげて、心心が上目づかいにいった。

「毎日の課題もやっちゃダメ？」

声優学校の生徒の課題だった。五十回自分で選んだ台詞をボイスレコーダーに録音するのである。陽児も学園に入学してから、一日も休まずに続けている。

「風邪のときに喉を酷使するのはよくないよ。今はちゃんと休めておこう。ぼくたちには喉は身体のどこより大切なものだろ」

心心は夏掛けをかぶっていった。

「うー、わかった。陽児はなにかと厳しいんだな」

「しかたないだろ。恨むなら、風邪なんか引いた自分を恨め。あったかいハチミツレモンつくってくるから、それをのんで早めに寝な。喉にいいんだよ」

陽児が部屋を出ようとすると、心心のやわらかな声が背中にあたった。

「陽児、きみの家族はみんなあったかいな。お母さんも、妹さんも、それに陽児もやさしいよ。わたしはちいさなころから、ずっとお手伝いさんと晩ごはんをたべていたから、家族とたべるとこんなに楽しいんだって、初めて気づいた気がする。陽児の家族は素晴らしいな」

中学高校と何人もの友達を家に呼んだことがあったけれど、こんな感想を口にしたのは心心が初めてだった。陽児は胸を打たれたが、照れ隠しでいった。

「うちなんて、ぜんぜん普通だよ。お金だってないし、ちいさな家だしね」

心心は壁のほうに顔を向けてぽつりといった。

「ほんとにそうかな。陽児の家は、わたしのあこがれだ」

「心心……」

名前を呼んだ後、なにもいえなくなって、陽児は自分の部屋から出ていった。痛ましい事件で、母親を亡くし、父親を半身不随にされたとき、心心はたったの十歳だった。陽月電子のトップは激務に決まっている。父親が夕食の時間に家にいることはめったになかっただろう。日本のアニメを観ながら、お手伝いさんとたべる夕食。たとえどんなに豪勢な料理でも、心心は淋しかったに違いない。

いいだろう。ハチミツをたっぷりいれて、うんと甘いドリンクにしてやろう。陽児は足音を立てないように、そっと階段をおりていった。

12

発表会は午後の授業二コマを潰して開催されることになった。順番はそれぞれの班の代表者によるジャンケンで決定された。一班の代表は、風邪も治り、すっかり元気になった心心で、最後から二番目に決まった。梅雨の晴れ間で、昼前には真夏日を記録するほど暑い金曜日だった。

「おれたち、ラス前か。トップバッターよりはましだな」

カフェテリアで浩平がそういった。C組一班全員が近くの弁当屋で昼食を買い、集合していた。男子三人は敵に勝つ「ソースカツ弁当」を選んだ。

「浩平は山場になると早口になる癖、気をつけるんだぞ。相手の台詞をよくきいて、テンポをあわせてくれ」

陽児は演出も兼ねているので、メンバーそれぞれの弱点に気づいていた。浩平が早口なら、健太郎は熱が入り過ぎるとボリュームがおおきくなり、声が硬くなる。ナレーター役の真琴は感情表現が薄くフラットになりがちだった。一番弱点がすくないのが子役経験が長い遥だが、今回の本格推理という題材には、声がすこし甘過ぎる。そのため、遥はいつもより一段低い声にチャレンジしていた。心心は声は抜群だが、まだ日本語の発音に慣れていなかった。浩平がソースカツをくわえていった。

「うるせえな。わかってるよ。陽児こそ、もうすこし気もちを入れて、台詞ぶつけてくれよ。最初に殺されるワルの役なんだから、オーバー過ぎるくらいでいいからな」

痛いところを突かれた。陽児も真琴と同じで、感情表現が苦手だった。だが『孤島の探偵』は自分で選び、脚本化した作品だ。台詞の読みこみには自信があった。

「いいんだ、ぼくが演じる菊千代はレイプ事件でも従犯で、気が弱い悪党だ。ちゃんと考えて感情を表現するよ」

「そうだぞ、浩平。陽児より、自分のほうを心配しろ。最初はうんと憎らしく、最後はうんと情けなくやってくれよ」

心心は興奮すると男言葉になるようだ。もともとアニメでも男性役のほうが好きだという。サンドイッチをつまんでいた遥が叫んだ。

「あー真琴さん、なにしてるの」

カップ麺の中身を半分、真琴が学生で混みあうカフェテリアのテーブルにぶちまけていた。味噌《みそ》ラーメンの匂いが強烈にたちのぼった。

「あーごめん。脚本読みながらたべてたら、鉛筆引っかけちゃった」

大慌てで、テーブルではなく、ラーメンの汁が染みた脚本を拭《ふ》いている。

「うー情けない。わたし、味噌ラーメンの匂いがする本で、初めての発表会に臨むのかあ」

苦笑しながら陽児は眺めていたが、緊張しているのは真琴だけではなかった。健太郎もがちがちで、普段なら秒殺のソースカツ弁当が半分以上残されていた。

「健太郎は食欲ないのか」

心心が心配そうにいった。

「わたしの風邪がうつってないといいけど。ソースカツいらないなら、一枚くれないか」

健太郎があきれていった。

「かまわないが、心心は意外と神経太いんだな。おれはゲームの立ちあがりは、いつも緊張でコントロールがばらばらになってた。最初の台詞が怖くて、たまらないよ」

普段の調子なのは、遥と心心くらいかもしれない。陽児も妙に緊張していた。こぼれたラーメンをレジ袋に片づけた真琴がため息をつきながらいった。

「やっぱり練習と本番は違うね。練習のときはなんでもなかったのに、クラスのみんなの前で演技すると思っただけで、緊張感が半端ないよ。早乙女先生をあわせても、たった三十人弱でしょう。何百万人が観てるテレビのアニメで演技するなんて、プロの声優って、ほんとすご過ぎる」

確かにその通りだった。視聴率がたった一パーセントとしても百万人だ。しかもオンエアはそのときだけではない。再放送もあるし、動画配信やユーチューブなどで何年も何十年も、世界中のたくさんのファンが観ることになる。スタジオジブリ作品や『ドラゴンボール』なら、億単位の視聴者がいるのは間違いないだろう。陽児までだんだん恐ろしくなってきた。この学園の生徒はみな、とんでもないバケモノと戦おうとしているのではないか。

ぱちんと心心が手を叩いた。満面の笑みでいう。

「怖いし、すごいから、やりがいがあるんだよ。三十人だって、三億人だって、同じじゃないか。わたしたちは声優になるためベストを尽くす。最初の発表会なんだ。一発かましてやろうぜ、クリリン」

浩平が苦笑いしていった。

「おれの台詞をとるんじゃねえよ。だけど、心心のいう通りだろ。三十人くらいの客で、ビビるんじゃないぜ。これだけ練習してきたんだ。特大の一発を……」

陽児は幼馴染みのムードメイカーぶりを改めて頼もしく思った。こいつはおっちょこちょいで、軽薄なところがあるけれど、ガッツのあるやつだ。浩平が心心に目配せした。ふたりのよく通る声がぴたりとそろった。

「かましてやろうぜ、みんな」

周囲のテーブルで昼食をとる声優学校の生徒たちが、おかしな顔で見つめてくる。陽児はかまわずにいった。

「C組一班の底力を見せつけてやろう。『孤島の探偵』をやるのは、今日で最後だ。最高の発表会にするぞ」

「イエーイ!」

椅子から跳びあがったのは浩平だけだが、残るメンバーの返事もいっしょだった。

ダンススタジオのような教室には、普段と違う緊張感が流れていた。一段高いステージには円形にパイプ椅子が並べられている。ステージ奥の鏡はカーテンで隠されていた。発表は四班、三班、一班、二班の順だった。発表会は保護者の参観も自由なので、教室の後方にはぱらぱらと生徒の親たちが座っている。陽児は今日のことを、家族の誰にも教えていなかった。発表会を妹や母親に見られると思うといたたまれなくなる。

早乙女先生は最前列で、腕を組んで正面をにらんでいる。先生の隣には三脚が立てられビデオカメラが設置されていた。発表は資料として、学園に保存されるのだ。

「さあ、四班いってみようか」

ジャージ姿の生徒たちが壇上にあがった。全員脚本をもっている。着席すると、代表者が一礼して演目を告げた。陽児もよく知る少年誌のバトルマンガだった。

「へえ、どこの場面をやるんだろうな」

浩平がちいさな声でいうと同時に、小柄な女子が立ちあがり声を張った。

「幻影城の決戦が今まさに始まろうとしていた」

終盤のクライマックスだった。陽児は同じクラスの生徒たちの懸命の発表に耳を澄ました。このマンガは登場人物が多いので、ひとりで二役三役と演じるにぎやかな演目だった。なかなか楽しめるけれど、驚きはない。とくに後半はずっとバトルが続くので、技の名前や絶叫ばかりでストーリーがよくわからなかった。テンポもいいし、ひとり何役もやっているので、演じる側は手ごたえがありありだが、逆にきいているほうは醒《さ》めてしまう。

四班の熱演が終了すると、早乙女先生は手元のクリップボードにメモをとっていた。

「はい、つぎは三班だな。いつでもいいぞ」

三班の七人がステージにあがった。中央に机をおいて、大画面のノートパソコンを開いた。四十年以上昔のアニメが音を消して流れ始める。

「へえ『カリオストロの城』、今やるんだね」

つぶやいたのは心心だった。こちらはアクション場面を選んでいなかった。深手を負ったルパンが傷を癒《いや》すという芝居をじっくり見せる静的な場面を選んでいる。

「ここのルパンはいいよな」

浩平がそういったが、陽児は評価をためらった。動く絵は強かった。どうしてもちいさなパソコン画面に目が吸い寄せられ、三班のアテレコに集中できないのだ。また音楽がないとこれほどもの足りないのかと、あらためて音響効果の力に感心させられる。それでもさっきの四班よりは、こちらのほうが出来がよかった。二十分があっという間に過ぎていく。終了時にはぱらぱらとまばらな拍手が生徒たちから送られた。

「ふーむ、今のはなかなかだったな。じゃあ、つぎは一班いってみようか」

早乙女先生がそういい終えると同時に、教室の後ろのドアが開いた。先頭は陽月電子の副社長・陽岳だった。続いて妻の麗香が本物のシャネルスーツで、傲然《ごうぜん》と教室に入ってきた。あとは四人ほどスーツのとり巻きが入室し、最後にジーンズの上下の若いひげの男性が続いた。

どうして副社長がきているんだろう。陽児が心心に目をやると、上海からきた少女は両手をあわせていった。

「叔父さんにきかれたから、今日のスケジュール教えたんだ。こないでいいといったんだけど。それとさ……」

陽岳一行に続いて、陽児の母の京佳と妹の詩織が入室した。外出用のお洒落をしているのが腹が立つ。詩織がちいさく手を振るのを、陽児はきれいに無視した。

「……陽児のお母さんにも話しちゃった」

浩平が手をあげて叫んだ。

「おー、詩織ちゃんきてくれたんだ。オラ、断然やる気になっちまったぞ」

普段なら笑える野沢雅子《のざわまさこ》の真似も、今の陽児にはまるで響かなかった。うちの家族はともかく、多忙を極める世界第二位のスマホメーカーの副社長が、声優学校のクラスの発表会に七人連れでわざわざ足を運んでくる。陽岳はそこまで心心のことを愛しているのだろうか。

「ずいぶんギャラリーが増えたな。一班、ちゃんとお客様を楽しませてくれよ」

陽児は鉛のように重い足を引きずり、ステージにのぼった。ここまでくればやるしかない。自分が選んだ演目の力と、稽古で積み重ねた演技力を信じるしかなかった。円形に置かれたパイプ椅子に一班の六人が着席した。陽児たちはなにも小道具は使わなかった。演出の陽児がうなずくと、全員がうなずき返してきた。

一拍置いて真琴の低く抑えたナレーションが始まった。

「灼鬼島《しゃつきとう》は広島県呉《くれ》市の沖に浮かぶ瀬戸《せと》内海のちいさな孤島である。島の所有者は日本画の大家・早川瀧蔵《はやかわたきぞう》。この島には船着き場と瀧蔵の別荘がひとつずつあるだけで、普段は完全な無人島だった。夏休みの終わり、昭和初期に建築賞を受けたという瀟洒《しょうしゃ》な洋館に、五人の大学生が集まった。すべてE大学のミステリー研究会に所属する推理自慢の自称アマチュア探偵たちである。この五人のうち、合宿の四泊五日の間に二名が命を落とすことになる。無邪気な大学生のなかで誰ひとり、明日にも迫る悲惨極まりない宿命に気づく者はいなかった」

抑えたいいナレーションだ。さすが声優ではなくナレーター志望の真琴姉さんだった。感情表現の乏しさが逆に淡々とした恐怖感を伝えてくれる。

「なんだよ、すげえ別荘だってきいてたけど、ずいぶん汚れてるじゃないか」

毒島静馬役の浩平が最初の台詞を放った。この陽気な大学生が一年前のレイプ事件の犯人だとは、最初の台詞からは想像もできないだろう。遥が早川瀧蔵の孫娘・喜代香《きよか》になりきっていう。

「別荘って、着いた初日は掃除で潰れるんだよ。蜘蛛《くも》の巣払って、バスタブのほこりを流してね。これって別荘のオーナーあるあるだから」

「へえ、でも素敵じゃないか。別荘の掃除が面倒だなんて台詞、おれも人にいってみたいもんだよ。この食材はどこにもっていけばいいんだ」

苦学生の北岡次峰《きたおかつぐみね》の役は現実の健太郎と同じ状況なので、感情移入はしやすいだろう。陽児はそこまで冷静に周りの演技をききこんでいたので、あやうく自分の出番を飛ばしそうになった。演出にばかり気をつかうのも考えものだ。手には脚本をもっているが、自分の台詞の活字を追うことなくいった。

「あー今日は気圧が低いのかな。朝から頭が痛い。すこし休ませてくれないか。昨日は全然眠れなかったんだ」

　菊千代はこの演目一の陰キャだった。陽児はほとんどフラットに台詞を棒読みした。アニメ風というよりリアリティ重視の演技である。心心がひどく真剣な表情でいった。

「文句をいってないで、さっさと片づけましょう。これから五日間もお世話になるんだし、その間は喜代香さんのお父さんのボートもきてくれないんだから、このちいさな島に五人だけ。おまけにスマートフォンさえ圏外なんだもの。せいぜい仲よくやりましょう。名探偵の皆さん」

　全員が自分の最初の台詞をいい終えた。滑りだしは悪くないようだ。真琴のナレーションが再び始まった。生徒たちも教室後方の保護者たちも、物語に引きこまれ始めているのがわかった。物語の力で観客の注意を引きつける。陽児は演出家の醍醐味《だいごみ》を生まれて初めて感じていた。それにしても、心心の叔父さんはあんなにたくさんのスーツ男を連れて、はるばる東京の声優学校にまで、なにをしにきたのだろうか。

『孤島の探偵』は終盤にさしかかっていた。教室中の人間が誰も身動きせずに、物語の進行に集中していた。早乙女先生も例外ではない。メモをとるのも忘れて、きき耳を立てている。名探偵役の心心がいった。

「菊千代くんが殺された一昨日《おととい》の夜十時から十一時の間、あの部屋に近づくことができたのは、気の毒だけど静馬くん、あなたしか存在しない。他の三人にはすべて確固としたアリバイがあるわ。そろそろ認めてしまいなさい。親友の菊千代くんをあの置時計で殴り殺したのは自分だって。頭蓋骨《ずがい》が陥没し、脳漿《のうしょう》が飛び散るほどの衝撃を、よく友人に与えられたものね」

ひたひたと低く追い詰めていくような調子だった。心心は案外この手の推理ものがあっているのかもしれない。陽児は殺された菊千代役で、もう出番はなかった。他のメンバーの演技に集中することができる。

「ふざけるな！　おれが菊千代を殺す訳がないだろ」

浩平が爆発した。声だけでなく、肩まで震えている。別荘オーナーの孫娘・遥が叫んだ。

「ちょっと待って。確かに静馬くんひとりだけアリバイがない。でも、それは犯人だという絶対の証拠にはならないでしょう。それに彼には菊千代くんを殺さなければならない動機がないはず。ふたりは幼馴染みで、親友同士でしょう」

「だが、あの置時計の重さを考えると、犯人はたぶん男に違いない。おれか静馬しか考えられないのも確かだな。おれはやっていない、となると、な」

自分の身をかばった健太郎の台詞に続いて、遥がいった。

「だからアリバイの不在は、犯人の確定的な証拠にはならないはずよ。わたしは静馬くんの動機がわかるまで、この事件は終わらないと思う」

全員の視線が不安げにおたがいの間で絡みあった。深呼吸をひとつして、心心が低い声で投げだすようにいった。この一拍空けは陽児の演出だ。

「……動機なら、あるわ」

「薬師丸さん」「薬師丸」

「一年前、静馬くんと菊千代くんはうちの大学の一年生と知りあった。彼女は文学部英文科の女子よ。とてもかわいいだけでなく、趣味もよかった。英米黄金期のミステリーを熱愛していたの。クロフツ、クイーン、カーなんか。静馬くんと菊千代くんはミステリー研究会に勧誘するという口実で、彼女を呼びだした。菊千代くんはわたしに告白してくれた。その夜、静馬くんが彼女のグラスに入れたのは、海外旅行で購入したデートドラッグだって」

浩平の顔が蒼白《そうはく》になっている。声だけの演技ではなかった。

「どうして、そいつを知ってる?」

心心は恐怖に震える静馬を相手にしなかった。

「彼女はその夜意識をなくしている間に、ふたりから何度もレイプされた。彼女が呉市郊外の岬から瀬戸内海に身を投げたのは、秋風が吹き始めた頃。翌日浜に流れついた遺体は妊娠三ヵ月だった。どちらの男の子どもかもわからない赤ちゃんをお腹に抱えて、彼女は絶望し、入水《じゅすい》自殺した」

「待て、待ってくれ」

毒島静馬役になり切った浩平は心心に向かって手を伸ばしている。指先がなにかをつかもうと硬直していた。

「菊千代くんはいっていた。静馬のやつに誘われて、あんなことをしでかしたけど、警察にいこうか迷っている。今度、静馬ともう一度話をしてみるって。それが夏休みに入ったばかりの頃、わたしが菊千代くんからきいた話よ」

「ちょっと待って。どうして薬師丸さんに菊千代くんがそれほど大切なことを告白したの。人がひとり死んでいる重大犯罪じゃない」

早川喜代香が探偵役の薬師丸綺羅羅を問い詰めた。

「わたしたち、すこし前からつきあっていた。菊千代くんがその秘密を話してくれたのは、初めてふたりで夜を過ごしたときだった。すべてが終わった後で、菊千代くんは泣きながら話してくれた」

心心は浩平をにらみつけ、鋭く人さし指をさした。

「わたしは毒島静馬を絶対に許さない。明日になれば、喜代香さんのお父さんのボートがやってくる。そうすれば、この島での出来事がすべて明るみに出る。あなたは自殺した少女のレイプ犯として、親友を殺害した殺人犯として裁かれることになる。残る一生、罪を償い続けるといい」

遥と、健太郎と、心心の視線が浩平に集中する。

「うわー！」

浩平が叫んで、ステージから駆けおりていく。教室の前方のドアから廊下に飛びだしていった。

「待て、静馬、どこにいくんだ」

「静馬くん、待って」

静かに最後のナレーションが流れだした。真琴の声はかすれ、ひどく低い。心心は席から立ちあがり、ステージの先端に立ち尽くした。

「毒島静馬はこの直後、灼鬼島の岬から身を投げた。流れ着いた遺体が見つかったのが、奇《く》しくも一年前に少女が見つかったのと同じ浜であったことに、生き残ったメンバーは衝撃を受けた。しかし、この撲殺事件の真犯人は皆さんの前に立つ薬師丸綺羅羅であった。自殺した少女は綺羅羅の幼い頃からの親友で、レイプ事件の真相をきいたのも彼女本人からだった」

教室中の人間がおおきく息を吐いた。ようやく真相がわかったのだ。レイプ犯ふたりを破滅させたのは、ヒロインの名探偵・薬師丸綺羅羅だった。真琴のナレーションは続いている。

「あの孤島の生き残り三人が、再び顔をあわせたのは、秋風がまた吹き始めた頃だった。三人はあの少女と静馬が打ちあげられた秋の人気《ひとけ》のない浜に、花束をもって集合した」

浩平が教室に入ってきて、三人に白百合《しらゆり》の花を一本ずつ渡していく。ふうと息を吐いてから、花を胸に抱え遥がいった。

「わたし、ほんとうのことがすべてわかったと思う」

健太郎も百合を片手にいった。

「あれから、おれと喜代香でずいぶんとたくさん話しあったんだ。それと亡くなった文学部の女の子のことも調べさせてもらった」

「……そう」

心心はステージの先端に立ったまま、微笑んでこたえた。海を見るような目で観客を遠く眺めている。胸には白い百合。

「薬師丸さんはあの子と小学校中学校と同じだったんだね。あなたは菊千代くんとつきあってはいなかった。恋人どころか処刑人だったんだね。最初の夜の話はあやうく信じそうになったよ」

「あれは自分でも吐き気がするくらい気もち悪かった。あんな男とつきあうはずないでしょ。それで、ふたりはこれからどうするの。警察にいって、すべて話す？」

健太郎がいった。

「いいや、あのふたりは自業自得だ。置時計は実際に使用された鈍器じゃなかったんだな。きみは菊千代を別のなにかで殺したあと、置時計に血をなすりつけただけだ」

心心はかすかに笑っていった。

「よく気がついたね。そうわたしがほんとうに使ったのは、別荘にあったハンマー。それはあの島の港に捨ててきた。真犯人が見つかったね」

健太郎がたっぷりと間をとっていった。

「いいや真犯人はいない。おれたちはこの事件をこのままの形で終わらせることにした。それでいいよな、喜代香」

「うん、結局あのふたりは一年も前に、自分で勝手に破滅していたんだね」

心心がステージの床に白い花を置いた。健太郎と、遥も続く。一列に並んだ三本の白い花を残して、六人は一礼し、教室を出ていく。一瞬の完璧な静けさの後で、爆発的な拍手が教室内に巻き起こった。指笛を鳴らす生徒もいる。

「おれたちやったなー！」

浩平が叫んで、一班の六人は誰もいない廊下でハイタッチを繰り返した。一枚の壁を隔てて、教室からアンコールの拍手がきこえてくる。陽児はいった。

「さあ、お客様の声にこたえにいこう」

手をつないで教室に戻ると、生徒たちはスタンディングオベーションをしていた。早乙女先生と何人かの保護者も同じだ。陽岳副社長と取り巻き、それにジーンズの男も立ちあがって拍手している。手を振って、詩織が叫んでいた。

「心心さん、すごかったよー！」

兄よりもずっと姉をほしがっていた詩織は、ずいぶんと心心になついたようだ。

「はーい、みんな、静かに。いやあ、やられたな。今の一班の発表はここ数年のベストだ。選んだ演目がよかったし、演劇風の演出もなかなかだった。なにをやってもいいんだから、他の班ももっとアイディアを絞りださなきゃいかんだろ」

早乙女先生の視線が陽児でとまった。

「演出は石森がやったのか。あの花とか、心心や手塚の動きとか」

「はい」

「演目を選んだのも、脚本も、おまえか」

陽児より先に心心が右手をあげてこたえた。

「はい。わたしも脚本すこし手伝ったけど、あとは全部陽児でーす」

早乙女先生がボールペンの先で頭をかいた。

「そうか、おまえは声優より、演出とか、うちのシナリオ科とかのほうが向いてるんじゃないか」

「ありがとうございます」

うれしくはあったが、陽児の胸中は複雑だった。まだ声優科に入学して三ヵ月もたっていない。この先は長いのに、別な適性を指摘されたのだ。演者と演出家のあいだで、迷いが深まりそうだ。

「よーし、つぎは二班か。今のあとだと厳しいな。気を引き締めてかかれ」

ステージをおりるとき、浩平が陽児に飛びついてきた。後ろからさらに心心まで抱きついてくる。やわらかな胸が一瞬ひじに当たった気がして、陽児はうろたえた。浩平が耳元でバヵでかい声で叫んだ。

「今日は祝勝会やろうな。全員参加だ。いいよな、みんな」

席に戻ろうとすると、教室後方で動きがあった。陽岳副社長が軽く会釈をしてくる。心心もお辞儀を返した。そのまま陽岳の一行は立ちあがり、ぞろぞろと教室を出ていった。姪《めい》が出演しない発表など、観る価値もない。そんな雰囲気でさっさと消えてしまった。

隣に座った心心に、陽児はいった。

「岳叔父さんはどうして、心心を観にきたんだろう」

心心は開いたままの扉を振り返っていった。

「わたしにもわからない。今日のことはきかれたから教えたけど、ほんとに観にくるなんて思わなかった。岳叔父さんは中国の副首相くらい忙しい人なのに」

早乙女先生がゆるんだ空気を引き締めようとおおきな声をあげた。

「さあ、まだ二班の発表が残ってるぞ。みんな、集中だ」

陽児はまだ教室に残っている母と妹に軽く手を振り、気の毒な二班のステージに向かった。今期放映中の覇権アニメの第一回のようだ。気もちはよくわかるけれど、そうじゃないんだよなあ。プロの一線級の声優とまともに勝負をしてどうするのだろう。

発表会がすすむなか陽児はリラックスして心心の横顔に見入ってしまった。この能天気で底抜けに明るい上海少女が、亡き親友の復讐《ふくしゅう》のために男をひとり殺害し、もうひとりを破滅に追いやる冷酷な処刑人を演じたのだ。心心にはいくつもの顔がある。それが出自や経歴の複雑さからくるものなのか、それとも天性の演技力なのか、陽児にはよくわからなかった。

13

高速エレベーターのなかで陽児たちは緊張で固まっていた。ほんの数十秒で百八十メートルの高さまで到達してしまう。

「オラ、こんな高級レストラン初めてだぞ、クリリン」

浩平が強がってそういったが、いつもの『ドラゴンボール』のものまねもリズムがおかしかった。黒いスーツを着た真琴がいった。

「同じ桜丘町にあるのに、このホテルにきたの初めてだもんね。緊張するのも無理ないよ」

エレベーターの扉が開いた。陽児はもう一度唾をのんで、耳鳴りを解消した。

「うわー、すげえな」

「ほんとだ、ものすごく高そう」

C組一班はにぎやかに超高層ホテルのエレベーターホールに出ていった。心心がジャケットを着こんだ陽児の袖を引いた。

「ちょっといいか、陽児。なるべく岳叔父さんとは、うまく話をあわせてほしいんだ。ちょっとおかしなことをいいだすかもしれないけど」

陽児は一瞬混乱した。心心の父親・陽峰が世界第二位のスマートフォン製造会社の創業社長であることは、陽児と浩平以外は知らない。心心はその世界的な巨大企業の株式の二割近くを、事件で亡くなった母親から受け継いでいるのだ。王室長からそんなことまで話されたのは心心にも秘密である。

「うん、わかった。でも、岳叔父さんはぼくたちみんなをこんな高級レストランに招待して、なにをするつもりなんだろう」

心心が肩をすくめた。学園にいるときは白いジャージだが、さすがに今は夏もののワンピースを着ている。ウエストの細さと意外なほど豊かな胸が目の毒だ。

「わたしにもわからない。でも、絶対に全員を呼ばなくちゃダメだっていってたから、なにかよほど重要な話なんだと思う」

「うおー、すげえ」

浩平がレストランのエントランスで飛び跳ねていた。まぶしい奥の窓には渋谷から新《しん》宿《じゅく》まで続く都心の風景が桁外れの名手が描いた細密画のように広がっている。健太郎と真琴はかちかちに緊張している。遥は芸能界が長いので、この手の高級なフレンチにも慣れているようだった。陽児は一番近い繁華街が渋谷だったので、数え切れないほどこの街にきているが、それでもセルリアンタワーの四十階は未知の世界だった。

「いらっしゃいませ。陽さまがお待ちです。個室へ、どうぞ」

フロアマネージャーだろうか、黒いスーツを着た中年の渋い男性が一礼して、六人をうやうやしく先導してくれる。ネクタイを締めてきたほうがよかったかなと、陽児は思った。フロアの一番奥にあるガラス扉を開くと、横長のテーブルには陽岳副社長と若くきらびやかな妻、それにおつきのスーツ男と、先週の発表会で見かけたジーンズの上下のひげの男が座っていた。シルクなのだろうか、光沢のあるグレイのスーツを見事に着こなした陽岳がいった。

「さあさあ、才能ある若い声優の卵のみなさん、席についてください。心心はわたしの正面に。それと石森くんはその隣に。わたしは心心の叔父で、陽月電子の副社長、陽岳です」

国際的な大企業の副社長が自分の名前を覚えている。陽児は驚いた。この人は今日の会食のために下準備をしてきたのだろうか。

「大島さんも、藤子くんも、座ってください」

自分だけではなかった。この人はC組一班全員の名前を記憶しているのだ。もしかしたら今日のランチミーティングは、陽岳副社長にとって日本企業と提携を結ぶ調印式ほど重要な意味があるのかもしれない。

「ランチは特別なコースを頼んであります。のみものだけ各自選んでください」

薄いメニューが回ってきた。陽児はグレープジュースを選んだ。ここは南仏プロバンス風のフランス料理の名店らしい。ワインにあわせてつくられた料理なら、きっと同じ果実のジュースとも相性がいいはずだ。浩平が乗ってきた。

「じゃあ、おれも同じので」

六人全員が同じものを注文した。陽岳副社長がウェイトレスにいった。

「では、グレープジュースを六つと、ガス入りのミネラルウォーターを」

陽岳はにこにこしている。そうだ、といってぱちんと手を叩いた。

「まだみんなにこの高名な新進監督を紹介していなかったね」

ジーンズの上下の男が頭をかいた。まだ三十代なかばというところだろうか。流れるような日本語でいった。

「高名な監督なんてやめてくださいよ、陽さん」

陽岳はジーンズの男に笑いかけていった。

「去年の秋に公開されて、中国だけで六百億円の興行収入をあげた『赤い羊の旅』をつくった華学亮《ファシュエリャン》監督じゃないですか。アニメに関しては、中国では第一人者だ。名監督で間違いない」

ひゃあとおかしな声をあげたのは心心だった。ぺこりと頭をさげていった。

「えー中国で初めてアニメでナンバーワンになった『赤い羊』をつくった華監督なんですか。お目にかかれて光栄です。日本語お上手なんですね」

陽児はあっけにとられて華監督を眺めていた。公開当時、日本最高の興行成績を記録したスタジオジブリの『千《せん》と千尋《ちひろ》の神隠し』でさえ、三百億円をすこし超えたくらいだ。中国はアニメ制作を始めたばかりで、もう倍の大ヒットを飛ばしたのである。十四億人の人口を擁する中国映画のマーケットとは、そんなにも巨大なのか。華監督がにこりと笑っていった。

「日本のアニメスタジオで七年間働いていたからね。上手いのは言葉だけじゃないよ。日本語学校にいた頃は、コンビニで深夜バイトをしていたから、レジ打ちだって手慣れたものです」

浩平はさすがに勇気があった。横から口をはさむ。

「おれたちの発表はどうでしたか」

「よかったよ。みんな若いのに上手いものだ。とくにあの演目のセレクトと演出、それにお世辞ではなく、心心お嬢様の声は見事だった」

演技ではなく声なのだ。陽児はうれしさを抑えて、アニメ監督の評価を胸に刻んだ。ぼくたちの演技自体はまだまだなのだろう。グレープジュースと最初の皿が届けられた。おおきな白い皿の上には、海流のなかの島のように小高く四点の前菜が置かれている。

「さあ、みんなグラスをもって。乾杯しよう。ここにいる六人の声優の卵の未来が輝かしいものになりますように。それから陽月電子の成長と発展を祈念して、乾杯」

「乾杯」「乾杯」「乾杯」

窓の向こうに初夏の東京のまばゆいビル群が広がる個室に、乾杯の声が響いた。グレープジュースは濃厚な赤ワインの色をしており、甘くはなかった。舌に皮の渋みが残る大人の味だ。陽児は目の前の光景を非現実的だと思った。陽岳副社長と心心、中国の上位二十番までの大富豪のうち、この部屋にふたりも顔をそろえているのだ。どちらも渋谷駅前に建つこの超高層ビルを買うくらい訳もないことだろう。陽岳が口を開いた。

「わたしは華監督と手を組んで、上海に新しいアニメスタジオの開業準備中だ。つぎの十年を考えると、これからはスマートフォンや通信基地などハードウエアの提供だけでなく、映画やアニメのようなソフトウエアの発信が、メーカーにも欠かせないからね。中国という国にとっても、陽月電子にとっても、それは重要なことだ」

華監督が微笑みながら口を開いた。

「心心やわたしのように日本のアニメを観たせいで、日本のことが大好きになった中国人はたくさんいる。同じことをわたしは中国で一から始めるつもりなんだ。なにせ、中国を好きだという外国人はまだまだすくないからね。いいアニメ映画をつくり、世界中に中国の友人を増やしたいんだ」

陽児はテーブルの同じ側に並んだC組一班の面々を観察した。心心と陽月電子の関係を知る浩平は目を輝かせ、健太郎と遥と真琴は狐につままれたような顔で口を閉ざしている。無理もない。これほど高級なレストランでの接待と中国の有名アニメ監督、それに上海につくられる新スタジオにまで話が広がると、もう声優学校の一年生がもつ心の許容量を超えているのだろう。陽児は無邪気な振りをしていった。

「監督の『赤い羊の旅』は日本では公開されないんですか。すぐにでも観てみたいんですが」

若い監督は渋い顔でうなずいた。

「今、日本の配給会社と交渉中だよ。ただ実績がないのでね、なかなか先方の条件は厳しい。もっと拡大上映をお願いしたいんだけど。まあ日本はアニメ映画の本場だから、作品を選ぶ基準が非常に高いというのもあるしね」

そこで陽岳がぱちりと指を鳴らしていった。

「わたしは『赤い羊』の出資者のひとりでもある。今、監督と話をしているところだ。字幕版の完成を急がせているが、日本公開の場合、日本の声優をつかって吹き替え版をつくったほうがいいだろうと。日本では声優は若者に絶大な人気があるからね。そこでだ……」

陽岳は思わせぶりに、C組一班のメンバーを順番に見つめていく。

「心心はわたしのかわいい姪でもあるし、一班のメンバーはみな優秀だ。六人まとめて、声優として『赤い羊』でデビューするのもありではないか、と考えている。それで多忙な華監督に声をかけてわざわざ上海から足を運んでもらったのだ」

「すげえー!」

浩平と健太郎の声がそろった。ジーンズの監督がいう。

「もちろん、わたしはスポンサーの意向なら、なんでも条件をのむという訳ではないよ。

でも、あの発表を見て、気がすこし変わった。きみたちには可能性がある。声優学校の一年生がまとめて六人デビューする。昔のロックバンドのように同級生がみんなでスターになるという夢のような伝説は、若い観客の心をつかむと思うんだ。きみたちなら、きっとやれる」

浩平が叫ぶようにいった。

「おれたち一班のメンバーが監督の作品で声優デビューして、全員でスターに駆けあがるのか。そいつは、ほんとのほんとに最高だな」

冷静な真琴が抑えた声で質問した。

「話の腰を折るようですみませんが、先ほど心心のことをお嬢様と呼んでいましたね。心心とみなさん、それに陽月電子とはどういう関係にあるんですか。副社長の姪御さんというだけのご関係なんでしょうか」

さすがに社会人経験のある真琴だった。押さえるべきことはちゃんとチェックしてくる。こたえようとした岳を、心心が手をあげて制止した。

「その話はまたつぎの機会に。今は叔父さんと姪の関係で間違いないです」

超高層の個室に微妙な空気が流れた。心心は自分が陽月電子の大株主であることを明かしたくないのだ。陽児は浩平と目を見あわせた。遥が不安げな顔をしている。あまりにも話がうま過ぎるのではないか、とでもいいたげな表情だ。きっと事務所に籍をおき、芸能界で働いている遥は、なにか隠された危険の臭いを感じとっているのだろう。遥と真琴はこの大チャンスにも慎重なようだ。

岳副社長はナイフとフォークをおいて、テーブルで手を組んだ。

「もちろん、わたしのかわいい心心と心心の大切な友人のみなさんのことだ。決していい加減な気もちではない。『赤い羊の旅』の日本語版の声優は手始めに過ぎない。来年からスタジオは稼働するが、二年後には年に一本の長篇アニメーション映画と二本のテレビアニメシリーズを制作する事業計画になっている。この『赤い羊』がうまくいけば、きみたちはわたしたちの新スタジオが契約する日本人声優の第一号となるだろう」

浩平が顔を上気させて叫んだ。

「とんでもなくいい話じゃないか。なにを迷うことがあるんだよ。乗っていこうぜ。おれ中国語勉強しようかな」

岳副社長は余裕の表情で、心心を正面から見つめたままいった。

「わたしとわたしの友人たちが、上海の新スタジオのために投資した金額は日本円にして二百億円を超える。わたしも監督も本気だよ。本気でアジア一のアニメスタジオを目指しているのだ」

陽児は前菜をスプーンですくってひと口たべた。細かに刻まれた名前を知らない洋野菜にキャビアがたっぷりとかかっている。このひとすくいで、楽に普段の夕食がたべられる値段だろうが、緊張のせいか味がまるでわからなかった。健太郎はとりあえずたべものに集中することに決めたようだ。がつがつと前菜をのみこんでいく。ジャケットの下にエヴァンゲリオンのシルエットが描かれたTシャツを着た浩平がいった。

「心心、おまえ前にいってただろ。声優になって、中国と日本を結ぶ懸け橋になるのが自分の夢だって。上海製のアニメのキャストとして、日本でデビューできたら最高じゃないか」

確かに浩平のいうとおりだった。心心の夢は、陽岳副社長に向かって、今この瞬間うなずくだけですべてかなうことになる。それだけでなく仲のいいC組一班の他のメンバーのデビューまで実現してしまうのだ。上海の新スタジオには日本とは比較にならない資金力がありそうだった。東京の声優事務所になんとか籍をおかせてもらい、アルバイトとオーディションに二十代のすべてを摩《す》り減らすよりもずっといいかもしれない。

陽児は絹のスーツを着た副社長をじっと見つめた。この人は心心の叔父さんだが、心心にはまるで似ていなかった。アニメスタジオのオーナーというより、根っからビジネスマンのようだ。若いアニメ監督にスタジオをもたせるのも、C組一班にデビューの話をもちかけるのも、すべてなんらかの長期的な利益を求めておこなう商業上の取引であるはずだった。けれど陽児にはその「代価」がなんであるのか、今の段階で予想もつかなかった。映画デビューも、契約の話もあまりにも急である。

心心がにこにこしたままいった。

「すごくいいお話で、わたしも感動しました。せっかくの料理だから、お仕事は横において、みんなご馳走に集中しましょう」

声は慎重に選ばれた陽性のやわらかなトーンだった。陽児は隣に座る心心の横顔に目をやった。あごの線が緊張で硬く引き締まっている。心心はこの昼食会になにか危険を感じとっているのだ。浩平が子どものように両手にナイフとフォークを握り締めて叫んだ。

「オラ、こんな豪勢な昼めしくったことねえぞ、さすが亀仙人のじっちゃんはすげえな」

軽い笑い声が起こったが、それからは静かにコース料理がすすんでいった。四十階の高さでたべるフランス料理はまるで、空高く漂う高級な霞《かすみ》をたべているようで、陽児はすこしも空腹が満たされた気がしなかった。

14

王秘書室長に連絡を入れて、面談できたのは二日後だった。渋谷駅南口の近くで待っていると、いつもの黒いメルセデスがやってきた。もうすぐ日が暮れる時間で、西の空はオレンジ色に燃えている。前席のウインドウがモーターの音とともに滑らかにおりた。

「今日はきみひとりか」

黒いスーツの王室長が、サングラスをかけたまま陽児にひと言投げてきた。

「ええ、ぼくだけです」

浩平に王室長と会うといったのだが、バイトが忙しいといって断られてしまった。陽岳副社長からの提案に夢中になり、もう王室長との約束はどうでもいいのかもしれない。黒いサングラスがじっと動かずに陽児を見つめてくる。居心地悪く感じたが、陽児はドアノブに手をかけて乗りこんだ。王室長は無言でメルセデスを出した。

駅前を抜けたクルマは八幡《はちまん》通りから、旧山手通りに向かった。道幅が広く、自動車や人通りはすくなく、停車していても注意されることがない静かな通りだ。エジプト大使館の近くにメルセデスを停めると、暗くなり始めた車内で王室長はサングラスをとった。

「また陽岳副社長がきたそうだね」

電話で簡単な報告は済ませていた。

「ええ、C組の発表会を観て、メンバー全員に豪華なランチをおごってくれました」

「学生のきみたちに、そんな接待までね。あの人も多忙を極めているはずなのに。なにを考えているのだか。――きみの言葉を録音していいか」

スマートフォンを出して、録音モードにしている。ほんもののスパイ映画のようだ。

「はい、かまいません。副社長は『赤い羊の旅』というヒット作をつくったアニメ監督まで連れてきました。あの人を呼んで、声優学校の発表会を観せるのに、どれくらいのお金がかかっているんだろう」

王室長がにやりと笑った。

「セルリアンタワーのスイートルームに華監督と副社長夫妻は泊まっているよ。ファーストクラスの飛行機代とホテル代、監督への謝礼で一千万円は軽く飛んでいるんじゃないかな。それで昼食会ではどんな話になったんだ」

「うちの班全員を、『赤い羊の旅』の日本語吹き替え版で声優デビューさせてやる。おまけに新しい上海のアニメスタジオで、契約もしてやるって」

黒いスーツの室長はあごの先をひねりながら、視線を大使館前のスフィンクスに流した。

「なるほど『将を射んと欲すればまず馬を射よ』だな」

「どういう意味ですか」

「陽児はこの格言を知らないか」

自分は浩平ではない。むっとしていった。

「格言は知ってます。でも、それがこの話にどうあてはまるのかが、よくわかりません」

「落としたいのは心心お嬢様だ。そのためにC組一班全員の未来を買おうとしたのだろう。自分ひとりだけなら、どんなに好条件の提案でも撥ねつけることができる。けれど、仲間五人のプロフェッショナルとしての将来もかかっているとなったら、副社長の提案をむげには断れないだろう。さすが陽岳といったところだ」

陽児は愕然としていた。自分たちの演技や作品を評価されたのではなく、心心ひとりの歓心を買うために、これほどの好条件を提示してきたのだ。ということは心心ひとりに、五人の未来にかかる費用すべてをペイしても釣りあうだけの価値があるということになる。

「どうして、そこまで心心が欲しいんですか」

日は沈んで、車内はすっかり暗くなっている。渋谷近くの夜空は地上の光でぼんやりと明るく、星はひとつも見えなかった。

ふふっと皮肉に笑って、王室長がいった。

「それはお嬢様を誰だって味方にしたいさ。というより、このあいだ話したとおり、議決権を有する二十パーセント近い陽月電子の株式のゆくえが、副社長は気になっているんだ。このひと月で三回も東京に飛んでくるくらいにね」

陽児は後頭部を殴られたような衝撃だった。自分たちはただ心心の株のおまけだったのだ。

「きみたちには気の毒だが、心心お嬢様がもっている力は、世界第二位のスマートフォンメーカーの未来を左右するキャスティングボートなんだよ」

陽児はすでにネットで陽月電子の時価総額を調べていた。百兆円にわずかに届かないくらいである。それは日本最大のトヨタ自動車の四倍近くに達する。中国では六番目の巨大企業だった。心心が相続した株式の評価額は十五兆円強だ。そうか、さして必要でもないぼくたち五人分の生涯賃金をかなり高額に設定して保証しても、その額なら十分お釣りがくることだろう。

「陽児くんも気をつけたほうがいい。陽岳副社長はそれくらいで手を緩めるような人じゃない。まだまだ心心お嬢様と一班のメンバーに揺さぶりをかけてくるはずだ。あの人にはとんでもない資力とコネがあるから、どんな手段をとるか予想もつかない」

陽児は胸のなかで、ぎゅっと拳を固めた。陽岳にいいようにさせてはいけない。だが、声優になるためなら、どんな条件でものむという者がいるのも理解できた。声優学校を卒業したら、誰もが生き残るためだけに全力を尽くさなければならない過酷な競争が待っている。

陽児はそこで初めて、ある人の名前を思いだした。

「心心のお父さん、陽峰社長って、どういう人なんですか」

王室長が一瞬こたえに詰まった。

「……立派な人だよ。それに優秀な技術者で、経営者だ。陽月電子の創業者だし、あの人がいなければ、会社自体も存在しない訳だからね」

陽児は心心から父親の話をきいたことがなかった。

「立派な人だというのはわかりますよ。王さんのボスだし。でも、父親としてはどうなんですか」

今度の沈黙は先ほどより長かった。旧山手通りの幅の広い歩道を父親と幼稚園児くらいの男の子が手をつないで歩いていく。西郷山《さいごうやま》公園の帰りだろうか。

「プライベートなことは、わたしにはわからない。でも、普通の意味での父親ではきっとないんだろうな。トラックの暴走事件で奥様を亡くされ、自分も下半身不随になってからは、なにかに復讐するかのように仕事に打ちこまれていた。あの猛烈な執念がなければ、陽月電子は世界的な大企業にはならなかっただろう」

母親を亡くした心心は、辣腕《らつわん》の技術者でも、野望に取り憑《つ》かれた経営者でもなく、父親にそばにいてもらいたかったはずだ。叔父の副社長がこれほど動いているのに、父親がまったく姿を見せないのが陽児には不満だった。GEAの入学式だって、そうだ。心心が夢をかなえるため、異国の声優学校に通うというなら、会社を休んで見にきてくれたっていいだろう。心心がかわいそうだ。

「以前話してくれましたよね。心心のお父さんの社長派と、叔父さんの副社長派が社内で争っているというのはほんとうなんですか」

「ああ、そうだ。同時にそいつは技術畑と営業畑の抗争でもあるんだが」

「で、最初に副社長の陽岳が揺さぶりをかけてきた？」

「そうだ、友達思いのお嬢様の弱みにつけこんで、声優デビューだの、スタジオとの契約だのともちかけてきた。まあそういうことなのだろう」

大人はひどいと、陽児は思った。誰も心心のことを本気で考えていない。欲しいのは株式と議決権だけ。あの少女が幼い頃からどれくらい傷ついて、孤独にアニメを観ながら成長してきたのか、誰も想像しようとさえしていない。陽児はひどく腹を立て、窓の外に顔をそむけ、心の動きを隠した。

「王さん、ぼくの仕事は心心を守ることですよね」

自分でも声の調子が変わったのがわかった。誰も心心を守らない。誰も心心を見ていない。それなら、自分がやってやる。

おやっという顔をして、王室長が陽児を見つめてきた。瞬間的ににじんだ涙は胸の底に灯《とも》った炎ですっかり消えている。

「ああ、そうだ。なにがあってもお嬢様を守ってさしあげて欲しい。もうあのかたは十分に苦しんでこられた。お母様を亡くされてから、もう十年になる。わたしは……」

室長の声の様子がおかしかった。なにかをこらえる声になっている。

「……ちいさな心心お嬢様……あのかたの家庭教師として、最初に陽家に雇われたのだ。陽月電子ではなくてね」

「わかりました。ぼくは全力で心心を守ります。陽月電子ではなく、心心のためにだけ動くことにします」

王室長が右手をさしだしてきた。運転席と助手席の中間で、陽児はしっかりとそのあたたかな手を握った。ひとりぼっちで日本のアニメだけを友達にして生きてきた、中国で十何番目かの大富豪の少女を、ぼくが守ってみせる。

陽児は何度も「心心を守る」と胸のなかで繰り返し、この先に待っている予測不能の未来の衝撃にそなえた。

15

その朝、東京の空がすっきりと晴れ渡った。渋谷の風は軽く乾き、南から吹き寄せてくる。

昼前には気象庁から梅雨明けが発表され、一日にして夏がやってきたのだ。だが、陽児たちC組一班のあいだでは、まだ灰色の雨雲が頭上に広がっているようだった。

カフェテリアでコンビニ弁当を開きながら、話題になっていたのは喉から手が出るほど欲しいプロダクションとの専属契約についてだった。浩平が鶏《とり》の唐揚げを口にほうりこみながらいった。

「うちの学園を卒業して、どっか声優の事務所に拾われるのは、毎年何パーセントくらいだっけ」

GEAでは卒業生の進路はすべて公開されている。ゲーム科やアニメ科では、就職率はほぼ百パーセントだった。真琴がそうめんをたべながらいう。すでに小柄で細いのに、さらにダイエットしているらしい。

「声優科は厳しいよね。オーディションを受けて、日本の声優事務所と契約できるのは、毎年だいたい四〜五パーセントくらいじゃないかな」

陽児は自分の海苔《のり》弁当を見ていた。上に敷かれた大判の海苔から醬油《しょうゆ》がにじみだして、白いごはんを黒く染めている。C組は全部で二十八人だった。四パーセントでようやく一人を超えてくるくらいだ。

健太郎が大盛のカルボナーラをすすりながらいう。

「おれたちがどんなに努力しても、全員合格は厳しいよなあ」

「……ほんとにそうなんだけどね。でも、心ちゃんの叔父さんの話も、信じていいのかよくわからないところがあるから」

そういったのは遥だった。こちらも大盛のツナとトマトのクリームパスタをたべている。いくらたべても太れない体質なのだという。遥はほかにもいくつもチート級のスペックもちだった。浩平が冷たい声で指摘した。

「それは遥はいいよな。もう事務所に所属しているし、仮に声優がダメでもモデルやタレントとしてやっていけるもんな」

「そんなこといわれても、わたしだって五歳からがんばってきたから、今の仕事があるんだよ。子役にだって厳しい競争があって、途中でみんないなくなるんだから。ただラッキーなだけで保険があるみたいないいかたは傷つくな」

頭上の黒雲から激しい雨が落ちてきそうだった。最上階のカフェテリアが険悪な雰囲気になる。陽児はそこに割って入った。

「ちょっと待って。そんなふうにやりあっていたら、うちの班はばらばらになる。この先も発表会があるし、学校の行事もたくさんあるんだよ。心心の叔父さんの勧誘について落ち着いて検討するのはいいけど、お互いを責めたりしたらダメだ」

陽児は自分の役割が不思議だった。高校の頃はリーダーシップなどとるタイプではなかったのに、C組一班ではいつの間にか演出をしたり、バランサーとして動いている。

すべてのメンバーのことを見なければいけない立場になったのだ。これですこしは成長したといえるのだろうか。

この学園に入学する資金を貯めるため二年間自動車工場で期間工として働いてきた健太郎がぼそりといった。

「陽児のいうことはわかる。野球だってチームがばらばらじゃ戦えない。だが、おれにとっては死活問題だから。契約がとれるか、とれないかで、天と地くらい違うんだ」

現在も部屋代や生活費をアルバイトで稼いでいる健太郎だった。陽児もそれをいわれると、引き下がるしかなかった。東京に実家があり、学費も親に出してもらっているのだ。自分などまだまだ甘いのだろう。浩平がめずらしく弱気になった。

「そいつはおれもおんなじだ。学園を卒業しても声優事務所に入れなければ、フリーターになるしかない。早乙女先生もいってただろ。声優科はほかと違って、つぶしが利かないって。事務所との契約がとれなかったら、おれたちのほとんどはフリーターの道まっしぐらだぜ」

「そうね。下手をしたら一生涯、年収二百万円台の非正規雇用で終わるわね」

ナレーター志望の真琴の声はこんなときでも、ひどく冷静だった。

浩平が自分の身体を抱いて叫んだ。

「あー、ぞっとする。悟空、早くおれたちを助けにきてくれ」

めずらしくクリリンのものまねだが、誰も笑い声をあげなかった。薄いプラスチック容器に入った各自のコンビニ弁当を覗《のぞ》きこんでいる。

「あー、みんないたいた！」

全員が顔をあげた。いきなりカフェテリアのなかに南風が吹きこんできたようだ。やはり天性の陽気さがある心心の声は特別だった。デスゲームもののアニメが、学園コメディに変わったくらいのインパクトがある。心心は陽児のとなりに座ると、コンビニのレジ袋から昼食をとりだした。浩平が苦笑いしていった。

「またジャージャー麺かよ。よく飽きないな」

ショルダーバッグからマイ・ラー油をとりだすと、一気に三分の一ほどかけてしまう。割り箸でぐりぐりとかき混ぜながらいった。

「だって日本のコンビニのジャージャー麺、上海のよりおいしいんだもん。わたし食いしん坊じゃないから、ずっと同じメニューでもだいじょうぶ」

大富豪の娘のくせに舌は庶民派の心心だった。早くに母親を亡くし、父親が多忙で不在の食卓が、食に無関心な心心を形づくったのではないか。陽児は頭のなかでそう考えたが、表情には出さなかった。その代わりにいう。

「今、心心の叔父さんのことで盛りあがっていたんだ」

浩平に目配せした。あまり深刻になるなよ。幼稚園からの親友はにっと笑ってうなずいた。

「そうそう、心心の馬鹿みたいに金もちの叔父さんの話。おれも上海で声優デビューして、中国の美人とつきあいたいなあ、なんてさ」

冗談のつもりの浩平のひと言で、底抜けに明るい心心の表情が若干曇ったようだ。カフェテリアの空気も沈み気味になる。ぱちんと手を打つと、遥がいった。

「梅雨も明けたし、もうすぐ夏休みでしょう。C組一班の結束をさらに固めるために、みんなで海にいかない？」

健太郎がまぶしいものでも見るように目を細め、遥に視線を送った。

「旅行か。おれ宿泊代とか厳しいかも。夏はホテルも高いだろ」

遥がどんと胸を叩いた。

「そっちの心配はいらないよ。うちの事務所、伊豆《いず》に別荘もってるんだ。そこは社員やタレントなら、一泊五百円で泊まれるの。払うのはシーツのクリーニング代だけ。同伴の人もだよ」

浩平が叫んだ。

「嘘じゃねえだろうな、クリリン。夏の水着回か、こりゃあ神回決定だなあ。オラ、早くぱふぱふされてーぜ」

心心が激辛ジャージャー麺で唇を真っ赤にしながらいった。

「浩平のスケベ！　あんたにぱふぷしてくれるブルマさんは、うちの班には絶対いないよ」

浩平が口をとがらせていった。

「つめてえことというなよ、十八号。おめえも水着はビキニにしてくれよな」

心心はにこりと笑うとラー油瓶のふたをとって、三分の二ほど残った中身を浩平の唐揚げ弁当にぶちまけた。

「フリーザ、おめえ、なんてことしやがる。オラの弁当は二度と生き返らねえんだぞ」

カフェテリアの隅に爆笑が巻き起こった。つい先ほどまで暗い顔をして「死活問題」について話していたので、落差は巨大だった。演出の基本テクニック、緊張と緩和である。陽児も腹を抱え、涙目になるほど笑った。

C組一班全員で、伊豆の海で水着回か。

これはアニメ化するなら、絶対に欠かせないイベントになるな。陽児は笑いながら心心に目をやり、上海からきた女の子の水着姿を想像していた。意外と骨格がしっかりしていて、スタイルがいい心心だ。水着もよく似あうかもしれない。たぶん胸はDカップで、バストトップは八十六センチくらいではないだろうか。

陽児も健康的な男子である。ピンク色の妄想や想像は得意だった。その能力がなければ演出などできるはずもない。頭のなかで心心の声を再現してみる。

(陽児のスケベ!)

そんなふうにかわいい女の子にののしられるのは、実に悪くなかった。

16

遥の芸能事務所の宿泊施設は、西伊豆《にしいず》のちいさな入り江を見おろす高台にあった。入り江には昼前にして、すでに一日の仕事を終えた漁船がのんびりと停泊している。クルマをおりた浩平がいった。

「ビーチらしいビーチはないな。防波堤と漁港だけじゃん。途中にコンビニもなかったよな」

肩からブランドもののおおきなショルダーバッグをさげた遥が、背伸びをしていった。

「あの右手の岬の奥に、地元の人しかいかない白い砂のビーチがあるんだよ。いつも空いていて、海もきれいだよ。さあ、いこう」

事務所の別荘に向かう。白く塗られたコンクリート造りの三階建てのモダンな建物だった。ガラス面が多く、近未来の図書館のようだ。陽児はいった。

「すごく立派な建物だね」

遥は足元にショルダーバッグをおくと、フロントポケットから鍵の束をとりだした。

「二十年くらい前までは、CDが売れて音楽がすごく儲かったでしょう。そのとき事務所の先輩が大ヒットを飛ばして、その税金対策で建てたんだって。あの三階のバルコニーのあるところが録音スタジオになってるんだよ」

心心が歓声をあげた。

「じゃあ、この旅行は海だけでなく、スタジオでも遊べるのか。やったなー」

浩平も調子に乗って叫んだ。

「やっぱりもつべきものは、大手プロダクションに所属する友達だな、クリリン。これで一泊五百円なんて、夢みてえだぞ」

六人は車寄せから、エントランスにむかった。ガラスのダブルドアの鍵は遥が開ける。一階は広々としたロビーで、奥にビリヤード台が置いてあった。その先は西伊豆の海が広がるピクチャーウインドウである。陽児は室内の空気を吸いこんでいった。

「あれ、湿っぽくないね。ちゃんと換気しているみたいだ」

遥がロビーのソファセットにバッグを放りだしていう。

「うん、今週の前半まで、うちの事務所の新人バンドが録音にきてたみたい。そのあとルームクリーニングが入ってすぐだから」

陽児は吹き抜けになった高い天井を見あげた。照明を入れると同時に、ゆったりと白木の室内扇が回り始めた。改めて事務所に所属する利点を考えてしまう。遥のところでさえこれほどの財力や設備をもっているのだ。立ち上げに二百億円も投資されたという陽岳副社長のアニメスタジオは、さらに桁違いだろう。

映画の市場だけ見ても、日中の違いは明らかだった。興行収入の世界トップスリーは、いつものことながら米中日である。だが、アメリカと中国の差は二割ほどで近い将来肩を並べそうだが、中国と日本では約四倍という圧倒的な開きがあった。陽児は思わずつぶやいた。

「……事務所の契約かあ」

最初にプロの声優として契約ができるか否かで、声優志望者は天と地に分かれる。普段はあまり口には出さないけれど、みんなはどう思っているのだろうか。ばしんと肩を叩かれて、陽児は振りむいた。浩平が陽気に叫ぶ。

「まだ昼前だぞ。ひと休みして着替えたら、すぐにビーチいこうぜ」

心心も拳を突きあげている。

「賛成だ、浩平。男たちも水着を見せろー!」

遥が腰に手を当ててしみじみいった。

「もう嫌だ、心ちゃんたら」

半円形のビーチの幅は五十メートルほどで、陽児たちの他には家族連れが二組きているだけだった。林のなかを抜けて海におりる階段は地元民のお手製のようで、ところどころステップが崩れている。砂浜に出ても海の家などはなく、プレハブの駄菓子屋が一軒あるだけで、その横にはコインシャワー兼脱衣所がついていた。

「なんか淋しいけど、プライベート感は抜群だな」

遥のいったとおりの白砂を踏んで、浩平が放った最初のひと言である。駄菓子屋でビーチパラソルを借りて、荷物をおくと遥がいった。

「どうせだから、最初にみんなで海に入ろうよ」

するりと薄手のパーカーを脱ぎ落とす。大人びたシックな黒のビキニだった。真琴が口をとがらせていった。

「うーん、手足が長くてやせているのに、ちゃんとたわわに胸はある。身長も百七十を超えてるし、どこまでも遥ちゃんはチートだなあ」

そういう真琴は濃紺の競泳用ワンピースで、胸にゼッケンを付ければスクール水着に見えないこともなかった。小柄で引き締まった身体、胸はほとんど平ら。ロリ眼鏡のお姉さんキャラである。眼鏡をバスタオルの上に置くと、焼けた砂を蹴って波打ち際へ走っていく。意外なほど敏捷《びんしょう》で、身のこなしに切れがあった。浩平が叫んだ。

「おーい、ヒロインキャラとロリビッチ、待ってくれ」

他の男子を置き去りにして、ビーチボールをもって真っ先に走りだした。心心が笑いながらいった。

「ねえ、陽児。どんなの着てきたと思う？」

心心はTシャツ短パン姿だった。健太郎はパラソルの影のなか、サングラスをかけたまま体育座りをしている。

「わかんないよ。心心の水着なんて」

声優科で鍛えたリズム感でステップを踏み、肩をスイングさせながら、心心はゆっくりとじらすようにTシャツを脱ぎ始めた。胸元がこぼれると白いビキニの上が左右別々にやわらかに揺れた。

「じゃーん、白でした。似あう？」

陽児はまともに見ていられず、水平線に目をそむけた。短パンは男の子のようにさっとおろし、心心はいう。

「さあ、陽児もいこう」

陽児は元高校球児を振りむいた。

「健太郎はどうする？」

「運転ですこし疲れたし、おれは荷物の番でもしてるよ」

ビーチに他の客はほとんどいないから荷物番もないけれど、陽児は放っておくことにした。集団のなかにいてもひとりになりたいときはある。それがわかるほどには陽児も大人になっている。

太陽は真上にあった。目玉焼きがつくれそうに焼けた砂を駆けて、冷たい海に足を入れた瞬間は声が出そうなほど気もちよかった。心心と浩平が水のかけあいをしている。遥はただぼんやりと細長い身体をクラゲのように海に浮かべ、真琴は器用に背泳ぎをしていた。浩平が無邪気に叫ぶ。

「これがほんもののアニメなら、触手の怪物が登場して、すごい粘液を出して、女子の水着を溶かすんだけどなあ。さすがにそこまでのサービスはないか」

心心がビーチボールを、思い切り浩平の顔面に投げつけた。

「そんな触手のモンスターいるはずないだろ。浩平のスケベ」

陽児は笑いながら、塩辛い水に身体を浮かべた。耳まで水に浸《つ》かると、急に音がきこえなくなる。自分の心臓と呼吸の音、それに波の水音だけが鳴っている。近くで遥がいった。

「夏のあいだ、ずっとこんな時間だったらいいのにね」

陽児も波に身体を上下させながら、同じことを考えていた。太陽と海と生きているこの身体、それだけあれば十分満たされるのだ。すべてが単純になるこの時間こそ、動物としての人が生きる最高の瞬間かもしれない。

陽児は他の四人から離れるようにすこしだけ泳ぎ、ビーチに残った健太郎に目をやった。

「ちょっと水のんでくる」

ひと声かけて、白砂のビーチに戻った。身体から水滴を垂らしながら、健太郎にいう。

「冷たくて気もちいいよ。あとでいっしょにいかないか」

「気をつかわせて、すまないな。おれは高校のとき、関東の名門校と練習試合をしたことがあるんだ。甲子園で春夏あわせて優勝四回っていう。相手の先発は今、プロ野球の若きエースだよ」

健太郎の声は落ち着いた若侍のようだった。時代もののアニメなら、すぐにオーディションに通りそうだ。

陽児は健太郎の隣に座り、目を細めながら海で遊んでいる四人を眺めた。

「高校野球なんていうけど、裏はけっこう危ない世界なんだ。全国に名前が轟《とどろ》くようないい選手は学費や寮費は無料だし、それどころか何千万という金をプロ野球の契約金みたいに親に払う名門校もめずらしくない」

陽児は初めてきく話だった。もともと野球にはあまり詳しくない。十五歳の少年とその親にそんな大金を支払うなんて、愚かだと思うだけだ。

「えっ、それほんとの話なの」

健太郎は苦々しく笑った。

「ああ、ほんとうだ。毎年夏になると高校野球を麗しく書き立てるマスコミは、絶対に書かない真実だけどな。監督の甲子園出場ボーナスの相場は私立だと一千万だそうだ。おれが対戦したそのピッチャーは噂では親への支度金が八千万とか一億とかいわれていた超大物だった」

「試合はどうだったの？」

陽児の問いに、さばさばと元高校球児はいった。

「負けたよ。六対ゼロ。向こうのチームがすごいのはピッチャーだけじゃなかった。全国からいい選手が集まっていたんだ。クリンナップは全員支度金つきだ」

スポーツだろうが芸能界だろうが、なんでも金の世界なのだろうか。そうだとしたら、やり切れない話になる。健太郎が意外なことを口にした。

「心心の叔父さんの契約話をきいてから、なぜかおれはあの試合で負けたときの気もちを思いだしていたんだ。実力差ははっきりしていたから、負けは当然受け入れた。でも、なにかがすっきりしなかった。うちの親だって金はないのに、学費は働いてしっかり納めている。でも田舎だし年収なんてせいぜい四〜五百万円だろ。向こうのチームには、おれの親が何年かかっても稼げないような大金を野球でつくっている、同じ年の高校生がいる」

「そんなの秘密の裏金だろ。絶対よくないよ。子どものスポーツを金に換えるなんてさ」

健太郎は淋しそうに笑った。

「ああ、陽児は優等生だから、そういうよな。でも、実際に世界はそんなふうに動いているんだから、どうしようもない。おれは甲子園のオンエア観ながら、この選手はプロかなアマかなって考えるのが癖になってるから——」

乾いた笑い声をあげた。自軍が敗走し戦場で嗤《わら》う若侍。

「で、思ったんだ。おれが心心のコネをつかって上海のスタジオと契約を結ぶのは、あのときの相手ピッチャーと同じだなって。ズルをして得をするという意味では同じだよな。だけど日本で声優をやっていく怖さを考えたら、いい話には絶対飛びつきたい気もちも同時にあるんだよ。おれって、どんな人間なんだろうな」

陽児は焼けた砂をつかんだ。身体からは海水ではなく、汗が滴り落ちていく。

「健太郎は健太郎だよ。うちに入学するために二年間も自動車工場で働けるガッツがあるやつなんて、他にいないだろ。自信をもてよ。そのピッチャー、今もすごい球投げてるんだろ」

健太郎は顔を上げて、陽児を見た。サングラスの銀のレンズ越しでも視線がつながっているのはわかる。

「ああ、肩を壊す前のおれよりぜんぜんすごい球だな」

「だったら、いいじゃないか。支度金をゲットしたのも、今プロ野球でエースになったのもそいつの実力だ。よかったなと祝福して、健太郎は前にすすめばいい」

くすりと元高校球児が笑った。

「おまえは単純だけど、いいやつだな。だけど、そう簡単には割り切れないのさ。地元に帰るとあのときのチームメイトが集まって、必ず飲み会を開くんだ。当然あの試合の話になる。みんな忘れないし、どこかよくわからないんだ。おれたちが負けた相手は誰だったんだろう。おれたちの夢なんて、札束の前では簡単に敗れ去る徒花《あだばな》でしかないのかなって」

それは命がけでなにかの頂点を目指した者にしかわからない気もちなのかもしれない。陽児は口を閉ざした。健太郎はサングラスをはずしながらいった。

「昨日、そいつが投げる試合があった。負けちまえとまでは思わない。やつは七回に突然崩れて四点をとられ、勝ち負けつかずにマウンドを降りたよ。勝てば今年無傷の八連勝だったんだけどな。おれはちょっとうれしかったから、冷蔵庫から発泡酒を出して、ひとりで飲んだ」

陽児にはもうなにもいえなかった。健太郎がTシャツを脱ぐと、引き締まった身体が太陽のもとにあらわれた。

「おれは陽児みたいにいいやつじゃない。嫉妬《しっと》深くて、つまらない男なんだ。さあ、海にいこうぜ」

陽児は陽炎《かげろう》に揺れる筋肉質の背中をぼんやりと見ていた。健太郎は自分などよりはるかに大人だ。自分のなかにある悪、こずるさ、醜さをしっかりと見つめることができるのだ。声優として演技をしていくのなら、それは絶対身につけなければいけない力だった。

「健太郎、待ってくれ」

水着についた砂を払いながら、陽児は立ちあがった。海ではヒロインの姫三人がにぎやかに待っている。この水着回は充実した手ごたえがありそうだ。焼けた砂浜を駆けると、陽児は健太郎の腰にタックルを決め、泡立つ波のなかにふたりで倒れこんでいった。

海水浴のあと、全員ばらばらに散る自由時間が二時間つくられた。海辺の別荘兼スタジオにやってきても、学園から出された課題は毎日きちんとこなさなければならない。六人は声優科の学生なのだ。一日に最低五十回の吹きこみと反省、聞き直しは必須《ひっす》の課題である。

そのころ陽児はある少年マンガを集中して読んでいた。自分で好きなキャラ、得意そうなキャラを選ぶといつも似たような人物ばかり演じることになる。陽児の場合、それは主人公の脇に控えるクールで知的、おまけにすこし翳《かげ》のあるキャラクターだった。これまで課題の吹きこみではその手の参謀タイプを数々演じ続けてきたが、もっと役柄の幅を広げなければいけないと自省したのである。

現在読んでいるマンガでは、主人公を含めすべての男性キャラクターを吹きこんでいた。実際にやってみると、冷酷な台詞を吐きまくる悪役を憎たらしく演じるのは胸がすくほど楽しかったし、単細胞の主役キャラもバトルシーンではたくさん叫べるのでストレス解消にはもってこいだった。

怒りや憎しみや悲しみなど、はっきりと感情のピークがわかりやすいクライマックスの場面は思っていたより簡単で、難しいのはなにげない日常会話や情報を伝えるだけのつなぎのシーンの台詞であることが多かった。名場面ほど簡単だなんて、演技の皮肉である。

テレビのアニメを観るとそのむずかしいつなぎの場面を、さらりとプロの声優が演じていた。自由で気軽で、その場で思いついたように台詞をこなしながら、それでもきちんとキャラクターの魅力は伝わってくる。さすがにプロの売れっ子はすごかった。数万人もいる声優（志望）のなかのトップの二百人なのだ。それも当たり前かもしれない。

陽児は駐車場の端に植えられたケヤキの木陰に座りこんでいた。水着はショートパンツとTシャツに着替えている。見おろすと高台の下は、気だるそうな午後の港で、海は眠りに就いたように静かだった。

汗で滑るICレコーダーに目をやった。台湾《たいわん》製の安ものレコーダーは入学以来毎日使用しているので、もう六本目の指のように手になじんでいた。マンガの単行本を開き、息を整え、底知れない悪の雰囲気をつくり読み始める。

「ゲームに誘《さそ》ったのは君達《きみたち》……ルールを決《き》めるのは我々《われわれ》……五分《ごぶ》と五分《ごぶ》だ。申《もう》し遅《おく》れたが、己《オレ》はドットーレと申《もう》す者《もの》、君《きみ》らの憎《にく》む『最古の四人《レ・キャトル・ピオネール》』の一人《ひとり》だよ。入《はい》ってくれば、また、お目《め》にかかろう。真夜中のサーカス《シルク・ド・ミニュィ》で」

風が吹いて、海水でぱさついた前髪が揺れた。陽児はレコーダーを操作して、自分の演技を聞き直した。平板過ぎて、怖さや不気味さが足りない。それにこの場面では、絶対に自分たちは負けないという悪の自信と余裕をにじませないといけない。ちいさく笑い声を足してみようか。

陽児がもう一度台詞を読みあげると、心心の声が小石のように背中に当たった。

「それ『からくりサーカス』だよね。前半のクライマックスのサーカスバトルのところ」

あわてて停止ボタンを押す。陽児が開いているのは、その単行本の十七巻だ。

「あー心臓が止まりそうになった……そうだよ。よくわかったね、心心」

マンガのカバーを掲げてみせる。心心はいきなり、さっと右足をあげて、Y字バランスを披露してみせた。ショートパンツから伸びる真っ白な太ももの内側が、太陽のようにまぶしかった。

「わたし、しろがねにあこがれて、毎日柔軟体操したんだ。がんばれば、いつかサーカスで働けるかもしれないって」

中国で十数番目の大富豪の少女がそういった。格差社会の今ではほとんどの人にとって、その富こそ目標だろうが、生まれたときから富んでいると目標はまるで別なものになるらしい。そうなるといったい富とか豊かさってなんだろうと、陽児は思わざるを得なかった。

心心が陽児の隣に腰をおろした。

「こうして、みんなといっしょに海辺の別荘にこられるなんて、幸せだね。上海にいた頃はこんなに自由に生きられるなんて、想像もしてなかったよ」

すこし本国での暮らしについて聞いておくのもいいかもしれない。陽児はマンガを閉じて、心心のほうを向いた。

「あまり自由じゃなかったの？」

心心の横顔は淋しそうだ。

「うん、事故のあと、お父さんがすごく心配性になって、いつもわたしには人がつくことになった。お手伝いさんとか、家庭教師とか」

陽児は黒ずくめでサングラスをかけた王秘書室長の顔を思いだした。この別荘に夏合宿にくることは伝えてある。もしかしたら、どこかの山のなかから今も巨大な望遠レンズで覗いているかもしれない。

「そこまで大切にされていたのに、よく日本の声優学校になんて、こられたなあ。うちは四年制の大学じゃないし、就職だって厳しいし」

つい自分の不安が漏れてしまった。心心に将来への不安があるはずがなかった。人生を十回やり直してもつかい切れないくらいのお金があるのだ。

「お父さんに真剣に頼んだんだ。卒業したら、なんでもいうことを聞くから、一生に一度だけ好きにさせてって」

それで青山のタワーマンションの最上階に部屋を買ってくれたのか。けれど心心はそこには住まずに、渋谷駅裏のボロアパートにひとりで暮らしている。陽児は思い切って質問することにした。ふたりだけなら、本音も漏らしやすいかもしれない。

「あのさ、陽岳叔父さんなんだけど、あの人は心心にとって、どういう人なの」

上海からきた少女が、しばらく黙りこんだ。膝《ひざ》を抱えて、とろりと油を流したように静かな午後の海を見つめている。

「うーん、すごくむずかしい。岳叔父さんがいなければ、お父さんの仕事もうまくいかなかった。みんなそういうし、間違ってはいない。でも……」

その先を話していいのか迷っているようだ。陽児はそっとうながした。声優のトレーニングで手に入れたやわらかな声をつかう。

「でも……なあに」

「すごく頭のいい人だから、人の何倍も先を見てるんだよ。それでほとんどの人には、岳叔父さんがなにを考えてるのか、まるでわからない。わたしもときどき叔父さんが宇宙人に思えるときがある」

それは陽児にもよくわかった。

「あのアニメスタジオの話も急だったよね」

「うん、でも口だけの人じゃないから、本気で中国一のアニメスタジオを目指してるんだと思う。それに岳叔父さんにとって、あれくらいの出資は上海でちいさなビルを一本買うくらいのものだから。もう何十本ももってるんだ」

「そうか、ぼくたちにとってはすべて夢みたいな話だけど、ほんとうに実現しちゃうのか」

「岳叔父さんはすごいお金もちだから」

「ねえ、心心はあのオファーをほんとはどう思ってるの。浩平や健太郎はけっこう乗り気なんだ。真琴さんと遥はまだ迷ってる。まあ、遥の場合は日本の事務所との関係もあるから、簡単に上海で新しい契約は結べないと思うけど」

心心は息がかかりそうな距離から陽児の目をまっすぐに見つめてきた。陽児は思わず息を止めてしまった。少女の目にはそれだけの力がある。

「陽児はどう思ってるのですか」

急に丁寧語になった。心心の安定しない日本語がかわいらしい。

「ぼくは……」

陽児は言葉に詰まった。六人全員でぴかぴかの新アニメスタジオと契約できたら、夢のようだろう。上海と東京をジェット機でいききする生活が待っている。先の見えないアルバイト暮らしを十年も続けなくていいのだ。正直、願ってもない話だった。けれど、陽児はぐっとこらえた。

「今、一番大事なのは、心心の気もちだ。心心の気がすまないなら、ぼくたちのために無理して岳叔父さんの話に乗らなくていいと思う。裏にある事情をもっとよく調べたほうがいいし、じっくり考えたほうがいい」

心心の目がすこしだけ赤くなった。目の下側の縁にうっすらと丸く涙が溜まっている。夏の木漏れ日を浴びた心心の涙は、この世界のあらゆるもののなかで最高にきれいなもののひとつだと、陽児は思った。

「……陽児」

心心はひと言、陽児の名前を呼んで、薄いトレーナーの袖でごしごしと涙をぬぐった。

「ひとつ、お願いしていいか」

「いいよ」

まさかキスしてくれとか、ハグしてくれとかはないよな。期待感とともに一瞬そう思ったのは、陽児も健康的な若い男子である証明だった。だが、心心は思いもかけぬことをいった。

「九月になったら、わたしといっしょに上海にきてくれないか」

驚いた。これはどういうお願いなのだろうか。

「それは、その……ふたりだけで上海旅行をするという意味？」

「そうだ」

「いきたいけど、そんなお金、ぼくにはないよ」

飛行機代、ホテルの宿泊料、何ヵ月分ものバイト代が必要だろう。

「それは心配ない。わたしのおごりだ」

女の子におごられて、海外旅行にいく。売れっ子のホストのようだった。

「でも、心心におごられるような理由がない」

「陽児には仕事を頼みたいんだ。秋には大切な会がある。そのとき、わたしはすごくたくさんのことを考えなきゃいけない。大勢の人の未来がかかった決断をするかもしれないんだ。そういうとき、陽児がそばにいてくれたら、きっと間違いのないアドバイスをくれると思う。どうだ、陽児、いっしょに上海にいかないか」

陽岳副社長のオファーとは違い、心心のお願いには裏がないようだった。それでも女の子に海外旅行をおごられるという状況が、考え方の古い日本男児である陽児には居心地が悪かった。

「ねえ、陽児、お願いします。わたし、ひとりじゃぜんぶ決められないんだよ。プレッシャーで潰されちゃいそう」

悲鳴のような声だった。陽児は力強くうなずいた。

「わかった。でも、旅行代はぼくが出すよ。あとでちゃんとバイトで返すから。それなら、心心といっしょにいくよ」

いきなり心心の顔が近づいてきた。陽児が驚いていると、心心の腕が陽児の身体に回り、身体をぶつけるように抱きついてきた。

「わあ、やったね、陽児。ほんとにありがとう。上海の素敵なところ、みんな案内してあげるよ。ほんと楽しみだなあ」

陽児は顔を赤くして、控えめに心心の身体を抱いた。男の身体とはぜんぜん違う。脇腹の脂肪さえ、女の子はずっとやわらかで、ぷるぷるしているのだ。陽児は心心とは違った意味で、港を見おろす木陰で心底感動していた。

17

夜は別荘の屋上で、全員参加のバーベキューに決定した。火を熾《おこ》したのは健太郎である。細い枯れ枝を何重かに組み、その上に炭をかぶせる。中央に空いた三角形の穴に、マッチで火をつけた新聞紙を入れた。着火剤はつかわない。白い煙があがるまではほんのわずかの時間で、すぐに枯れ枝からぱちぱちと炎が燃えあがる音が聞こえた。霜降りの和牛でなく赤身の輸入牛肉なら、陽児たちのとぼしい予算でも、十分な量を買いこむことができた。軽く塩コショウをして、バーベキューソースか醤油につけてたべるだけだが、脂がくどくないせいかいくらでも腹に収まっていく。

六人で二キロを軽く超える肉を片づけると、さすがにみんなの腰が重くなった。まだ炭が赤々と光を放つグリルを中心にデッキチェアに座り、思いおもいの恰好でくつろぐ。健太郎の顔はビールのあとのワインで真っ赤だ。真琴は健太郎よりものんでいるが、顔色は変わっていなかった。班で一番の酒豪は、ロリキャラの真琴かもしれない。

遥がいきなり口火を切った。

「あのね、この前の心ちゃんの叔父さんの話なんだけど」

浩平はその話に敏感なようだ。即座に反応した。

「陽岳叔父さんだよな。陽月電子副社長様の」

遥はちらりと浩平を見てから、視線を炎に戻した。

「わたしはあの提案、すごく魅力的だと思うけど、もうここの事務所に所属してるから、無理なんだ」

「そりゃあ、そうだよな。これだけの施設をもってる大手芸能プロだもんな」

ウーロン茶だけで浩平が酔っ払ったようにいった。

「それもあるけど、日本では芸能事務所の移籍は、そう簡単にいかないんだ。古い世界だし、義理とかしがらみとかいろいろあって。お世話になった人に礼を欠くと、すぐに仕事ができなくなったりする」

「そいつが芸能界で力のあるやつならな」

陽児は静かな声で、浩平にいった。

「それくらいにしとけ。遥の話をみんな聞きたいんだ」

「それは声優の事務所だって同じことだと思う。人と人のつながりでできてる、古い世界は変わらない。それとね、うちの事務所でわたしのことを力を入れてプッシュしようという計画があるんだ。モデルから声優への転身って、めずらしいから。話題集めには恰好のテストケースだって」

浩平はまた黙っていられなくなったようだ。

「事務所の期待を一身に集めて、子役からモデルへ、さらに声優へ華麗な転身か。スターへ街道まっしぐらだな」

冷静なのは真琴だった。

「自分に与えられた条件のなかでベストを尽くす。それ以外にできることなんて、ないんだよ。それは事務所に在籍してる遥も、ただの声優志望のわたしたちも同じだよ。嫉妬なんてカッコ悪いよ、浩平」

浩平が真っ赤に熾《お》きた炭のなかにトウモロコシの芯《しん》を投げた。火の粉が空高くあがっていく。伊豆の空は星で埋め尽くされていた。

「おれだって、自分が一番カッコ悪いってわかってるよ。こんなこといってるのもみじめだよ。でも、どうにもならないんだ。おれは自分の未来が怖いんだよ」

　誰もなにもいえなくなった。しばらく六人のあいだに、炭が燃える風のような音しか流れなくなった。浩平の家も、陽児の家も、東京の普通のサラリーマン家庭である。固定給が保証されない声優という仕事の得体が知れなくて、怖くてたまらない。浩平の気もちは、陽児にも痛いほどわかった。四年制の大学でなく、声優学校に決めるまでに、浩平の家では何度も家族会議がもたれたという。陽児にはそのとき浩平がどんな啖呵《たんか》を切ったのか、想像がついた。

　遥が深呼吸をひとつしていった。

「わたしがいいたかったのは、簡単なことだった。心ちゃんの叔父さんのオファーにわたしは乗れないけど、みんなが上海にいくのは賛成するし、みんなの未来を全力で応援するってこと。それで、いつか同じ作品で、みんなと共演できたらいいなと思ってる」

　浩平がいった。

「そんなことできたら、夢のようだよな。おれはどんな条件がついていてもいいから、心心の叔父さんがくれるチャンスをつかみたいと思ってる。ファウストみたいに、魂を売れといわれてもさ。おれの魂くらいぜんぜん売るぜ。そうだよな、健太郎」

　陽児の視線は幼馴染みから、元高校球児に移動した。それに気づいた健太郎がいう。

「あのあと浩平と話したんだ。おれもゼロスタートより、たとえ中国のスタジオでも契約がもらえたほうがいい。契約というからには、最初にすこしは契約金が出るだろ。それだけでも、生活費の足しにはなるよ。おれは演技も、遥や心心みたいに上手くないからな」

いきなりあの異常なほど魅力的なオファーへの自分の意思を表明する会になってしまった。ついさっきまでは、バカ騒ぎのバーベキュー大会だったのに。だが、それほどみんなの心のなかで、陽岳副社長のオファーの存在がおおきくなっていたのだろう。真琴が口を開いた。

「この夏合宿の最初に、その話ができてよかった。わたしはあの人のプランの一部になるつもりはない。日本語のナレーションの仕事が中国にたくさんあるとは思えないしね。地道に努力していくつもり。だいたい上海で芸能人の振りをするなんて、わたしには似あわないしね。こっちで地味にナレーションでこつこつがんばるよ」

浩平が横からいった。

「そうはいうけど、上海のスタジオの日本支社的な感じで、実際の活動は東京ってことになるんじゃないか。あの人いってたよな。劇場版の長篇アニメを年一本、連続アニメを年二本制作していく体制をつくるって。そしたらその吹き替えだけで、声優の仕事はとぎれないだろ」

真琴が片側の頬で笑っていった。

「毎回、ちゃんとオーディションに受かればね」

今度は健太郎が口をはさんだ。

「でも、すくなくとも事務所にいれば、毎回オーディションには参加させてもらえる。それだけで、おれには十分ありがたい。陽児、おまえはどうするんだ」

あと自分の意思を表明していないのは、陽児と心心だけだった。陽児はあせった。今このときになっても、自分の考えがまとまらないのだ。みんなで上海にいけば、急成長を続ける中国のアニメ業界で、想像もできないような冒険が待ってる気がする。また同時にわずかな給料を与えられ、たいした仕事もなく陽岳副社長に飼い殺しにされる未来も予測がついた。けれど、今この瞬間はそれをどう考えたらいいのか、まるでわからない。まだ十九歳なのだ。一生の一大事を簡単に決められるはずがなかった。

陽児は心心を見た。タンクトップに短パンの少女は、心もとなげにデッキチェアの上で膝を抱えている。そのとき急に、母親を亡くしたばかりの十歳の心心がありありと、陽児の心のなかに浮かんだ。この子をひとりにしたら、いけない。自分の未来の成功も大切だろう。けれど、一番傷ついているのは、この子だ。

陽児はそっと微笑を浮かべ、話し始めた。

「ぼくはまだ心を決めていない。でも、今回の陽岳叔父さんの話で、一番大切なのは心心の気もちだと思う。叔父さんは心心のために、あんなすごいオファーを全員にプレゼントしたんだ。みんな、それがなぜだか、わかる？」

陽児はゆっくりとその場にいる全員の顔を見つめていった。みんなの顔に赤い炎の影が揺らいでいた。誰も返事をしない。こんなことをいってもいいのだろうか。だが、一度胸のなかで生まれた言葉には止めようがない勢いがあった。

「みんなが心心の弱点だからだよ……心心は優しいから、みんなが得をするようなオファーなら、簡単に断らない。きっとそう考えたんだ。あの人はこの先、もっといい条件を出してくると思う」

それは心心が陽月電子の株式の二十パーセント近くを所有しているからだ。そこで膝を抱える少女は中国で十何番目かの大富豪なんだ。陽児はそういいたかったが、ぐっとこらえた。それは心心が一番知られたくない秘密だ。

「おい、ちょっと待て」

最初に反応したのは、浩平だった。

「それじゃあ、おれたち五人全員が、心心ひとりのおまけみたいじゃないか。だいたい心心ひとりのために上海にスタジオをつくったはずがないだろ。二百億の投資だぞ。それにあの華監督だってついてる」

そこを攻められると陽児も困ってしまう。陽岳副社長のスタジオへの投資はどうやら本気のようだからだ。

「中国でもアニメにチャンスがあると、ビジネス的に判断したんじゃないかな。だから投資した。陽月電子の副社長にとってはたいした額じゃないし……でも」

陽児はそこでいったん言葉を切った。アニメでよくつかわれる手法だった。タメをつくり台詞を強調する。

「ぼくには、あの人が本当のアニメ好きには見えなかったよ」
「くそー、なんなんだよ。おれたちがでかい契約を結んで、声優の世界で成功したって
バチは当たんないだろうが」
すこし間が空いて浩平が叫んだ。遥と真琴は息を呑んでいる。健太郎は海辺に突きで
た岩のように沈黙を守っていた。
陽児はそっと首を横に振った。視線を心心に流す。こんな最低の雰囲気で、順番を回
すのは心苦しかったけれど、やはり最後は心心が締めるしかなかった。陽岳副社長の狙
いは心心なのだ。浩平のいうとおり、陽児を含む五人は心心のおまけに過ぎない。
「みんなの気もちはわかった」
夜の屋上に心心のあの特別な声が響いた。陽児には心心が声のトーンを変えているの
がわかった。やわらかで、低く豊かに響き、心を癒すような、いつもよりすこし年長の
声である。それは声優学校に入ってから、耳が格段によくなった全員にわかったことだ
ろう。心心は誰も傷つけたくないのだ。声の調子だけで、そう伝えている。
「ごめんね、みんな。わたしも陽児と同じなんだ」
心心がすがるように陽児を見つめてきた。陽児の胸が苦しくなる。
「まだなにも決められないや。浩平のいうように、みんなで声優として成功できたら、
夢みたいに素敵だと思う。ほんとのほんとに、みんなでプロになって共演したいよ。で
も、岳叔父さんがわたしになにをさせたいのか、まだわからない。だから、決められな

いし、みんなが喜ぶ返事も簡単にはできない」

今はそれで十分だ。陽児は自分の考えをみんなに伝えた心心を立派だと思った。ずいぶんとひとりで悩んでいたはずだ。この先、副社長から新たな条件が出されることもあるだろうし、心心への要求もはっきりとしてくるはずだ。今はまだ、あせってものごとを決める必要はない。

さあ、夜も更けたし、そろそろ解散にしよう。

明日はスタジオでの吹きこみがある。全員でひとつのストーリーを演技して、おたがいに批評しあうのだ。単独ではなく、アンサンブルの練習である。

18

学期末が過ぎると、淡々と夏休みが始まった。C組一班が緊急の呼びだしを受けたのは、八月も後半になった金曜日だった。GEAでは休日でも施設は学生に開放されている。声優科の声出しやスタジオでの収録に、アニメ科やゲーム科の自習のためにも、高度な機材や個室の使用が欠かせなかった。

「おい、クリリン、なんだか職員室奥の会議室って、緊張しちまうな」

いつもの浩平の悟空の真似も冴《さ》えなかった。普段は生徒が入ることのない来客用会議室では、微《かす》かにエアコンの風音が流れている。取締役が座るような立派な椅子に、テーブルもベッドをふたつ縦につなげたくらい広々としている。卒業生が出演したアニメやゲームのポスターが、壁を埋めつくしていた。心心はそのうちの一枚を指さしていう。

「あっ如月スバル先輩の新作ポスターがもう貼ってある」

久しぶりのロボットものということで話題になっている宇宙SFアニメだった。遥が陽児の肩をつついて、ひそひそ声できいてくる。

「今日はいったいなんの用件なの？　いきなりC組一班だけ呼びだしをくらうなんて、ちょっとおかしいよね。誰かがなにかやっちゃったのかな」

陽児もここに呼ばれた理由などまるでわからなかった。肩をすくめて最小限の言葉でこたえるしかない。

「ぼくもぜんぜん。あいつも別に普通だったと思う」

浩平のほうにあごをしゃくった。そのとき会議室の扉が開いて、一年C組の早乙女先生が入室してきた。久しぶりに見る担任に陽児の緊張はゆるんだが、つぎに入ってきた学園長の顔を見て一気に背中までこちこちに固まってしまった。地方の郵便局員のような穏やかな顔で会釈すると、初老の上品な男性は座りながらいった。

「GEA学園長の堀川《ほりかわ》です。今日は暑いなか、わざわざきてくれてありがとう」

C組一班は全員でテーブルに額がつくくらい深くお辞儀をした。浩平が素っ頓狂《とんきょう》な声をあげた。

「いや、とんでもないです」

学園長は指を組んで、にこやかにいった。

「では、早乙女先生、みなさんに今日の用件を説明してさしあげてください」

トップに立つ人間というのは、ぺーぺーの一年生に対してさえ丁寧な言葉づかいをするものなんだな。陽児はそう胸に刻んだ。いつかその手の役を演じるときの参考になりそうだ。早乙女先生のドラム缶を叩いたような声が広い会議室を満たした。

「よし、おまえたち、よくきいてくれ。つい二週間ほど前のことだが、当学園にある業務提携の依頼と、それに付随する提案があった」

業務提携？　C組一班に関係するその手の案件といえば、陽児には悪い予感しかしなかった。手に嫌な汗をかいてしまう。

「オファーがあったのは中国の新進気鋭のアニメスタジオからだ」

健太郎がぽつりといった。

「……上海のアニメスタジオか」

早乙女先生は満足そうにうなずいた。

「そう、上海陽月スタジオだ。業務提携の内容は、毎年行われている卒業生のオーディションに新たに参加させてもらいたい。今後は成績優秀な何名かと専属契約を結びたいということなんだ」

日本の声優プロダクションも大手は毎年GEAの学内でオーディションを開催していた。他の学科と異なり声優科の就職率は十パーセントを切っている。学園としてはぜひとも欲しい就職先だった。うまくいけばこの先五年十年と、卒業生の新たな進路を開拓できる。伸び盛りの中国アニメ業界との関係強化にもつながることだろう。陽児は心のなかで唸《うな》っていた。そこまでして陽岳副社長は心心のご機嫌をとりたいのだ。早乙女先生は続けた。

「それから、当学園と上海陽月アニメのお近づきの証《しるし》として、優秀な生徒を対象に返済義務のない新たな奨学金制度を設置したいと、先方はおっしゃっている。今日ここにC組一班にきてもらったのは、その候補者として真っ先におまえたち六人が挙げられているからだ」

返済しなくてもいい奨学金。自分で働いて貯めた金で声優科になんとか入学した健太郎と真琴の顔色が変わった。学園長の堀川が穏やかにいう。

「わたしたち学園としては、文句なしに好条件の提案なのですが、やはりきみたちの話をきいておかなければ、お話を先にはすすめられないのでね。なんでも上海陽月アニメスタジオの代表はここにおられる陽心心さんの叔父さまだということではないですか。親戚想いのいい叔父さんですね」

果たしてほんとうにそうなのだろうか。この業務提携は単なる声優の卵を巡る話ではなく、世界第二位のスマートフォンメーカーの経営権を争う暗闘が根本に横たわっているのだ。陽児のなかでアラームが鳴り響く。だが、この場でそんなことはひと言も口には出せなかった。心心の秘密は隠し通さなければならない。早乙女先生の胴間声が響いた。

「おまえたち一班としては、どうなんだ？」

六人のメンバーは顔を見あわせた。健太郎がいった。

「自分としては返済しなくていい奨学金なら、よろこんでいただきたいです。他のみんなはわからないけど……」

陽児と心心のほうをちらりと見た。浩平がいった。

「奨学金はともかく、おれたちの代だけじゃなく、新たに声優科の生徒の契約先ができるということですよね。それは反対する理由がないと思います。絶対にすすめてください。それでいいよな、みんな」

この流れではなにをいっても無意味だ。陽岳副社長の工作に反対するには、心心の秘密を明かさなければならない。陽児が黙っているとその空気を読んで、遥がいった。

「わたしはこの学園の授業料を事務所のほうで払っていただいているので、奨学金の権利は他の誰か困っている生徒にあげてください。オーディションが増えるほうはすごくいいと思います」

真琴が控えめにいう。

「奨学金をいただけるなら、それに越したことはないです。とてもありがたいです。でも、そのお話をすすめるには、やはり心心さんの気もちが大切だと思います」

常識的な意見だった。これで陽児と心心をのぞく四名の意見が出揃った。その場の視線は陽児をとおり過ぎて、心心に集中している。上海からきた少女は視線の圧力に押されたかのように口を開いた。いつもの陽気で底抜けに明るい心心の声ではなかった。

「わかりました。わたしも叔父からの提案は、どちらも素晴らしいと思います。学園と生徒に得があることなら反対はないです」

「そりゃあそうだ、おめえもやっと気づいたのか、ブルマ」

浩平の場違いなものまねを笑う者は来客用会議室にひとりもいなかった。陽児はとりなすようにいった。

「あの、すみませんが、そのお話をすすめていただきながら、その裏でぼくと心心にすこしお時間をいただけませんか。陽岳叔父さんの意向をもうすこし探ってみたいんです。先方が日本の声優をどう見ているのか、日本のアニメ業界にどこまで参入したいのか。学園としてももうすこし情報があると、きっと判断の材料になりますよね」

陽児はそういってから、自分でも驚いていた。まだ声優科の一年生なのに、大切な営業会議で提案をしている会社員のようだ。人は自分に与えられた役割によって、おおきく変わることがある。陽児にとっては秘密を抱えた心心を守ることが、そのまま目覚ましい成長につながっているようだった。

感心したように早乙女先生が陽児をあたたかな視線で見つめてきた。

「石森は生徒というより、心心の保護者みたいだな。発表のときの演出といい、今の発言といいなかなか立派なもんだ。学園長、今の提案の方向でやってみていいでしょうか。

確かに当学園のほうでも、上海陽月アニメの情報が足りないのは確かですから」

堀川学園長はにこやかにうなずいている。

「はい、生徒を信じるというのは、立派な教育方針ですからね。石森くんといったね。調査の結果はきちんと学園に報告してください。期待しています。今日は夏休み中のところ、わざわざ学園まで足を運んでくれてありがとう。みなさんはよい声優になるために、いっそう精進してください」

C組一班の声が揃った。

「はい！」

19

心心との上海への旅は、九月初旬の六日間に決定した。

チケットは心心がとってくれたので、陽児はバイト代から自分の分の料金を支払った。中国の航空会社の普通のエコノミークラスの往復チケットは、一カ月のバイト代とほぼ同じくらいである。

何度かの打ちあわせを陽月電子のお嬢さまと開いたけれど、旅の目的となんのために自分を連れていくのか、陽児は詳しく話してもらえなかった。ただ大切な会議が六日後に予定されていると知らされただけである。心心がぽつりと漏らしたのは、その会議はとてもとても大切なもので、陽児には「お守り」になってもらいたいという、意味のよくわからない言葉だけだった。

Ｃ組一班のなかで陽児と心心の海外旅行が噂になると、たちまちふたりの交際説が流れた。高校時代さしてもてなかった陽児が中国人のガールフレンドをつくったと驚いたのは浩平で、遥と真琴は真面目に応援するといって逆に陽児を困らせた。懸命になって陽児は否定したけれど、心心のほうは否定も肯定もせずに、ただあいまいに笑っているだけだった。

旅立ちの日の正午、Ｃ組一班は駐機場が見える東京国際空港のカフェに全員顔を揃えていた。間近に見る垂直尾翼はテニスコートを立てたほどのおおきさだ。浩平が口をとがらせていった。

「なんで陽児だけ特別扱いなんだよ。おれだって心心のバイト仲間だろ。それにあの王……」

幼馴染みが室長との密約を口走りそうになったところで、あわてて陽児がさえぎった。

「浩平、ちょっと黙って」

陽児の口調が真剣過ぎてカフェの空気がおかしくなった。なんとか続きをひねりだす。

「別にいいだろ。心心は旅のあいだも脚本の読みあわせの練習台が欲しいだけなんだから。みんなにもちゃんと上海土産を買ってくるよ」

遥がフォローしてくれた。

「そうだよ。わたしだって浩平より陽児くんを選ぶよ。頼りになりそうだもん」

年上の真琴は陽児と心心を順番に見つめていった。

「わたしも賛成。心ちゃんには上海で、大切な用があるんでしょう。陽児くんなら役に立つから、うまく使ってあげてね。まだ頼りないけど、いいとこあるし」

陽児はそういわれてもすこしも腹が立たなかった。自分の力が足りないのは、自分が一番よくわかっている。正直なところ、心心が背負っている荷の重さなど、この春まで高校生だった陽児には想像もつかなかった。健太郎がずしりと胸に響く声でいう。

「おれは一番大切なのは真心だと思う。おれたち六人のなかで、誰よりも他人の立場になって、その人のことを真剣に考えられるのは、やっぱり陽児だ。発表会のとき演出をつけてもらって、おれにはそいつがよくわかった。だからな……」

元高校球児はひどく真剣な目をしている。陽児のほうが先に目をそらしてしまいそうだ。

「なにがあるのかわからないが、陽児はなにより心心のことを一番に考えてやってくれ。頼んだぞ」

ただうなずくしかなかった。自分には荷が重すぎる大役のような気がする。浩平が両手を頭の後ろで組んでいう。

「まあいいか。もうすぐに実技の試験があるからな。向こうでも練習の手を抜くなよ、おまえら。あんまり観光ばかりしていると、たるんじまうぞ。そうだ、試験で最下位をとったやつが全員になにかおごるっていうのは、どうだ？」

心心が目を輝かせていった。

「ふふふ、前回の最下位は浩平と陽児が競ってたな。じゃあ、カルーセルのケーキセットで、どうだ？」

遥が腕組みをしていう。

「それ、いいね。わたしは自信あるから、セルリアンタワーのラウンジのセットでもいいけど」

さくら坂のカフェなら七百円だが、ホテルのラウンジでは二千円はする。陽児は即座にいった。

「カルーセルにしてよ。ホテルのほうだと六人分で一万円以上だ。ぼくは飛行機のチケットでバイト代が消えてるんだ」

健太郎がぼそりといった。

「おれもさくら坂のほうだとありがたい」

心心が笑っていう。

「うちの班では女チームが上位三人、男チームが下半分だったな。わたしはもっと高いのでもいいぞ」

「チチ、おめえ、容赦ねえなー。もう勘弁してくれ」

浩平得意の『ドラゴンボール』でカフェの一角に花が咲いたような笑い声が満ちた。空港のアナウンスがきこえた。空港の気温は現在三十一度。九月になっても残暑はまだまだ厳しい。

陽児は滑走路の上の空を見あげ、異国に向かって飛び立っていく飛行機を見送った。


六日分の荷物が詰まった大型のトランクをカウンターで預け、陽児と心心が保安検査場を抜けたのは、出発の三十分前だった。見送りの四人に手を振ってしまうと、急にふたりきりになってしまった。ひどく心細い気がする。

「陽児は海外旅行何度目だ？」

心心が当たり前のようにきいてきた。陽児は搭乗口を確認していった。

「自慢じゃないけど、高校の修学旅行でオーストラリアに一度いったことがあるだけだよ」

まだ新しいパスポートはそのときにとったものだった。動く歩道に免税店、荷物を積んだ電動カー。行き交う人はみな旅人で、つぎの目的地に心は飛んでいる。陽児もようやく旅の気分が盛りあがってきた。

「わたしはもうパスポートのスタンプが一杯だ。子どもの頃から、世界中のあちこちにひとりでキャンプにいかされたから。英語の勉強と身体を鍛えるために」

母親は亡くなり、父親は会社の経営で多忙を極める。心心は夏休みにいつもひとりだったのだろう。

「じゃあ、英語はぺらぺらなんだね」

「うん、ぺらぺらかどうかはわからないが普通に話すことはできる。陽児だってできるはずだ」

上海行の搭乗口は一番端からひとつ手前だった。空港のなかを延々と歩かなければいけない。日ざしの落ちる清潔で広々した通路を心心と歩くのは、気分のいいものだった。

「できないよ、英語なんて」

陽児の言葉に、心心は首をかしげていった。

「声優の演技と英語は似てると思うけど。恥ずかしがったら、もう負けだ。へたくそでも堂々と、自分の伝えたいことを口にする。そうしたら、きっと伝わる。わたしはそう思うな」

世界のどこにいっても、心心はきっとこの調子なのだろう。東京しか知らない自分とはメンタルが違うのだ。動く歩道にやってきた。いくつになっても、足元が勝手に動く感覚は楽しいものだ。陽児が自然に笑ってしまうと、心心も笑顔になった。

しかしつぎの瞬間、天気雨のように急に真剣な表情になって、中国で十数番目の大富豪が切なげな顔をしていう。

「陽児ずっと黙っていてごめん。実はわたしの父は陽月電子の社長なんだ。そしてこれからとても大切なことを決めなければならない。わたしにもどうなってしまうのか、ぜんぜんわからないんだ。だから頼む。もしわたしがなにか間違えて、悪いことをしそうになったら、そのときは止めてくれ。陽児にはブレーキ役になってもらいたいんだ」

心心の真剣な口調に気おされて、陽児の声はしぼんでしまった。父親の秘密を知らされて、すこしは驚いたほうがいいのだろうか。迷いながらいった。

「うん、いいけど……」

「お金があるとか、力が強いとか、家柄がいいとか、そういうこととは別に素敵なことがある。わたしが日本のアニメを観て学んだのは、普通にがんばって生きている人の値打ちだったと思う。わたしにとって陽児はアニメと同じなんだ。普通に生きている人が一番強い。だから、わたしが間違えても、陽児は間違わないと思うんだ」

陽児の胸の奥でなにかが動いた。こんなふうに真剣に誰かに頼られたら、自分がどれほど頼りなくとも全力でがんばるしかない。上海という未知の世界で、なにが待つかはわからない。けれど、心心のためにベストを尽くそう。陽児は胸の奥でそう決心し、口元を引き締めていった。

「わかったよ、心心。ぼくにできることは全部やってみる」

動く歩道は陽児の決意を乗せ、流れていく。ふたりを運ぶ飛行機の白く輝く胴体が見えてきた。いよいよ空を飛ぶのだ。フライト時間は三時間とすこし。新幹線なら東京駅から姫路《ひめじ》か岡山あたりまでいくだけの短時間である。

搭乗開始までの時間はひどく間延びしていた。すぐそこに別の国まで空を運んでくれる魔法のような飛行機があるのに、なかなか乗りこめない宙ぶらりんな気分だった。そわそわしながらベンチで待っていると、ようやくアナウンスが流れた。

「上海行198便、ただ今よりファーストクラスのお客さまから、優先搭乗を開始いたします」

陽児はネットでファーストクラスのチケット代を調べていた。エコノミーの十倍近くするのだ。GEAの年間の学費ほどもする料金を往復六時間強のフライトに支払うのである。どんな人が乗りこむのだろうと目を凝らしていると、目の前に仕立てのいいスーツ姿の男性が立った。陽岳副社長である。目を細め、声をかけてきた。

「心心と石森くんと同じフライトでしたか。これは奇遇だ」

副社長には三人の年齢の異なる黒いスーツのお供がついていた。百九十センチを超えそうな巨漢は、きっとボディガードなのだろう。隣の心心にいった。

「心心と石森くんは、どのクラスなのかな。よかったら、わたしが航空会社にいって、アップグレードさせようか。ファーストクラスは空いているよ。座席が広々して快適だ。サービスも素晴らしいものだよ」

叔父からの申し出に、心心は笑ってこたえた。

「ありがとうございます。でも、わたしたちは学生ですから、エコノミーで十分です」

副社長は笑顔を崩さなかった。

「なにか上海で困ったことがあったら、わたしに電話をするように。あちらでなら、わたしにもそれなりに影響力があるのでね。そうだ、石森くんの歓迎会をぜひ開かせてもらえないか。それに上海陽月スタジオの見学も予定に入れておいて欲しい。GEAとの提携の話は、ふたりともきいているのだろう」

硬い表情で心心がうなずいた。

「わかりました。あとでご連絡します。わたしはちょっとトイレ」

逃げるように陽岳から離れていく。陽児と副社長はポニーテールを揺らす背中を黙って見送った。陽岳がいう。

「心心はほんとうはすごく弱い子だ。石森くんは信頼されてるようだね。ここはひとつわたしと手を組んで、いっしょに心心を外の厳しい世界から守ってやらないか。心ゆくまでアニメや声優の仕事に集中できるように」

陽児は刑事にでもなったつもりで、心心の叔父さんの表情を読んでいた。嘘ではなさそうだ。この人も不幸な生い立ちの身内には感じるところがあるのかもしれない。

「心心にとって石森くんは特別な人のようだ。学園を卒業後、きみだけ幹部候補生として、うちのスタジオで正式採用してもいいと考えている。その場合は上海の中心部に高級マンションと社用のメルセデスを用意しよう。車種は好きなものを選んでもらってかまわない。二十代の若さで中国一、いやアジア一のアニメスタジオの若きエグゼクティブとなれる。いい話だと思わないか」

ガイドブックを読むと、マンションの価格は東京よりも上海のほうがずっと高価だという。時価数億円のマンションと数千万円の高級外車を、まだなにも達成していない若者に買い与えると、副社長はいっているのだ。魅力的な申し出であるのは確かだった。陽児は返事に困っていた。未来に確信がもてなかったせいもあるし、陽岳副社長が信用できる人間なのかわからなかったせいもある。

「すごいオファーだとは思いますけど……、その、なんていうか……すこし考えさせてください」

副社長の目が底光りした。ぎらりと刃物を抜き放ったような迫力が生まれる。すごいプレッシャーだ。

「きみには心心をわたしたちの陣営に加わるよう説得してもらいたい。上海でそれに成功すれば、石森くんの輝かしい未来は約束される。わたしのバックアップでアニメ業界の大立者にしてあげよう。ただし……」

言葉を切って、じっと陽児の目の奥を覗きこんできた。副社長をとりまく三人の黒いスーツの社員とボディガードもいっしょになって視線の圧力を加えてくる。

「きみがわたしとは反対側につくというのなら、C組一班のお友達の契約もなくなるし、GEAとの業務提携も奨学金制度もすべて白紙に戻すことになる。それだけではないぞ、わたしの影響力のすべてを使用して、きみたち六人をアニメの世界で仕事ができないように生涯にわたって圧力を加え続けることにしよう。現在、上海陽月アニメスタジオは二十本弱の日本の作品に出資しているんだ。わたしたちの力を甘く見ないほうがいい。これも約束だ。わたしは約束は必ず守る人間だ」

陽児の背中を冷たい震えが走った。心心はまだトイレから帰ってこない。自分だけならともかくC組一班全員の未来がかかっているのだ。陽児は陽岳副社長の言葉が単なる脅しとは思えなかった。この人はやると決めたら、絶対にそうするだろう。それで世界第二位のスマートフォンメーカーの副社長にまで上りつめたのだから。よいことでも悪いことでも実行力とけた違いの執念があるに決まっている。

陽岳が目を細め、笑顔に戻った。

「とはいえ、石森くんは賢い青年だ。自分だけでなく仲間の未来まで台無しにするような愚かな決断をくだすはずはないだろう。上海で一番の店を予約しておく。向こうでも仲よくやりましょう。では、お先に」

数人しかいないファーストクラスの客の短い列に並びに、とりまきを従え王族のように移動していく。陽児は手のなかの搭乗券に目をやった。力をいれて握り締めていたのだろう。くしゃくしゃに折れて、汗で湿っている。海の向こうで待つ上海という街が急に恐ろしくなって、陽児は搭乗口の前で立ちつくしていた。

第二部　上海編

1

空港は世界のどの国も、よく似ていた。

清潔で理知的で、すっきりとした機能的なデザインが各所に施されている。上海浦東《プードン》国際空港も現代風のもてなしを形にした見事な建築だった。陽児は無数の白い剣のような照明器具が生えた天井を見あげながらいった。

「心心、あれ時代劇のクライマックスみたいだね」

中国武侠《ぶきょう》映画で剣が宙を埋め尽くす合戦場面のCGのようだ。陽児はなんとか少女の故郷のことを学ぼうと、たくさんの中国映画を観ていた。たった三時間のフライトなので、身体は元気いっぱいである。トロリーケースを引きながら、漢字の広告だらけの広々とした空間を速足で歩くのが快適だった。別な国にやってきたのだ。

「ふう、とうとう帰ってきちゃった」

心心が疲れたようにそういった。横顔を見ると、眉をきりりと引き締め、ひどく真剣な表情である。陽児のような観光気分はこれっぽっちもないようだった。薄青いガラスの自動ドアを抜け、ターミナルの建物を出ると、むっと熱い空気に身体全体を包まれた。

息が苦しくなる。上海は鹿児島と同じくらいの緯度で、夏の暑さは厳しいのだ。

「これから、どうするの？　バスそれとも電車？」

学生のふたり旅である。最初からタクシーを使うような余裕はない。

「こっち、ついてきて」

バスの停留所が並ぶ道を振りむきもせずにさっさと歩いていく。周囲には威勢のいい中国語があふれていた。日本人よりは三割ほど声がおおきくきこえる。その先に小型バスほどの長さのある黒いリムジンが、上海の激しい陽光を濡《ぬ》れたようにはねかえしていた。

車の横には黒いスーツの王社長秘書室長の姿が見えた。この暑さでネクタイまで締めてしんどくないのだろうか。隣には日傘をさした中年の女性が立っている。

「心心お嬢様……」

日傘を投げだして女性が駆け寄ってきた。心心に抱きつくと、早口の中国語で猛烈に話しかけている。王室長が日傘を拾うと、陽児のほうにやってきた。

「あの人はお嬢様の乳母《うば》の葉玉雪《イエユーシュエ》。日本への留学には最後まで反対していたんだ。陽児の荷物はこれだけか。ちゃんと初対面の芝居をしてくれよ」

若い運転手がおりてきて、心心と陽児の荷物をトランクに収めていく。陽児は生まれて初めてのリムジンに驚いていった。

「なんだか、すごいクルマですね」

王室長は皮肉そうに唇をゆがめていった。

「ああ各国の元首を乗せるVIP専用だ。こいつは狙撃銃《そげきじゅう》も、手榴弾《しゅりゅうだん》も平気だ。もちろん十トン積みのトラックが突っこんできても、車内にいれば安全だ」

心心の母親を殺し、父親を下半身不随にした事件を思いだした。陽月電子の創業者は家族を守るために当然の手を打ったのだろう。

「さあ、乗ってくれ。上海の市内をすこし観光して、今夜の宿舎まで送ろう」

陽児は市内にある中の下くらいのホテルに予約を入れていた。バイト代で支払うのでは、高級ホテルに泊まるなど無駄な贅沢《ぜいたく》だった。

「ホテルはわかりますか。南京路《ナンジンルー》のはずれにあるところらしいんですが」

「いいからまかせておきなさい。客人を精一杯もてなすのは中国では常識だ」

広々としたリムジンに心心といっしょに乗りこんだ。内部はすべて白い革張りで、ちいさなリビングルームのようだった。テーブルをはさんで、王室長が高々と足を組んでいる。心心の乳母だという女性が冷たいお茶をグラスに入れてくれた。冷蔵庫もガラス棚も自動車のなかに造りつけになっている。

「謝々《シエイシエイ》、ありがとうございます」

砂糖をたっぷりといれたウーロン茶のようなのみものだった。こちらでは人気なのかもしれない。じっと陽児の顔を見ながら、なにか質問してきた。王室長が訳してくれる。

「心心お嬢様とはどういう関係かと、葉さんがきいている」

心心があわてて口をはさんだ。

「ちょっと待って」

陽児はかまわずにいった。

「同じ声優科のクラスで、同じ班で仲よくさせてもらっています……別に恋人とかというのとは違いますから」

乳母といえば心心の母親のようなものだろう。この人を怒らせるとたいへんなことになりそうだ。心心がいう。

「変なことは想像しないで。陽児にはわたしを支えてもらうだけ。これから先たいへんなことが待ってるんだから」

低い声で乳母に訳すと、王室長がいった。

「上海の関《せき》ヶ原《はら》。天下分け目の決戦ですね」

心心が険しい顔でうなずいた。陽児はまるで意味がわからないまま、広々としたリムジンのなかでもっともらしい顔をつくるだけだった。

浦東国際空港から上海市街まで三十キロほどだった。そのほとんどを高速道路が占めていたが、車外の景色はのんびりした郊外の住宅地から、しだいにビルで埋め尽くされていく。東京の渋谷や新宿も超高層ビルの密度はたいしたものだが、上海市内を東西に流れる黄浦江《ホワンプーチャン》沿いにやってくると、対岸のスカイラインは比較にならないほどの密集ぶりになった。陽児は高架線の上からビル街を見あげていった。

「なんでだろう。どこか東京のビルとは雰囲気が違うんだよな」

王室長と心心も川の向こうの鋭い街並みを眺めていた。心心がいう。

「わたし、初めて渋谷のビル見たとき、なんだかすごくすっきりしてるなと思った。変な形してなかったし」

黒いスーツの室長がいった。

「デザインにもお国ぶりがでるんじゃないですか。日本のビルは日本人と同じで、あまり自己主張をしない穏やかな建築が多いんでしょう。こちらではなにせ数が多いから、人もビルも目立つために必死なんです」

東京の高層ビルは直線的でモダン、すっきりとしたデザインがほとんどだった。色もガラスと金属、それにコンクリートの灰色といった無機質なカラーだ。それが上海では正反対だった。高層ビルはとてもカラフルだし、丸、三角、ピラミッド、波形など形も奇想天外でさまざまだ。上海のビル街には南国らしい派手さや自由がある。こちらのほうが自由主義の国のようだ。

「なんだか建物ひとつ見ても、日本と中国って全然違うんですね」

リムジンが高速道路の出口をおりていく。いきなり市の中心部にまぎれこむようだ。

心心がいった。

「ポロシャツでも売れ筋がぜんぜん違うんだよ。上海では赤が一番人気、日本では白か黒でしょう」

そういえば身近な大人で赤いポロシャツを着ている人を見たことがなかった。上海ではすこし派手めなくらいがちょうどいいのかもしれない。こちらにいる間は、引っこみ思案ないつもの自分を変えてみるのもおもしろそうだ。

陽児は人であふれかえるメインストリートを見つめ、行き交う人の元気溌剌《はつらつ》とした様子に胸が高鳴った。


遅めの昼食は高層ビルの最上階にある上海料理だった。大皿ではなくフランス料理のようにひとりずつコースで運ばれてくるヌーベル・シノワーズの高級店である。十人はかけられそうな大テーブルを広々とつかい、四人だけで座った。窓の向こうには上海のビル群が豪壮に広がっている。夜景はさぞ美しいことだろう。

「お客様、困ります」

日本語がきこえて、つぎに中国語が続いた。この店には日本人のホールスタッフがいたのだ。王室長の表情が険しくなった。三日月のロゴが光る陽月電子製のスマートフォンが鳴り、室長が通話に出た。ひと言ふた言話をしただけで切ってしまう。忌々し気につぶやいた。

「招かれざる客人の到着だ」

店の人間の制止を振り切って、開いたままの戸口から陽岳副社長の一行が中華レストランの個室にやってきた。ダークスーツの秘書やボディガードを五人も連れている。

「王室長、勝手に陽家のお客様を奪われては困るな。わたしは石森くんと上海で昼食をとる約束をしていたんだ。上海に着いたら、電話をくれといっていたはずだね、石森くん？」

羽田空港の搭乗ゲートで話をしたのは確かだが、陽児の記憶はあいまいだった。昼食の約束などしただろうか。陽岳副社長は自信満々で店の人間に命令した。

「まあ、いいだろう。一人分の料理を追加しなさい」

空いている席にすぐ一人分のテーブルセッティングが整った。陽児は王室長の表情を観察していた。見事なくらいのポーカーフェイスで、平然と急変した事態を眺めている。顔色が曇ったのは乳母の葉と心心だった。叔父の強引さをよく思っていないのかもしれない。

「さて、こうしてみんなで上海で再会することができた。まずは乾杯しよう」

陽岳副社長と王室長は青島《チンタオ》ビール、心心と陽児と葉は冷たいジャスミン茶だった。冷たいとはいえ、日本のように大量の氷は入れられていなかった。生ぬるいくらいの冷たさだ。いつか心心がいっていたように、こちらではキンキンに冷えたのみものは、あまりのまないのかもしれない。副社長がいった。

「王室長、ホテルに着くまで午後の予定はどうなっているのかな」

「石森さんをもてなすため上海市街の観光にお連れしようかと思っています」

副社長の目が鋭く光った。

「ありきたりの観光など、いつでもできるだろう。それよりも心心と石森くんがほんとうに興味があることを先にしないか。上海陽月アニメスタジオのほうで、来賓をもてなす準備をさせているんだ」

陽児の心が動いた。つい身を乗りだしてしまう。新しいアニメスタジオの見学は、今回の旅のおおきな目的のひとつだった。もしかしたらそことC組一班の仲間が契約を結ぶかもしれない。

「どうかな、心心、石森くん」

心心がこちらを見つめてきた。陽児はうなずいていった。

「ぼくも観光より、スタジオのほうに断然興味があります」

目は冷たいままにこりと王室長のほうを見て、副社長がいった。

「そういうことだ。午後はお客人をお借りしてもいいかな。どうせ、心心の父親からはなにもいわれていないのだろう。あの人は優秀な経営者だが、いつも目の前の仕事で頭が一杯で、かわいいひとり娘のことはぜんぜん考えていないんだ」

心心の目が一瞬暗くなるのを、陽児は見逃さなかった。スタジオ見学だけでなく、心心の父親に会うのも陽児の目的だった。一代で世界第二位のスマートフォンメーカーを築きあげたという立志伝中の人物は、娘のことをどう思っているのだろうか。王室長がいった。

「副社長がそうおっしゃるのなら、午後の予定は変更しましょう。ただし、わたしも心心お嬢様のお父上に、おふたりから目を離さぬように命じられておりますので、スタジオに同行いたします」

副社長はビールをのんで、笑い声をあげた。

「ぜひ、そうしてくれ。社長命令は絶対だ。我が社の軍隊式の命令系統は有名だからな」

陽月電子は競争の激しい中国国内のビジネス界でも、厳しいことで有名なのか。陽児はまたひとつ心のなかにメモをした。チャイナドレスのウェイトレスがうやうやしくツバメの巣と青瓜《あおうり》の冷製スープを運んできた。金の皿にヒスイ色のスープのコントラストがきれいだ。

陽児はひと匙《さじ》すすって考えた。どうやら、陽峰社長と陽岳副社長の闘いはもう始まっているようだ。心心と陽児は自分たちでは望まぬうちに、そのキャスティングボートを握る重要人物としてこの上海にきたらしい。

陽児はさらにひと匙すくって、ひどく高価そうなスープを試してみる。おいしいのは確かだが、窓の外の非現実的なスカイラインも重なって、なんだか夢のなかで食事をしている気分だった。もう覚悟を決めて、食事にだけ集中しよう。腹を空かせた陽児はなんとか新中華料理を片づけた。

2

上海の中心部から高速道路で二十分ほど離れた郊外に、そのスタジオはあった。緑に囲まれた公園のような広大な敷地にいきなり半径二十メートルはありそうな虹の七色のゲートが見えてくる。上海陽月〇画撮影所、一文字だけ読めないが、きっとあれは動画の「動」を簡略にしたものだろう。

ここが上海陽月アニメスタジオなのか。ゲートの向こうにはガラス張りのサイコロのような建物が、いきいきとした緑の木々の間に散らばっている。大学のキャンパスのような雰囲気だった。陽岳が腕を広げていった。

「さあ、ここがわたしたちが誇るアニメスタジオだ。ハリウッドにも負けない最新式のデジタル機材と最優秀の人材を揃えている。間違いなく中国では一番の撮影所だよ」

ひときわおおきなガラスキューブが本館だった。陽児と心心の足はついつい速くなってしまう。自動ドアが開いて、吹き抜け天井のロビーが広がった。ガラス屋根から南国の陽光が降ってくる。最初に目に飛びこんできたのは、高さが五メートルはある赤い羊の像だった。羊の「遅遅《チチ》」は華学亮監督のデビュー作の人気キャラクターである。

「すごいね」

思わずつぶやいてから、陽児は日本と比べていた。スタジオジブリの最盛期でも、これほどの施設ではなかっただろう。圧倒的な資金力が陽岳副社長にはあるのだ。心心がいった。

「今日は華監督はいるんですか」

陽岳が残念そうにいった。

「次回作のシナリオハンティングで、監督は今、内モンゴル自治区にいるよ。代わりにうちのスタッフが、きみたちを案内してくれる。さあ、常潔《チャンジエ》さん、よろしく頼む」

観葉植物のなかからセグウェイに乗った女性がやってきた。普通の広報と違うのは、日本の忍者の恰好《かっこう》をしていることである。それも黒ではなく赤い服だった。頭巾《ずきん》まで赤だ。電動スクーターをおりると、女忍者が声を張った。

「上海陽月アニメスタジオ広報責任者、常潔です。日本語はばっちりなので、石森くんも心配いらないですよ。わたしは『NARUTO』が大好きなので、今日はこの恰好でみなさんをガイドします」

心心の目が輝いた。声がずいぶん元気になっている。

「『NARUTO』では誰が好きなんですか」

「男性では木ノ葉隠れの里の三忍のひとり自来也《じらいや》、女性キャラだと血継限界『白眼』をもつ日向《ひゅうが》ヒナタですね」

完全にアニメオタクの返事だった。自来也は主人公ナルトの師匠だし、ヒナタは最終回でナルトと結婚し、二人の子どもを産んでいる。そのうちの兄であるボルトが続篇の主人公だ。心心がぴょんと跳びあがって叫んだ。

「わかりますー。自来也さんは決してイケメンじゃないけど、大人の魅力がありますよね。ヒナタもずっとナルトひと筋で純情だし」

陽児は久しぶりに心心の明るい声をきいた思いだった。いくら裕福でも巨大企業の経営者に囲まれて育つのは、子どもにはしんどいことだろう。頼りになる母親も兄弟姉妹もいないのだ。日本のアニメを観ているときだけ、自由で幸福になれた。そういっていた心心の気もちがすこしだけわかった気がする。

「さあ、ここの敷地は広大だ。さっそく案内してもらおう。わたしはちょっと上で仕事をしてくる。九十分後にまたここで。では、心心、石森くん、楽しんでください」

ロビーから上のほうに延びる丸階段には、スタジオの重役たちが待ちかまえていた。つぎつぎと指示を出す副社長の後ろ姿を見送って陽児はいった。

「心心の叔父さんって、ほんとにすごい力をもってるんだな。日本にいたときには、よくわからなかったよ」

あの人がひと声かければ、劇場公開用の長篇アニメ制作も一発で決まりそうだった。この新進気鋭のスタジオから毎年何本もの新作があふれだしていく。陽児はロビーを見ただけで、気が遠くなりそうだった。ここにはアジアだけでなく、世界のアニメの未来がある。心心がつまらなそうにいった。

「でも岳叔父さんは、常さんみたいに日本のアニメをちゃんと観たことないんだよね。

この先アニメが儲《もう》かりそうだ。そうわかっているだけ。でも、力はほんとにたくさんもってる。困った叔父さんだよね」

最初に連れていかれたのは、三メートル四方ほどのブースが並ぶ部屋だった。それぞれ個性豊かに飾りつけてあり、誰がどの作品が好きなのかひと目でわかるようになっている。王室長と乳母の葉は、影のように心心と陽児のあとをついてくる。広報部トップの女忍者がいった。

「ここは企画開発部です。新しい作品の企画を考える部署です。みんな自分のブースを自由に表現していいので、こんなふうにカラフルになってしまいました」

ディズニーも、ジブリも、ここでは当たり前だった。なかには『クリィミーマミ』や『ライディーン』や『ボトムズ』のように、日本でもあまりメジャーではない作品のキャラクターも見えた。

つぎの部屋では壁一面をマンガが埋め尽くしていた。どうやら脚本をつくる部署らしい。ガラス張りの会議室では、おおきなホワイトボードを中心に六、七人の脚本家が集まって、ストーリーの流れを考えているようだった。みな短パンにサンダル履きで、上はTシャツやアロハを着ている。ここはいい作品さえつくっていれば、あとは自由な職場なのだろう。そういう雰囲気にしなければ、最優秀の人材を集めるのは難しいのかもしれない。

三番目はデジタルで絵を描く部屋だった。窓は閉め切られ、薄暗い間接照明で足元もよく見えなかった。みなモニタに張りつくようにして、マウスを動かしている。

「デジタルペインティングで正確に色を見るために、ここでは太陽光をカットしています。日の光はちょっと強すぎるんですね。夢を見るにもアニメにも、太陽はお呼びじゃない」

ヤシの木が植えられたカフェテリアでは、搾りたてのフレッシュジュースがのみ放題だった。昼食にも夕食にも中途半端な時間なのに、パスタやピザをたべている社員が何人もいた。陽児はライチとメロンのジュース、心心は好物だというマンゴーとドラゴンフルーツのジュースを注文した。

最後に連れてこられたのがおおきなアリーナほどあるグリーンバックの撮影スタジオだった。

「こちらでは最新のモーションキャプチャーやCGと合成するための実写映画の撮影がおこなわれています。今は明《みん》の時代の海賊を主人公にしたファンタジー映画のセットが組んであります」

スタジオの中央には二十五メートルプールほどの水が張られたセットが組まれていた。折れた竜骨が半分水面から突きだしている。薄汚れた帆はびりびりに引き裂かれていた。今、撮影は休止中のようで、スタッフはつぎの撮影のためにライティングを変更し、俳優たちは談笑しながら本番を待っている。目の前で映画がつくられているのだ。陽児は不思議な武者震いを感じていた。いつかこんなスタジオで仕事ができたら。夢のなかでさえ、これほど充実した設備を思い描いたことはない。日本のアニメはまだ中国よりも水準は高かった。だが、すでに資金力や設備の面では追い抜かれているのではないか。外から見るだけでも、伸び盛りの中国アニメの勢いは素晴らしかった。


約束の九十分後、陽児と心心はロビーに戻ってきた。常広報部長がいった。

「陽岳所長からきいています。いつか、このスタジオで心心さんや石森くんといっしょに働けると、わたしもとてもうれしいです。そのときはまたたくさん日本のアニメの話をしましょう。今日は見学お疲れさまでした。これ、お土産です」

そういって女忍者が渡してくれたのは、羊の遅遅のぬいぐるみだった。陽児のはてのひらサイズで、心心のほうがおおきい。

「やあ、どうだったかな。うちのスタジオはアジアナンバーワンだ。もしかしたら、ハリウッドを抜いて、世界一かもしれないけれどね」

陽岳が吹き抜けの階段の上から笑って声をかけてきた。そのまま陽児を手招きしていう。

「そうだ、石森くん。ちょっときみだけ、こっちに上がってきてくれないか」

陽児のとなりで心心がいった。

「わたしはいっちゃいけないの」

「悪いな、心心。石森くんと男同士の話があるんだ。ほんの二、三分で済む。ロビーのソファで待っていてくれ」

王室長も声をあげた。

「男同士の話でも、当然ながらわたしは参加できませんよね」

「王室長、きみは気を利かして、リムジンでも回しておいてくれたまえ」

「わかりました、副社長。今日のことは社長に報告しておきます」

陽児はひとりでアクリルの透明な踏み板を確かめながら、丸く緩やかに弧を描く階段を上った。陽岳副社長は陽児にうなずきかけ、先を歩いていく。

「ついてきてくれ。この先はスタジオの重役フロアだ」

絨毯《じゅうたん》を敷きこんだ廊下の両側に扉が並んでいる。右側の手前から三番目で陽岳が足をとめた。扉には金のプレートが貼られている。陽児はそれを見た瞬間、息を呑んだ。


シニア・クリエイティブ・オフィサー　　石森　陽児

プレートには漢字と英語でそう刻まれていた。陽岳陽月スタジオ所長が重そうなドアを押した。

「石森くんが説得し、心心がわたしの陣営を支持してくれるようになったら、この部屋は約束のとおり、きみのものになる。石森くんにはこのスタジオを代表して、日本市場との交渉や合弁のアニメ作品をすすめてもらう予定だ。きみなら十分その力があると、わたしは信じている」

喉《のど》から手が出るという言葉の意味を、陽児は腹の底から理解した。あまりにもこのスタジオで仕事をしたくて、身体が震えそうだ。こんな重役室なんかでなくてもいい。企画でも脚本でも、どの部署の使い走りでもいい。それほどのあこがれが身を焦がしている。

「ぼくは……具体的に……どうすれば……いいんですか」

緊張しすぎて、声がかれてしまった。喉になにかからまっているみたいだ。

「なに、難しいことじゃない。四日後の陽月電子の株主総会で、心心にわたしが提出した動議を支持すると、ひと言だけいってもらえれば、それでいい。そうすれば、きみも心心もC組一班のみんなも、このスタジオと契約できる。もちろんGEAの奨学金制度も来年春から開設しよう。きみがすこしがんばるだけで、みんながハッピーになるんだ。これは決して悪い話じゃない」

陽児は窓の向こうに目をやった。重役室からは虹のゲートが見えた。長く夢見ていたアニメ業界という異世界につうじる特異点の門だ。陽児はガラス張りのデスクに近づいていった。手を伸ばし三角形のプレートをとる。ずしりと重い金属の板には、艶消《つやけ》しの金色の文字で自分の名前が刻まれている。YOJI　ISHIMORI。十九歳になったばかりの男子には、重すぎる誘惑だった。このプレートだけでも日本へのお土産にしたいくらいだ。

「すべて、きみひとりの決断にかかっている。きみの未来、班のみんなの未来、GEAと我がスタジオの提携の未来。よく考えて返事をしてもらいたい。わたしは石森くんが賢い青年であることをよく知っている。よい返事を期待しているよ」

革張りの回転椅子に一度腰かけてみようか。陽児は一瞬迷ったが、デスクの向こう側には回ることはしなかった。

「……わかりました……考えてみます」

まだ喉の調子がおかしかった。

「心心が待っている。さあ、いこう」

陽岳がまたドアを開けてくれた。ウインクをしながらいう。

「そうそう、この部屋のことは心心には内緒にしておいてくれ。あの子はこういうのは好きじゃないんだ。幼い頃から、なんというか、潔癖でね。若い女の子なのに、ブランドものも、高価なプレゼントも好きじゃないんだ。変わった子だ」

陽児はただうなずくことしかできなかった。ピノキオにでもなったように足の関節がおかしかった。ひとりで廊下を戻り、透明な階段をおりた。王室長が陽児の様子を見ていった。

「ひどいパンチを腹にくらったみたいだな」

心心が身体を折って、うつむいた陽児の顔をのぞきこんでくる。

ない。

「岳叔父さんが陽児を殴ったのか」

腹にボディフックを入れられたほうが、どれほどましだろうか。心心には秘密だという権力者の言葉を思いだし、背筋を伸ばした。上海に到着して早々に負けてなどいられない。


黒いリムジンは上海の華やかな中心部を駆けていく。ずしりと重さがある魔法の絨毯で、鏡の上を滑るようだ。装甲車並みの強度があるというボディは、段差を越えてもみしりともいわない。

欧米の高級ブランドショップが並ぶ目抜き通りをはずれて、緑の多い静かな住宅街に入った。通りの幅も広くなり、古い建物が増えてくる。東京でよく見かける真新しいマンションとは造りが違っていた。映画で観たことがあるパリのアパルトマンのようだ。


王社長秘書室長がぼそりといった。

「もうすぐ着きますよ、石森さん」

初対面の芝居をしなければならない。陽児は流れ過ぎていく車窓の景色に目をやりながらいう。

「なんだかこの辺りで雰囲気が変わりましたね。急に静かになったみたいだ」

心心がうれしそうにいった。

「ねえ、街の感じも違うでしょ。このへんは昔のフランス租界だったんだよ。建物がみんなヨーロッパ風でしょ。東京でいえば青山とか原宿《はらじゅく》みたいな感じかな」

「へえ、そうなんだ」

口では軽く返事をしながら、陽児は考えていた。上海の歴史はガイドブックで学んでいる。租界はかつての列強諸国の外国人居留区だ。治外法権で独立国に準ずる体制を整えた地区である。フランス人は上海までやってきて、フランスと同じ建物を造ろうとしたのだ。それが今では観光名所になっている。上海という街の複雑な成り立ちを思わざるを得なかった。東京にはちいさなパリはない。

「さあ、着いた」

リムジンが黒い鉄製のゲートを抜けて、緑豊かな敷地をすすんでいく。屋根のついた車寄せがある立派な建物だった。白い大理石で造られたエントランスはホテルのようだが、華美な装飾は施されていない。パリの億ションはこんな感じかもしれない。

リムジンが停まると同時にドアを開けて、心心が外に飛びだしていく。

「うわー、まだ半年もたっていないのに懐かし過ぎるよ」

王室長が背後から声をかけた。

「何度もお帰りくださいといったのに、ちっとも帰らなかったのはお嬢様のほうでしょう。このゲストハウスはずっとお待ちしていましたよ」

室長は陽児に目配せを寄越した。

「きみはなかなか芝居が上手だな。その調子でうまく知らんぷりをしておいてくれ。さあ、わたしたちも降りよう」

王室長と陽児に続いて、乳母の葉もリムジンの外に出た。陽児は屋根の下をはずれて、建物を見あげた。十階建てくらいの白亜のマンションが南国の夕空にそびえている。規則正しくバルコニーが並び、白い唐草模様の手すりがリズミカルで上品だ。窓が開いたら十三歳のジュリエットが顔を出しそうだった。

「ここは陽月電子の迎賓館なんだ。最上階から二階分は、陽峰社長と心心お嬢様の上海のお住まいになっている」

陽児はきれいに刈られた芝と石張りの車寄せを眺めていた。心心は掛け値なしにとんでもなく豊かな名門のお嬢様なんだな。このフランス風迎賓館が家なのだ。はしゃいでいる少女の背中を見ていると、心心がこちらを急に振りむいた。

「陽児、なにを笑っている？」

「ちょっとびっくりしたんだ。心心は本物のお嬢様なんだなって思って。うちの学園の入学式では派手に転んで、しかも背中にはタオルを入れていたのになあ。ほんと不思議だ」

心心が頬を赤くした。

「陽児はいじわるだな。そんなことを王室長や葉さんの前でいうことないじゃないか」

心心の乳母が陽児をにらみつけた。日本語はわからなくとも大切なお嬢様がからかわれたことは察しがついたらしい。黒ずくめの室長がいった。

「入学式でそんなことがあったんですか。陽児……いや、石森さんはそのときどうしましたか」

ついふたりきりのときの口調が出てしまったようだ。室長の顔色が一瞬変わったが、心心は気づかないようだった。

「ちゃんと椅子を元通りに並べるのを手伝ったし、背中のタオルも抜いてあげましたよ。だけど、そのとき……」

「あーあーあー」

心心が耳を押さえ、あの特別な声で叫びだした。叫び声でも耳に心地よいというのは、すごいことだ。お嬢様の顔は真っ赤になっている。あのときタオルをとった勢いで、ブラジャーのホックがはずれてしまったのだ。思い出して、陽児の顔は思わずほころんでしまったけれど、心心が陽児を鋭くにらんでくる。

「その先のことを口にしたら、陽児とは絶交だからな。毛布一枚で外の芝で寝かせてやる」

陽児は両手をあげて、暴れ馬のような女友達にいった。

「はいはい、絶対にいわないから安心して」

この先も上海滞在は長いのだ。心心に放りだされたら、なにをすればいいのかもわからない。大理石の壁面を見た。まだ室内は見ていないが、この迎賓館ならそのあたりの五つ星の一流ホテルにも負けない豪華さだろう。宿泊費だってきっとタダだ。浮いた旅費は家族やC組一班へのお土産代に回せる。

「なら、いい。さあ、うちにきて」

陽児のトロリーケースは、どこからともなくあらわれた制服の男によって運ばれていく。陽児は心心に続いて、アールヌーボー調のトンボのレリーフが浮かぶガラスのダブルドアを抜けて、外と同じ白い大理石のロビーに足を踏みいれた。

建物の外見は租界時代のままだったが、内部には徹底的に手が加えられているようだった。エレベーターは最新式で、液晶のタッチパネルが張られている。

「陽児は部屋で休んでて」

七階でトロリーケースを引いた案内係といっしょに降ろされた。廊下にはやわらかなカーペットが敷きこまれ、あちこちに生花をいれたおおきな花瓶が飾られている。スタンドやライトの笠《かさ》もアールヌーボー調で、きっと名前のあるアーティストの作品なのだろう。迎賓館というのは誇張ではないのだ。

「こちらに、どうぞ」

カードキーでドアを開けながら、制服を着た若い案内係が日本語でいった。

「日本語話せるんですね。よかった」

にこりと笑って、すこし年上そうな男がいう。

「心心お嬢様から、指名されましたから。石森様がご自宅におられるようにおくつろぎいただけるよう、精一杯のおもてなしをするようにと」

完璧な日本語だった。今の台詞《せりふ》は、浩平ではとてもいえないかもしれない。自国語の扱いというのはけっこうぞんざいになるものだ。

部屋のなかは高級ホテルのようだった。しかも寝室と居間が分かれている。ホテルならスイートルームである。上海でこんな部屋を借りたら一ヵ月のバイト代が、ひと晩で飛んでしまうだろう。

「すごいなあ、この部屋」

陽児は窓に近づき、二重になったカーテンを開いた。中国にいるというよりヨーロッパにきたようだった。緑のなかに点在する建物がひどく格調高く見える。街並みはパリのようだ。

「なにかご不足がありましたら、そこの電話でわたしにご注文ください。たいていの……いや、すべてのご依頼に対応させていただきます。わたしは張海雷《ジャンハイレイ》と申します」

気おされて陽児は返事をした。どうしてこの人は、これほど熱心なのだろう。張がいった。

「石森様は、心心お嬢様が初めてこのお屋敷に招いたお友達です。お嬢様からきいたのですが、ご両親に紹介して、おうちにもお泊めくださったんですよね。風邪を引いたお嬢様の看病もしてくださったのだとか。その節はどうもありがとうございました」

笑顔で軽く頭を下げてくる。どうやら心心は上海では雲の上の人らしい。

「いいえ、そんなのぜんぜんたいしたことじゃありません。知らない国でひとりで病気になったら、誰でも不安になりますから」

どうやら張は陽児のことを値踏みしているようだ。覗《のぞ》きこむように目を見つめていった。

「心心お嬢様とおつきあいをしておられるんですか。その男女の……といいますか」

王室長も、乳母の葉さんも、この人も同じだった。どうして、そんなことがそれほど気になるのだろうか。日本と中国では男女交際の感覚が決定的に違うのかもしれない。

「いいえ、そんな関係はぜんぜんありません。ぼくにしても、なぜこんな大切な時期に上海に連れてこられたのか意味がわからないくらいで。だけどどうして、こちらの人はつきあっているかどうか、そんなに気にするんですか」

だいたい初対面でそんなデリケートな問題を、直接尋ねてくるのがよくわからない。中国の人はストレート過ぎる。

「なるほど、日本とは違うのかもしれませんね。失礼しました。このお屋敷にいる者は、みな心心お嬢様の親代わりのようなものなので、誰もが心配しているんですよ。どんな男性を東京から連れてきたのだろうか、優秀な人物なのかとね」

「ちょっと待ってください。だいたいうちの学園は声優の養成学校で、大学でもありませんよ。ぼくだって陽月電子のお嬢様にふさわしいような最優秀の学生じゃないです」

張はにこりと笑った。

「ですが、お人柄はたいへんによろしいように、お見受けしました。ひと安心です。それでは旅の疲れをお癒《いや》しください。キーをどうぞ」

カードキーを受けとるとき、何気なく張の手を見た。全身はほっそりとしているのに、手の関節は節くれだってごつごつとしていた。なにか徒手の武道をやっているのかもしれない。王室長といい張といい、得体の知れないところがある人物ばかりだ。この人は日本語はもちろん、きっと英語も同じように流暢《りゅうちょう》に話せるのだろう。

張が水のようにするりとスイートルームから出ていくと、陽児は荷物もそのままにベッドに倒れこんだ。羽毛布団もマットレスもひどくやわらかで、雲の上に浮かぶようだ。羽田空港から三時間のフライトをこなし、中国の入国審査をパスし、海辺の空港から上海市街へリムジンで移動し、陽岳副社長の豪勢極まるアニメスタジオを見学した。陽児の脳裏にはまだ黄金の輝きを放つ「シニア・クリエイティブ・オフィサー」と刻印されたネームプレートが鮮やかに残っている。

ため息をついて、手で顔を覆って目を光から守った。ひどく身体が重く、疲れた気がした。なにせ初めての国で、恐ろしいほどの情報が一気に流れこんできたのだ。陽児は自分でも気づかぬうちに、眠りに落ちていった。

3

夢のなかでコツコツとドアをノックする音がきこえた。無視しても、鳴りやまない。陽児は目を開けると、スイートルームに驚愕《きょうがく》した。ここはいったいどこだろう。一瞬、迷ってしまった。ノックの音はまだ続いていた。

「はーい」

ベッドから跳ね起きて、居間を通り抜けドアのところにいった。

「陽児、寝てたのか」

心心のやわらかな声だ。

「あーごめん。ちょっと疲れたみたいで、寝落ちしてた」

ドアを開けて、心心を入れてやった。心心はソファにどさりと腰を落として、クッションを確かめている。

「初めての上海だもの。それは疲れるよね。わたしも入学式の日の渋谷には疲れたよ。あの話、夕食の席ではみんなにいわないでね」

背中にタオルを入れたままパイプ椅子にダイブして、注目を集めた話か。

「うん、いわないよ。ここには心心のファンが多いみたいだから。変なことをいったら、秘密諜報員に殺されそうだ」

王も張も悪い人ではなさそうだが、得体が知れないのは同じだった。心心がにやりと笑った。

「殺されはしないだろうけど、どこかにさらわれて売り飛ばされるくらいは、あるかもね。陽児はわたしのことを大切にしたほうが、身のためだよ」

冗談なのかもしれないが、まるで笑えなかった。心心の一族の闇は深そうだ。

「ところで、ぼくの部屋まできて、なにか話でもあるの」

「あー、そうだ。話というほどのことはないけど、陽児に見せたいものがあるんだ。いっしょにきてよ」

「わかった、ちょっと待って」

ベッドサイドにあったひどく高価そうな曇りガラスの水差しで水を一杯のんで、陽児は鏡で寝癖を確かめた。目は腫《は》れているが、髪は悪くないようだ。カードキーをパンツのポケットに入れて、心心に声をかけた。

「準備ができたよ。どこにいくの」

心心がふっと笑った。

「上の博物館へ」

博物館？　まるで意味がわからない。廊下に出ると、心心はエレベーターをつかわずに階段で八階にあがった。ガラス扉にはくすんだ金文字で法蘭西租界博物〇とあった。読めない〇はきっと簡体字の館だろう。心心が扉を押した。

「ここは来客を楽しませるための博物館なの。わたしの子どもの頃の遊び場なんだよ」

静かに弦楽四重奏が流れていた。きっとフランスの作曲家のものだろう。壁には一九二〇年代の白黒写真のパネルが貼られていた。昔の外灘《ワイタン》だと日本語で書かれている。フロアにはガラスケースが点在して、そのなかには精巧なフランス租界の建物のミニチュアモデルが飾られていた。

「ほら、これがここの建物だ」

陽児は心心といっしょにケースのなかを覗きこんだ。バルコニーや車寄せの屋根の飾りまで、細かに再現されている。

「ここはフランスの財閥が造った商館だったんだ。それが日中戦争のときに日本企業のものになって、戦後は上海市に所有が変わって、最後にうちのお父さんが買った」

「歴史がある建物なんだね」

「うん、そうだね。わたしはいつも博物館が閉まったあとで、ひとりでここで遊んでいた。なんだか時間がとまってる感じがして、それがなぜか心地よかったんだ」

博物館を自分専用の遊び場にできる少女。この建物といい、昼のリムジンといい、副社長のアニメスタジオといい、すべてが桁外れの富を象徴していた。陽児とは無縁のものだ。けれど、そういうものがこの世界に存在していることを知ることができたのはよかった。それだけ自分の経験と視野が広がったのだから。

陽児がじっくりと腰を落ち着けて博物館を見学しようとすると、心心が腕時計を見ていった。夜店で売っているようなノンブランドのクォーツ時計である。

「あっ、いけない。早くいかなくちゃ」

陽児の手首をつかむと、博物館の出口に引っ張っていく。

「ちょっと待って。もっとこの博物館見せてよ」

たぶんこの機会を逃したら、一生こんなものを見ることはできないだろう。ここは陽家の個人博物館である。

「いいから、いいから。もう時間がないんだよ」

カーペットが厚過ぎて、足音のしない廊下を走った。また階段に戻り、上階を目指していく。二階分を上り切ると、目の前が緑一色に染まった。見あげるとガラス屋根の向こうには夕空が広がっている。屋上庭園、ガラス張りの植物園？

いろいろな言葉が陽児の頭に浮かんだが、心心は立ちどまらなかった。突き破るようにガラス扉を抜けて、屋根のない屋上に飛びだしていく。噴水があり、欧風の東屋《あずまや》があり、その先は腰ほどの高さの手すりだった。ようやくこの広壮な建物の端までやってきたのだ。

手すりの向こうに広がるのは、旧フランス租界の夕景だった。もう間もなく西の雲のあいだに赤々と夕日が沈もうとしている。

「ふう、間にあった。わたしは子どもの頃、夕焼けが見えるときはいつもここにきて、ずっと夕日を眺めてたんだ。なぜかはわからないんだけど、夕日を見るのが好きなんだよ。渋谷で淋しいのは、あまりいい夕日を見られないことかな。ほら、うちのアパート二階でしょう。もうお日様なんて、ぜんぜんささないからさ」

陽児は思わず笑ってしまった。旧租界の緑を抜けてくる夕風が頰に気もちいい。きっとこの少女にとっては、あのおんぼろアパートもゲームの一場面のようなものなのだ。こんなすごい迎賓館に慣れているので、逆に新鮮なのだろう。貧しいことも、日がささないことも、さして気にもとめていない。陽児とは別世界の住人なのだ。

「こんなすごいところで、心心は日本のアニメを観ていたんだね」

夕日を浴びた少女が顔いっぱいに大輪の笑みを見せた。

「ああ、そうだ。日本のアニメは、どれもほんとうにおもしろかった。わたしはアニメに命を救われたたな」

何度聞いても陽児の胸に刺さるひと言だった。考えてみれば、自分もアニメに命を救われたのかもしれない。日常生活の退屈さ、やるせなさ、非情さから逃れて、ひとときでも心を遊ばせ、ゆったりと息をする時間を与えてくれたのだから。

「いい場所で、いいものに会えたんだね」

きっと自分が一生働いて金を貯めても、この迎賓館にあるひと部屋さえ購入することはできないだろう。あまりにも格差がありすぎて、逆に清々《すがすが》しいくらいだ。

「うん、そうかもしれない。でも、ここはここで天国じゃないし、ひどく窮屈なところだよ。渋谷のほうが、わたしは何倍もいいなあ。陽児や浩平がうらやましいよ。自由にバイトができて、街で遊べて、声優の勉強もできてさ。ここには自由なんてないから」

夕日は半分、雲に隠れていた。西の空は赤く燃えているが、東の空では冷たい夜の紺色が広がっている。誰にでも問題やつらさがある。それは十四億人のなかで、十数番目に豊かな少女でも変わらないのだ。

陽児と心心は夕日に向かって、手すりにもたれていた。このまま時間がとまって、太陽も朱色の雲のあいだに落とした卵のようにあの場所で静止すればいいのに。

「心心、なんでぼくだったんだ？」

陽児はずっと気にかかっていたが、口に出せずにいたことを質問していた。心心は夕日に向かって、深く息を吐いた。

「わたしはこれから、おおきな決断をしなくちゃいけなくなる。それは自分のことというより、十万人を超える陽月電子という会社の未来を左右するような分かれ道なんだ。もうプレッシャーで潰されちゃいそうだよ。悲鳴がでそう」

心心が淋しそうに笑った。

「お母さんが生きていたら、ほんとうなら、全部お母さんにまかせて、わたしはのんびり日本のアニメの新作でも観ていられたはずだった。でも、あの事件がすべてを変えてしまった」

「だけど、お母さんなら迷わずに、お父さんの陽峰社長を支持していたんだろ？」

もう目の前に株主総会は迫っていた。

「わたしはお母さんじゃない。無条件でお父さんだけを支持することなんてできないよ。こう見えても、会社のいろいろな人に会って、話をきいているんだ。もう何年も前から、何百人という人にね。取締役から、工場の守衛さんまで」

陽児は心心を守る人たちの真剣な視線を思いだした。みな心心が陽月電子の未来だと信じているのだ。

「心心はすごくがんばったんだな」

よくわかったねという顔をして、お嬢様が陽児に目をやった。もう声優学校の教室のときの無邪気な顔ではなかった。この薄い肩に多くの人たちの生活と世界第二位のスマートフォンメーカーの未来を背負っているのだ。

「うん、わたしは今でも迷っているんだ。どうしたらいいのか、ほんとうにわからない。だから陽児はお守りみたいなものなんだ。うちのC組一班がみんな迷って、訳がわからなくなっても、陽児はひとりで平気な顔をして、つぎにどっちの方向にいけばいいのか示してくれたよね。とにかくわたしは陽児といっしょだと安心するんだ」

余裕などなかった。クラス発表のときも、内心では不安でたまらなかったのだとは、陽児はいわなかった。たとえ勘違いでも心心の役に立てるのなら、それで十分だ。

「お父さんと岳叔父さんは、どんな点で対立しているの」

心心には直接きいたことのない質問だった。

「うちの陽月電子が世界第二位のスマートフォンメーカーだってことはもう知ってるよ

ね」

あきらめたように心心が話しだした。夕風がふたりのあいだを抜けていく。

「うん」

陽児もいくつかのことを調べていた。

「会社の売り上げの四分の三はスマートフォンなんだ。お父さんはエンジニアの出身で、アップルのアイフォーンにも技術や性能では負けていないと思ってる。だからハイエンド機で世界一を目指そうと考えているみたい。中国の技術を世界一にするのが、夢なんだよ。高級ブランド路線一直線というのかな。主要なパーツもすべて自社開発にこだわっているしね」

それはいつかの日本企業も同じだったのではないか。圧倒的な欧米メーカーの技術力に、貧しくとも創意と工夫で挑んでいった日本メーカーの名前が、いくつかすぐに浮かんでくる。

「陽岳副社長のほうは？」

「岳叔父さんは元は不動産業の出身で、商売人なの。スマートフォンをもっともっと世界中でたくさん売りたいと考えているみたい。高級ブランド一本でなくて、低価格のクラスをもっと充実させて、薄利多売の規模で世界一を目指す。部品だって、自社製にこだわらずに安くていいものを外から買えばいい。開発費がもったいないって感じ。とにかくおおきな商売がしたい人なんだ」

陽児は間抜けな質問をしてしまった。

「どちらが正しいのかな」

心心は肩をすくめた。

「それがほんとうにわからないんだ。これまでのブランドを守るか、それともプライドを捨てて、新たな市場を開拓するか。どちらかに決断して、すくなくとも二、三年くらい懸命にがんばってみなくちゃ、どっちにしても成功するかどうかさえわからない」

ただ頭で考えただけで結果がすぐにわかるような安易な問題ではなかったのだ。心心は眉の両端をさげて、切なそうにいう。

「陽月電子の社内も、お父さん派と岳叔父さん派に分かれて、激しく争っているんだ。昔はみんな家族みたいだったのに。今ではばらばらになりそう」

「……そうだったのか」

身内の闘いはさぞつらかったことだろう。まだ十九歳の心心には、重過ぎる決断がのしかかっている。社長派と副社長派の闘争、それは同時に企業の理念と将来をかけた闘いでもあるのだが、そのキャスティングボートを嫌でも握らされてしまったのだ。なにも決められず、将来の予測もつかないまま、四日後には株主総会で自分の意思を表明しなければならなくなっている。誰にもいえずにひとりで悩んでいた心心の苦労を思うと、切なくなってくる。心心は同世代の女の子だが、心底偉いやつだと思う。

「わかった。ぼくにできることなら、なんでもするよ。明日から、上海の街を見てみよう」

心心が不思議そうな顔をした。

「見るって、なにを？」

陽児は夕日を全身に浴びながら、奇妙な確信に包まれていた。門外漢でスマートフォンの技術や市場など、なにひとつわからない。けれど、頭のなかで考えても答えが出せないなら、人に当たるしかないだろう。

「声優の練習と同じことをするんだ。自分でどう演じていいかわからないなら、人に会って取材をしよう。たくさんの人の声をきいたら、なにかヒントになるかもしれない。上海の観光旅行は今日で終わりだ」

目を見開いて、心心が陽児を見つめてきた。

「ふーん、やっぱり陽児だな。頭のなかで考えていてもしかたないか。よし、明日から上海中の販売店と街の様子を視察にいこう。なんだか、おもしろくなってきた。わたし、ひとりで考え過ぎていたのかも」

自分はこの少女のそばにいるだけだ。結局、すべてを決めるのは心心自身である。そういいたかったけれど、陽児は口をつぐんでいた。今はまだいいだろう。まだ上海も初日である。

そのとき、夕日をぎらりと側面に受けながら、装甲車のようなＳＵＶのリムジンが車寄せに進入してきた。色は軍用車両を思わせる艶消しのグレイだ。

「あっ、早いな。お父さんが帰ってきた」

後部のドアが開いて、なかからするするとリフトが地上におりていく。その上には未来の一人乗り宇宙船を思わせる流線型の車椅子が載っていた。

「お父さーん、ただいま」

そのあとに滑らかな中国語が続いた。誰も訳してくれなかったが、陽児には意味がわかった。会いたかったよ、大好き。一人娘は屋上テラスから手を振りながら、そう叫んでいる。陽月電子の陽峰社長がこちらのほうを見あげて、片手をあげた。なにかに戸惑っているような表情で、エンジニアというより哲学者にでも見えた。陽児も高いところから一礼を返した。

ガラス張りの温室の扉が開いて、王室長がやってきた。

「すこし早いですが、夕食のお時間です。陽社長はお忙しくて、時間がありませんので、すぐにお越しください」

心心が振りむいていった。

「王室長、明日から陽児とわたしで、上海の街を見て歩くことに決めました。スマートフォンの市場を視察するのが目的です」

ちらりと陽児に目をやって、黒ずくめの室長がいった。

「わかりました。では、わたしもお供します」

「いいえ、それはダメ」

なぜか王室長は不服そうに、陽児を強くにらみつけてきた。

「わたしと陽児はふたりで動くから、王室長は忍者みたいに陰から、わたしたちを守ってください。わかりましたか」

不承不承、王室長がうなずいた。これはあとで盛大なお小言をくらいそうだ。

「しかたありませんね。了解しました。ですが、くれぐれも気をつけてください。心心お嬢様は今、たいへんなときですし、副社長派がなにをするかわかりませんから」

とすると、この室長はどちらのサイドなのだろうか。陽児は質問した。

「王室長は社長派なんですか」

目を細めて一瞬考えてから、室長はいった。

「いいえ、わたしは社長派でも、副社長派でもありません。しいていえば、心心派とでもいえばいいんですかね。石森さんもお嬢様のお役に立てるように、せいぜいがんばってください」

とうに夕日は赤黒い雲のあいだに沈んでいた。夕風に冷たさが忍びこんでいる。日本では見たことのない南国の鳥たちが、鳴き交わしながら緑の寝床に帰っていく。

「さあ、いきましょう、お嬢様。お父様がお待ちです」

王室長がアールヌーボー調の温室の扉を開いてくれた。心心は久しぶりに父親に会うのがうれしくてたまらないのだろう。弾むような足どりで、屋上植物園を抜けていく。陽児があとに続こうとしたら、王室長が囁《ささや》いた。

「まったく陽児はつぎつぎと問題を起こしてくれるな。明日はお嬢様をよろしく頼む」

問題を起こしているのは心心で、自分ではないといいたかった。陽児が黙っていると、室長がいった。

「だがな、心心お嬢様ほど、陽峰社長は甘くないぞ。きみもここからは、くれぐれも慎重になったほうがいい。あの人はこの地では、どんなことも可能にする神のような力をもっている」

そんな万能の力をもつ人が、心心の父親なのだ。しかもこの直後、いっしょに夕食のテーブルを囲むのである。

「陽児、早くおいでよ」

心心が階段を数段おりたステップから、こちらを見あげている。上半身をひねって振りむく顔は、年齢よりもずっと幼く見えた。陽児は笑顔を固定して返事をした。

「わかりました。せいぜいひねり潰されないように気をつけます」

王室長はにこりと笑って、陽児の肩を軽く叩いた。

「いい心がけだ、陽児。わたしのことも、同じくらい尊敬してくれてもいいんだぞ」

陽児は若き秘書室長を無視して、心心のあとを追いかけた。絨毯があまりに厚くやわらかで、足が沈みそうになる。あの車椅子の大人は、いったいどんな人物で、心心にとってどんな父親なのだろうか。陽児は期待と畏《おそ》れを抱いて、階下の来賓用食事室に下りていった。

迎賓館で一番おおきなダイニングルームだった。部屋のあちこちに背の高さほどある壺《つぼ》や絵皿が置かれ、壁には水墨画が飾られていた。きっと歴史的な価値がある名作揃いなのだろうが、陽児には水墨画のよさなど欠片《かけら》もわからなかった。ただすごく高価そうだと思うだけだ。

二十人は座れそうな長大なテーブルに、陽峰社長と心心、それに陽児の三人分のカトラリーが並べられている。重そうな銀のナイフとフォークが五本ずつ並び、それを見た陽児は洋食なのだと意外に思った。心心が席に着くという。

「昼は中華料理だったから、夜は別なのがいいかなと思って、コックさんに頼んだんだ」

気をつかってくれたのだろう。心心の家には専属の料理人がいるのだ。両開きの扉の脇には先ほど部屋を案内してくれた張とチャイナドレスのメイドがふたり立っている。モデルのように美しく、スタイルも抜群だ。陽児は心心の隣に座ると声を低くしていった。

「ありがと。毎日ご馳走《ちそう》ばかりだと飽きたりしないの」

鮨でもすき焼きでもたまにたべるからおいしいのだと、陽児は考えている。毎日一流のコックがつくる料理ではしんどくないのだろうか。おかしなところが心配になる。

「いつもこんなにナイフとフォークは使わないよ。ひとりのときは、みんなといっしょにまかないのごはんをたべてるんだ。そっちのほうが淋しくないし、太らなくて済むしさ。でも、東京からきたお客様に上海の普通の家庭料理なんて出せないよ」

心心は無邪気そうにいつも振る舞うけれど、実は意外なほど気を回すタイプである。

大富豪の癖に、いいところのあるやつだ。

「それなら、明日からはご馳走じゃなく、ぼくもみんなといっしょにまかないをたべたいな。そっちのほうが、この国のことがよくわかりそうな気がする」

なぜだろうか、手のこんだ龍の浮彫が施された扉の横で、張がほんのすこし陽児にうなずいてみせた。心心が不思議そうな顔をした。

「陽児はちょっと変だけど、すごいな」

「なにがすごいのさ」

眉をひそめて、真剣に考える顔になった。

「中国で同世代の友達がここにきたら、きっともっと素直に感動するし、なんというか敬意を払うと思うんだ……むずかしいな、上手くいえないや」

「なんに敬意を払うの？　ぼくだって、この迎賓館はすごいなって、ずっと感心しっ放しだよ。とくに租界博物館とか、屋上庭園とか」

そのすべてが個人所有なのに、まずびっくりしてしまう。日本でなら入場料をとるレベルだ。

「豪華さというか、富のおおきさだよ。あのね、中国は共産主義の国だけど、資本主義の日本よりもずっとお金があることに価値があると、みんな思ってるんだ。だからお金もちのことを尊敬するし、お金があるというだけで立派だと無条件に信じる。おかしな特別扱いをされてきたから、わたしは子どもの頃から不思議に思っていた」

豊かさがなによりの国で、豊かな一族に生まれるのは逆の意味での差別があるのかもしれない。資本主義の国より富を尊敬する土地なのだ。心心は強烈なプレッシャーを受けて育ってきたのだろう。

「でも、よかった。ほら、どこかの国の財閥にいたよね。機内食の出しかたが気にくわなかったから、キャビンアテンダントに文句をつけて、飛行機をUターンさせたわがままなお嬢様とかさ。心心は親の威を借りて、いばり散らすような嫌なやつじゃない。そんなふうだったら、絶対に仲よくなってなかったと思う」

張がくすりと笑った。心心も笑っている。

「ほんとだね。わたしの周りにもそういう人はけっこういるよ。みんな、アメリカやヨーロッパの大学に留学しちゃってるけど」

非の打ち所がない学歴とキャリアを積み重ねる上海富裕層の子どもたちを考えてみた。きっと渋谷の声優学校で演技を学ぶような変わり者は、心心くらいなのだろう。

「日本なんて、これからどんどん人が減っていくし、経済成長もしない国なのに、よく選んでくれたよね。ぼくはうれしいよ」

陽児は留学先として日本を選んでくれた喜びを単純に伝えようとしたのだが、心心は急に怖い顔になった。

「なんで、そういうことを日本の人はみんないうのかな。すこしくらい人が減ったって、成長しなくたって、今ある日本のいいところは変わらないのに。お金のあるなしで人を判断しないところ、細やかに客人をもてなすところ、マンガやアニメや小説の繊細な感受性。どれもわたしが大好きな日本のよさだよ」

おかしな場所で勇気づけられた。上海の少女からのうれしい言葉ではあるが、陽児も日本人なので、自分の国の長所はなかなか素直に認められなかった。きっとどの国の人もすこし色眼鏡で、生まれた国を見ているのだろう。自国に偏見のない人間などいないのかもしれない。

「ぼくは逆に、中国の人たちの元気さとかバイタリティをすごいなって思うよ。着ている服もカラフルだし、街がどこもピカピカだし。うちの父さんにきいたバブルって、こんな感じなのかなって」

しかもその街を眺めていたのが、陽家のリムジンからだったので、印象は強烈だった。心心もこの迎賓館から陽児の家に遊びにきて、よく平然としていたものだ。落差に驚かなかったのだろうか。熱を出した夜は質素な陽児のベッドで眠ったのである。

「わたしたち、なんだか変だね。おたがい相手の国のことをほめあったりしてさ。なんというか、どっちも自分の国ではあんまりうまくいってない感じなのにね」

思わず陽児は笑ってしまった。確かにバイト先でも声優学校でも、自分はすこし浮いている気がしていた。変わり者は心心だけでなかったのかもしれない。

張が姿勢を正して、厳かに声をあげた。

「陽峰社長がお見えになります」

ふたりのメイドが両開きの扉を開けると、流線型の車椅子があらわれた。陽児は即座に立ちあがった。陽峰社長は黒い丸縁の眼鏡をかけた痩《や》せ型の中年男性だった。穏やかに微笑んでいるが、どこか遠い目をしている。

「バーバ！」

心心は叫びながら、車椅子に駆けていく。膝をついて、父親を抱き締めた。陽峰社長は心心の背中をぽんぽんと叩き、耳元で囁いている。元気だったか、ちゃんとたべているか。翻訳がなくとも、なにをいっているのか不思議なほど理解できた。中国語に続いて、心心がいった。

「で、あちらがクラスメイトの石森陽児くん。うちの班の頭脳で、わたしの相談役って感じかな」

静かなモーター音が響いて、テーブルを回り陽峰社長の車椅子が、陽児のほうにやってきた。心心もついてくる。陽児に手をさしだした。ぺこりとお辞儀をして、陽児は社長の手を握り締めた。厚くはないが、あたたかで力強い手だった。技術者の手はこういうものなのかもしれない。片言の日本語でいった。

「よくきて、くれました。心心のお友達を、ここに、迎えることができ、て、たいへんうれしく、思います。今日は、ゆっくりと、楽しんでください」

心心が手を打っていった。

「パパ、日本語うまくなったね」

中国で六番目の巨大企業の創業者兼オーナー経営者は、超然とした微笑みを浮かべたまま、自分の席に戻っていく。これからどうなってしまうのだろうか。陽児は緊張しながら、正方形の座面をしたアンティークの中国風椅子に腰かけた。

4

世界第二位のスマートフォンメーカーのトップが中国語でなにかいった。心心が訳してくれる。

「お父さんが、遅くなってすまなかった、だって。いつもなにかしら報告が入るんだって」

陽児が陽峰社長にうなずくと、つぎの言葉が続いた。

「わたしと仲よくしてくれてありがとう、だって。学校でのわたしの活動は、どんな調子かって質問してるよ」

黄色いスープは足つきのちいさなグラスに半分ほど入っていた。ひと口のむと、シロップのような甘さがある。心心の父親がなにかいい、心心が翻訳する。会話のテンポをひとつ落として、ゆっくりと待つといいのだと、陽児は思った。

「今朝、日本の北海道で採れたトウモロコシを飛行機で運んで、ただすりおろしただけのスープだって。砂糖は入ってないらしいよ」

「すごくおいしいです。心心は学校ではとってもがんばっています。声がすごくいいって、先生にもほめられてますよ。あと学校の近くの書店で、生まれて初めてのアルバイトを熱心にやってます。時給はすごく安いんですけど」

陽児はそう返事をしながら気になっていた。なぜだろう。陽峰社長の目は確かにこちらを見ているのに、どこか自分を突き抜けてずっと遠くを見つめているように見えた。目の前にいる人間よりも、遠くにある科学的な真実でも探しているようだ。それは陽児だけでなく、ひとり娘の心心に対しても同じだった。

心心の父親が質問した。

「きみは声優学校を卒業したら、つぎはどうするつもりなのか、だって。お父さんはまだわたしの理系大学への留学をあきらめてないんだよね。まいったな」

「じゃあ、ぼくもどこかの大学にいくだろうって、考えてるの？　どうこたえたらいいのかな」

心心は肩をすくめた。

「陽児が思うとおりでいいよ。わたしだって、アメリカの大学いくつもりないもん。電子工学とか経営学なんて、興味ないよ」

陽児はすこし考えていった。

「今の学校を卒業したら、ぼくは声優になるというよりも、どこかのアニメ制作会社に潜りこんで、脚本や制作の裏方の仕事をしていきたいと思っています。大学で学ぶよりも、そちらのほうが早く自分の目的に近づけそうな気がするんです」

心心が訳しているあいだに、オードブルが運ばれてきた。海鮮のサラダのうえには、蒸したアワビにエビやイカなどがたっぷりと盛られている。すだちと醬油《しょうゆ》の香りがするドレッシングがかかっている。なんだか優しい味だった。

陽峰社長は複雑な表情をしていたが、気をとり直したようにいった。

「上海にある一番の日本式鉄板焼きの店のシェフを、今日は連れてきた。やっぱり牛肉は和牛が最高だから、だって」

これほど高級ではないけれど、父に連れられて陽児も東京で鉄板焼き店に足を運んだことがあった。鉄板焼きのステーキは大好物だ。焼肉より何倍もおいしいと思う。

「気をつかってくださって、ありがとうございます。心心のお母さんって、どういう人だったんですか」

卒業後の進路に関しては、心心と父親のあいだで話がついていないらしい。陽児は話題を変えたくて、母親のことをきいてみた。陽峰社長は食欲がなさそうに、海鮮サラダを崩している。また一段遠くにいってしまったようだ。夜の旧フランス租界はひどく静かで、外からの物音はしない。息が詰まるような時間が過ぎ、ようやく社長は口を開いた。

「優しくて面倒見のいい人だった。わたしは研究に夢中になると、食事や入浴、着替えなんかを忘れてしまうことがあった。そんなときいつも母さんは、人としてきちんと生きられるように世話をしてくれた。わたしが人間らしくいられたのは、彼女のおかげだって」

訳してくれた心心にもきいてみる。

「心心にとっては、どんなお母さんだったの」

「優しくて、かわいかったよ。あとね、人を型にはめようとしない人だった。ああしなさい、こうしなさいって命令をしない人。中国のお母さんでそういう人はめずらしいんだよ。子どもって、親のいうことをきくものだって、信じてるから」

「へえ、それで心心は自由に育ったんだね」

陽児もネットで調べていた。ダンプカーによる不幸な事件で妻を亡くしてから、陽峰社長はそれまでにも増して、研究と事業に打ちこんだ。陽月電子が急成長を遂げたのは、この十年間だった。スマートフォンメーカーとして世界第二位の座まで登り詰めるうちに、心心はこの迎賓館でひとりぼっちになっていったのだろう。もしかしたら会社にとって陽佳月の死は成長のアクセルとして働いたのかもしれない。

父親が遠い目で心心になにかいっている。陽児のほうは見向きもしなかった。

「アニメや声優は趣味として続けていけばいい。おまえはいつか陽月電子の跡を継ぐんだから、声優学校を卒業したらアメリカにいって、大学で勉強を続けなさいだって。考えておくって返事しておいた」

心心にはまるでその気はなさそうだった。陽峰社長が陽児を見て続けた。

「なんだったら、陽児もアメリカにいかないかってさ。費用を一切もつから、わたしのお目つけ役としていっしょに勉強をしてみないかだって」

陽児はあわてて左右に手を振った。陽一族にとって心心が重要なのはわかるけれど、とてもそんなことはできなかった。陽児が返事をする前に、心心が中国語で返していく。すこし腹を立てているようだ。

「陽児には陽児の将来がある。そんなふうに人を縛ろうとするなんて、よくないことだよって釘を刺しておいた」

不思議に思いきいてみる。

「今の話だけど、普通の中国の若い人ならすぐに乗るのかな」

「それはね。アメリカの一流私大なら、年間七、八百万円くらい学費がかかる。それに生活費とか入れたら、年に一千万円じゃ足らないでしょう。四年分で五千万円の教育援助をするっていわれたら、普通はみんな飛びつくんじゃないかな。アメリカの大学を卒業するのは中国では、すごく価値があることだから。陽児は変わってるから、平気で断るけどさ」

心心は当然のように笑っている。四年間で五千万！　気が遠くなるような金額だが、陽月電子の社長にとってはチップ程度のものなのだろう。ちょっと惜しい気もするけれど、陽児は別に留学に魅力を感じなかった。将来、ビジネスマンとして働くつもりもない。自由に好きな仕事をして、そこそこ豊かに暮らせるなら、それで十分だった。陽児は日本の若者である。心心との関係を生かして、世界第二位のスマートフォンメーカーにくいこもうとは思わなかった。

陽峰社長はまた遠い目をして、運ばれた和牛のステーキを嚙《か》んでいた。フォークを指揮棒のように振るという。

「まだ自分も若いし、この先十年間くらいかけて、陽月電子の仕事を覚えていってくれたら、それでいいって。若いときの友達は大切にしておけってさ。大人になると、すべてに利害が絡んでくるから、かんたんに友達はできない。十代でうまがあう人間は、一生続く友人になれる。お父さん、いいこというね」

陽児も心心といっしょにうなずき返した。そのとき、陽峰社長のスマートフォンがテーブルで鳴り始めた。着信の相手を確かめると、社長はひと言詫《わ》びを告げて、車椅子でダイニングルームを出ていった。その表情は険しかった。むずかしい電話のようだ。心心は半分残された和牛のヒレステーキを見ていった。

「あーあ、またなにか急用だよ。陽児がきてくれたときくらい、時間をつくってくれたらいいのに。このステーキ、もうゴミ箱いきかもしれない」

夕食の途中で席を立ち、そのまま仕事に戻っていく父親を見送る子どもの心心を想像してしまった。きっと文句ひとついわずに食事を済ませて、自分の部屋に帰り、アニメの続きをひとりで観たのだろう。

心心はもうステーキに手をつけようとはしなかった。払いのけるように二十人がけのテーブルから投げ落としたのは、三日月のロゴが背面についた陽月電子の最上級ラインのスマートフォンだ。

陽児はもうなにもいえなくなり、冷えたステーキを細かく刻むと、小動物のようにうつむいてすこしずつかじりだした。中国上陸最初の夜はひどく重く終わることになりそうだ。

5

地下鉄のエスカレーターを昇ると、新天地《シンティエンディ》だった。

新天地は旧フランス租界の街並みを残したまま再開発されたショッピングセンターである。石畳の路地の両側にはレンガ造りの洒落《しゃれ》た建物が並び、街路樹のスズカケが枝先を風にそよがせている。昔のガス灯のデザインを真似た街灯からは、三角形の真っ赤なバナーがさがっていた。通りにはおおきな日傘とテーブルセットが並べられ、パリのカフェのようだ。

「うちから歩いてもすぐなんだけど、今日はあちこちいく予定だから、疲れないようにメトロにしたよ」

心心はそういって、先に立って勝手知ったる様子で、ずんずんと繁華街を進んでいく。確かに駅と駅の間隔は短く、最新型の地下鉄には二駅しか乗っていなかった。

「すごくお洒落な感じだけど、ここはどういうところ？」

「ここも青山とか原宿とかかなあ」

ということは、心心は青山にある迎賓館に住んでいるということになる。青山にはとてもあんなに立派な築百年を超えるビルはないだろうが。

「この街ってなんだか静かだね」

「うん、まだ朝早いせいもあるけど、旧フランス租界の辺りはずっと昔から偉い政治家とかお金もちが住んでるところだから」

心心がくるりと石畳の路上で回転してみせた。フランスの少年のようなボーダーシャツに、横縞《よこじま》と同じライトブルーのベレー帽をあわせている。なぜだろうか、渋谷で見るよりずっとかわいらしかった。

「うん？　なに見とれてるんだ、陽児。わたしに惚《ほ》れるなよ」

「どういう意味だよ。見とれてるはずないだろ」

陽児はあわてて、周囲を見渡した。欧米人の観光客が何人か、コーヒーの紙コップをもって歩いている。きっとどこかに王室長が手配したボディガードが潜んでいるはずだ。今も監視中なのだろう。陽児はいちゃついて見えないように厳しい声でいった。

「ふざけてないで、心心。今日は上海の人を見るんだよね。みんながどんなスマートフォンを求めているか。ちゃんと取材しなくちゃ」

「おう、まかせとけ」

心心は胸を張ってそういうと、近くにあるスマートフォンの店に入っていく。ガラスの自動ドアには陽月電子の三日月ロゴが浮かんでいた。

「ちょっと待ってよ」

陽児はあわてて後を追った。冷房の効いた店内は大勢の人であふれていた。テーブルには新型のスマートフォンやタブレットが、さも高価そうに距離をおいて並べられている。

心心は周囲を見まわすと、いきなり同世代の上海風の女子に近づいていき、あっさり声をかけた。ホットパンツからすらりと伸びた太ももがまぶしい女子と、こちらをちらちら見ながらなにか話している。戻ってくるといった。

「陽児は東京の大学の経済学部の学生ということになったよ。卒論は成熟したスマートフォン市場のゆくえ。調査のために上海まできてる。ちなみに大金もちの御曹司という設定だから、忘れないでね。中国ではお金をもってないと、尊敬されないし、なかなか話をきいてもらえないから」

それは上海にきて肌で感じていることだった。誰もが精一杯のお洒落をして、ブランドものをもち歩いている。ここでは富は見せつけるものなのだ。ゴールドの腕時計の多さは、東京では目にしたこともないくらいだった。男性の手首の半数近くは、本物かメッキかわからないが、金色に輝いている。

ホットパンツの女の子はきらきらした目で陽児を見つめてくる。ストレートの髪は真んなか分けで、つやつやと光っていた。心心が陽児の肩をつついた。

「さあ、なにか質問して。いい感じの御曹司風の笑顔でね」

進行が速すぎて困ってしまう。心心はつぎになにをするのか、予測がつかない少女だった。

「えーっと、今日はこのショップになにをしにきたんですか」

心心が訳してくれる。女の子はおおきな観葉植物を背に、早口で返事をした。

「陽月の新型モデルのデザインを見にきたって。新型の一番高いやつ」

陽児は盗難防止用のケーブルがつけられたスマートフォンを見た。このモデルは最高性能のCPUとカメラを積んだ高級機だった。価格は日本円で十四万円もする。

「きみはこれの前のモデルをつかってるんだ？」

当たり前のようにうなずいて、女の子が心心にこたえている。

「そうだって。一日で一番長くさわるものだから、一番高性能でデザインのいいモデルがいいに決まっている。友達もみんな最高級ラインのスマホをつかってるってさ」

上海や北京《ペキン》の市民の年収は日本と変わらないという。高価格なモデルも普通なのかもしれない。

「性能はそこそこでもリーズナブルな機種と、高いけれど最新最高性能の機種なら、どちらを選びますか」

ホットパンツの女の子は陽月電子の新型を手にとるとまくし立てるようにいった。心心は無表情で訳す。

「わざわざ性能の落ちる安いスマートフォンを買うなんて、貧乏な人だけ。上海っ子は絶対安いやつなんか買わないよ。そういうのを買うのは、お金をもってない農村出身の『素質《スーチー》』が悪い人だけじゃないかな、だって」

スーチーという言葉は、こちらにきて何度も耳にしていた。その人の品性とか教養とか民度といったものを、すべて含んでいるらしい。中国人同士がお互いを評価するときの重要なキーワードであるようだ。心心は顔には出さないが、どうやらホットパンツの女子に反感を覚えているらしい。自分も同じ上海人なのに、上海育ちを鼻にかける人間は好きではないようだ。

「じゃあ、その最新型の高級スマートフォンになにか求めることはないかな。どんなに細かなことでもいいんだけど」

女の子はすこし考えるといった。

「デザインのバリエーションを増やしてほしい。色とか、背面の仕上げとか。自撮り用のカメラをもっと性能よく。あともうすこし軽くしてほしいかな、だって。ずっともってると手首が疲れてきちゃう。それと……」

肩をすくめてなにかいい淀《よど》んでいる。すこし迷ってからいった。

「性能がいいのは当然だけど、アイフォーンと同じ値段はちょっと気になるかな。だって美国《メイグオ》は物価や給料もすごく高いでしょ。中国だったら世界一の性能でも、もうすこし安くつくれるはず。十五万円なら買うけど、二十万円超えたら考えちゃうかも。これは友達にはないしょだよ、だってさ」

美国はアメリカ合衆国のことだ。確かに物価の差を考えると、スマートフォンだけ同一価格というのは、ずいぶん割高な気もする。陽児は日本人だが、スマートフォンに十五万円は考えられなかった。自分のアイフォーンはバイト代で半分、もう半分は親に出してもらって、購入していた。

「謝々、謝々」

何度もそういって、陽児は頭を下げた。ホットパンツの女の子は、いい卒論を書いてねといって、笑顔でスマホショップから出ていく。ほんとうに御曹司の大学生だと思ったのだろうか。冷や汗ものだった。女の子の背中を見送りながら心心にきいてみる。

「なかなかいい感じの子だったね」

心心は片方の眉をつりあげ、冷たい声でいった。

「そうかな。あの子の農村出身者に対する言葉づかいはひどかったよ。そこは訳さなかったけど、『素質』の悪い田舎者って連発してた。ひどく軽蔑《けいべつ》して、馬鹿にしてた。嫌な感じだったなあ。陽児に上海人はお金だけで判断すると思われたくないしさ」

中国では戸籍の問題があると心心からきいていた。都市と農村では戸籍が違う。農村出身者は一時的になら北京や上海といった給料の高い仕事がある大都市に住めるけれど、定住はできないという。基本的に生まれた場所の戸籍は生涯変わらない。最近は戸籍の変更も可能になっているが、農村の人間にとって都市戸籍があこがれの的であるのは変わらない。

「……そうなんだ」

「そうだよ。人の『素質』が低劣だなんて、いってはいけないことだと思う。農村の人だって、望んでそこで生まれた訳じゃないのに」

心心はやさしい子だった。自分は中国で有数の大富豪の癖に、富や出身地で人を差別するのは許せないのだ。そういえば、陽児は以前本で読んだことがあった。イタリア共産党の幹部はみな裕福な貴族の出身だったという。格差社会を憎む気もちは階層の上のほうでも、ちゃんと生まれるものらしい。

心心と陽児は行列のできたコーヒースタンドでアイスラテを購入した。ストローをさして、陽児は叫んだ。

「なんだ、これ。氷が入ってない」

心心は平気な顔であまり冷たくないアイスラテをのんでいる。

「前にも言ったろ。中国では身体を冷やすのみものはよくないとされているんだ。ビールだって常温でのむ人がいるくらいだよ」

「日本から三時間のフライトで、こんなに世界が変わるんだね」

「ぬるいラテもうまいだろ。さあ、つぎのスマホショップいってみよう」

新天地はショッピング街なので、いくらでもスマホショップがあるようだ。つぎに心心が選んだのは、格安ブランド・無尽の店だった。こちらはクールで知的な雰囲気の陽月電子とは違い、店内はどこも真っ赤に塗られていた。店頭に張ってあるポスターもエナジードリンクのCMのように、ごつい俳優が拳《こぶし》を握り、ポーズをとっている。肩と上腕の筋肉の盛りあがりがすごかった。陽児が立ち止まって、ポスターを見ていると心心が教えてくれた。

「この役者さんはマッチョで、中国のスタローンみたいな感じかな。大ヒットした『戦《ジャン》狼《ラン》』シリーズで、悪のテロ組織から現地の人を守る主役を演じてたんだ。今、中国では中国人のヒーローが大活躍する愛国アクションものが人気なんだよ。わかりやすいね」

低価格のショップでは愛国ヒーローが人気なのか。案外、中国人のメンタルはアメリカ人に似ているのかもしれない。陽児は『ランボー』だけでなく、『キャプテン・アメリカ』や『スーパーマン』を思いだしていた。

心心がまた先に店内に入っていく。こちらのほうがずっと混雑していた。さすがの上海人でも低価格の魅力には勝てないようだ。

「さあ、誰がいいかな」

心心は舌なめずりするように店内を見まわしている。陽児にも誰を標的にしたのか、すぐにわかった。心心が近づいていくのは、銀色の髪をきれいに撫《な》でつけた七十歳くらいのおばあちゃんである。きっと店内の最年長だろう。

にこにこしながら、心心が話しかけている。おばあちゃんがこちらを見ているので、陽児は精一杯御曹司の振りをして、卓上の格安スマホを手にとってみた。心心が戻ってくるといった。

「取材OKだって。この人は上海郊外に住んでるんだよ。でね、ひとり息子の結婚相手を探すためにスマホがほしいんだってさ」

スマートフォンにもいろいろな用途があるものだ。陽児は驚いていった。

「息子さんはおいくつなんですか」

恥ずかしそうにおばあちゃんが返事をすると、心心が訳してくれた。

「もう四十近く。まだ独身で困ってるって」

堰《せき》を切ったように老女が話し始めた。心心はうなずいてきいている。

「昔は公園で看板をもって、お嫁さんを探したものだけど、今はスマホなんだって」

「公園でお嫁さんを探す？」

想像もできない。中国は不思議なところだ。

「自分の子どもの学歴とか、仕事とか、年齢とか、身長とかを書いて、その看板をもって公園で立ってるの。そうするとお嫁さんのほうのお母さんなんかが、それを見て縁談を申しこんできたりしたんだ。今はすっかりネットの縁談サイトになったけどね」

「へえ、そうなんですか。おもしろいなあ」

おばあちゃんは笑いながら陽児を見てなにかいっている。心心も笑いだした。

「陽児がよければ、縁談を世話するって。日本の御曹司と結婚したら、日本国籍がとれるんだよね。いい子を紹介するってさ。それとも、わたしとつきあってるのかだって」

「いえ、この人は上海の現地ガイドで、研究の助手です。そういっておいて」

心心が口をとがらせていう。

「なんだよ、それ。せめて美人の共同研究者とかいってよ」

肩をすくめると、翻訳を開始した。老女が話し、心心が訳した。

「わたしには安いスマートフォンで十分。息子の婚活以外にはつかわないからだって。でも、いっているよ。この機械はちいさいけれど、すごいって。みんなが当たり前のようにつかってるけど、こんなふうに人と人を結びつけたり、たくさんの情報を集めたり、遠く離れた人と顔を見て話したりできるなんて、昔なら想像もできなかった。これが中国製であることが誇らしいって」

陽児は改めてスマートフォンについて考えてみた。自分の国でつくられたスマホを使用できる人は、世界に半分いるのだろうか。ちいさなガラス板は最新テクノロジーの象徴なのだ。このなかには原子力発電所の制御コードよりも長大なソフトウエアが入っていると読んだことがある。胸を張って、おばあちゃんがいった。

「この十年で上海はすごく立派になった。でもね、つぎの十年が過ぎれば、もっと立派になるはずだよ。そのとき、また遊びにきておくれ。上海の人たちの『素質』だって、もっともっとよくなってるはずだからね」

十年後の東京を楽しみに、ぜひ遊びにきてほしい。陽児は胸を張って、心心や王室長にそんなことがいえるだろうか。上海のおばあちゃんの言葉が陽児にはまぶしかった。中国だっていろいろな問題を抱えているのは間違いないけれど、この前向きな姿勢は日本で暮らす自分も学ぶ価値があるのではないだろうか。

第一、まだ二十歳にもならない人間が、日本の未来は暗いなんて嘆くのは問題外に決まっている。国の未来を切り開くのは自分たちの世代なのだ。うつむいてばかりいられない。

「わかりました。十年後、また絶対に上海に遊びにきます。日本も負けないように、がんばりますね。息子さんにいいお嫁さんがくるように願っています」

心心がそう訳すと、おばあちゃんは両手で陽児に握手を求めてきた。ちいさく乾いているけれど、ひどく温かな手を握り、陽児は考えを改めていた。ユーチューブにあがっている中国のひどいマナーや事故の映像を見てあざ笑うだけでなく、きちんとひとりひとりの中国の人々を見たほうがいい。この上海だけでも二千五百万の人が暮らしているのだ。

人間をひとつのくくりで見て決めつけるのは愚かな行いである。陽児は心心にうなずいて、つぎのインタビュー相手を探し始めた。

6

迎賓館の夕食は広東《カントン》料理のフルコースで、心心も陽児もたべ終わった後、ぐったりと全身の力が抜けるほどだった。ご馳走というのは胃も心も意外と疲れるものだ。陽児は生まれて初めて、たべることが肉体労働だと理解したのである。

いっしょに卓を囲んでいた王室長が食後のデザートのとき、素知らぬ顔で口を開いた。

「陽児くん、今日はお嬢様とずいぶんお楽しみだったようだね」

こちらの行動などすべて筒抜けのはずなのに、くえない秘書室長だった。

「いえ、ぜんぜんですよ。メインは上海のいろいろな人に、どんなスマートフォンが必要なのか、インタビューすることだったんですから。学生や会社員、それに中年の夫婦やお年寄りまで、すごい数の人に話をきいたんですよ」

心心がテーブルの上に置いてある陽月電子の最新型スマートフォンを指さした。

「全部、録音してあるぞ。五時間と二十三分だ」

そんなにたくさんの人から話をきいたのは、陽児も初めてだった。アニメ作品の脚本を書くときにも、これほど取材をするのだろうか。

「心心には参りました。勝手にぼくを大学生にして、中国でのスマートフォン市場を調べている、卒業論文だとか嘘をつくんです。スマホの市場なんてぜんぜんわからないから、大汗をかきました」

にやりと笑って心心がいった。

「失礼だな。そういうのは日本語では、嘘じゃなくて、機転が利くというんだろ」

王室長は陽児のピンチに興味はないようだ。

「わたしは嘘でも機転でもどちらでもいい。それより疲れているところ済まないが、この後すこし時間をもらえませんか。ふたりに話があります」

陽児の足は上海中歩き回ってすでに筋肉痛だった。見知らぬ異国の街で、理解できない言語にさらされてきたのである。身体も心もくたくただ。それは心心も同じだろう。昨日のフライトで上海に帰ったばかりである。

「話があるなら、今さっさとしてもらえると助かりますけど」

王室長の目が急に真剣になった。

「そういう訳にはいきません。デザートの間に簡単に済むような問題ではないのでね。上の温室にコーヒーの用意をさせてあります。ふたりともいっしょにきてください」

よほど重要なことなのだろうか。陽児は心心に視線を送った。陽児の目を見て、うなずき返してくる。

「わかりました。おつきあいします」

迎賓館の屋上では、夜の風が吹いていた。ガラス張りの温室のドアは開け放してある。

旧フランス租界は緑が多いので、吹き寄せる風にも夏の緑の匂いがした。白い屋外用テーブルの向こうには王室長、陽児と心心は隣同士に席をとった。三人の中央には開いたノートパソコンが置いてある。給仕の女性はコーヒーを入れると、一礼して話のきこえない距離まで音もなく下がっていった。

王室長がテーブルの上で手を組んだ。重々しい声でいう。

「三日後に迫った陽月電子の株主総会について、わたしのほうからレクチャーしておこうと思い、ふたりにはきてもらいました。陽家の未来だけでなく、十七万人の社員の将来がかかっています。真剣にきいてください」

室長はしっかりと頭を下げた。陽児は内心驚愕して、びびってもいた。声優の卵のただの学生に、十七万人の社員、さらにその家族数十万人、ついでにいうなら関係会社まで含めれば百万人を超えるような人たちの未来など、責任をとれるはずがない。きっと日本でも名だたる電機メーカーはみな陽月電子と取引をしていることだろう。

横目でこっそりと心心を見ると、スタジオでマイクの前に立ったときのように、真剣な表情をしている。普段はかわいい感じだが、きりりと引き締まり美しい大人の女性に見えた。王室長のコントロールされた声が続いた。

「現在、議決権のある株式約二千二百七十万株のうち、心心お嬢様のお父上・陽峰社長が三十六・五パーセントを所有しておられる。対して叔父上の陽岳副社長の所有分は、二十六パーセント。ただし、この差は実質的にはかなり縮まっているようです。副社長は水面下で株の買い増しを図っていたらしい。春先からこの半年弱で、陽月電子の株価は、他の電子機器メーカーが米中の関税を巡るトラブル下で値を下げるなか、二十パーセント近い上昇を果たしています」

王室長は陽月電子のノートパソコンをこちらに向けて見せた。チャートは上海株式市場に上場された陽月電子のものだった。上昇曲線は先月初旬からいっそう急角度で右上がりになっている。

「うちの秘書室調べでは、陽岳副社長は六パーセントを超える株式を新たに入手したらしいです。そうなると、もうお父上とも数パーセントの差しかない。六パーセントの株式とひと口でいうけれど、それだけでも膨大な額で、ちいさな国の国家予算くらいです」

それほどの巨額の資金を、陽岳副社長は今回の株主総会に注ぎこんでいるのか。たびたび渋谷に足を運び、C組一班全員にアニメスタジオとの契約をちらつかせるはずだ。裏で桁違いの金が動いているのだ。

王室長が声のトーンを一段下げていう。

「それほどの額になると、さすがの陽岳副社長でも手に負えません。あの人は自分の保有する陽月電子株を担保にして、あちこちの銀行から資金をかき集めているようです。副社長にとっても、伸《の》るか反るかの剣ヶ峰の戦いになるでしょう」

陽児には株式のことなど、まるでわからなかった。それでも、間近に迫った総会が世界第二位のスマートフォンメーカーを根底から変えてしまうかもしれないという重い事実だけは想像がついた。不思議なのは中国は共産党の国なのに、企業の在りかたは資本主義の株式会社と同じだという点だった。過半数を押さえた者が、好きなように動かせるのは、世界の他のどの国の企業とも変わらないようだ。

そっと隣に視線を送ると心心の横顔が鋭くとがって見えた。すごい集中力である。王室長のニュースキャスターのような声がガラス張りの夜の温室に響いた。

「そうなると、心心お嬢様がお母さまから受け継いだ株式十七・八パーセントが、今回は圧倒的なキャスティングボートを握ることになります」

関係各社を含めて百万人を超える人々の将来を、まだ学生の心心が左右するかもしれないのだ。陽児は自分が心心の立場でなくてよかったと胸を撫でおろした。きっとプレッシャーで押しつぶされてしまうだろう。

心心は無言で、パソコンのディスプレイをにらんでいる。陽児はそこで忘れていたことに気づいた。

「そういえば、心心はいつ二十歳になるの」

議決権の行使は二十歳になってからだといっていたはずだ。心心は黙ってパソコンを見つめたままだった。真っ黒な画面に色とりどりの線がうねるように走っている。空に昇る龍のようだ。王室長がいった。

「明後日だ。株主総会の前日に、心心お嬢様は二十歳をお迎えになる」

クラスメイトの誕生日は、頭から消えていた。上海でこんなに世話になっているのだから、これはなんとか誕生日プレゼントを探さなくては。それにしても二十歳になったばかりの心心に、これほどの選択が待っているとは。豊かな家に生まれるのも、たいへんな重圧である。陽児はその圧力をすこしでも軽くしてやりたかった。

だが、心心がどちらにつくかによって、世界的な巨大企業の路線が切り替わるのだ。従来通り最高性能の高級スマートフォン路線をひた走る陽峰社長派か、低価格の普及品で世界の市場を獲《と》りにいく陽岳副社長派、どちらかが勝利を収めることになる。多くの社員にとって、社内でのポジションや出世におおきく響くことになるだろう。心心の選択には、それほどの重さがある。

そのとき、不思議な声がきこえた。心心が口を開いたのだ。その声は屋上庭園を吹き抜ける爽やかな風のようだった。人間のものとは思えない。数百年数千年を生きる妖精《ようせい》や土地神のようだ。

「王室長、お父様からなにかわたしに伝言はありましたか」

黒いスーツの男が背をまっすぐに伸ばした。

「はい。陽月電子のために最善を尽くしなさい。心心お嬢様を信じている……とのことです」

陽児は思わず声をあげていた。

「それだけなんですか……」

よく獅子《しし》は千尋の谷に我が子を落とすというけれど、それと同じじゃないか。すべての責任を二十歳になったばかりの娘に押しつけるのだ。心心はうなずいていった。

「わかりました。お父様にはベストを尽くしますと伝えてください」

　王室長は満足そうにうなずくといった。

「確かにお伝えします。心心お嬢様は日本にいかれてから、たいへん立派になられた。わたしもお父上とともに信じております」

　ノートパソコンを閉じて脇に抱え、夜の温室を出ていく。心心と残された陽児は、ひどく心細い気分だった。心心がふーっと息を吐いていった。

「なんだか、訳わからないよね。わたしなんかに、こんなにおおきな会社の未来がかかってるなんて。あーあ、アニメのほうがずっと現実的だなあ」

　ボーンチャイナの皿つきカップで、コーヒーは手つかずのまま冷めてしまっている。陽児には心心の重圧や責任を一グラム軽くすることさえできなかった。できるのは、ほんのすこしの気分転換くらいのものだ。

「ねえ、心心、ちょっと外の屋上庭園にいって、風に当たろうよ」

　場所を変えると、気分もすこしだけ変わるだろう。ふたりはめずらしい南国の植物で息が苦しくなりそうな温室から、上海の夜空のもとに出た。低く噴水の音がきこえてくる。庭園の端の手すりにもたれて、夜の街を見おろす。緑のなか点々と、ここと同じような時代を経た洋館、言葉本来の意味でのマンションが散っている。

　三日後に迫った株主総会さえなければ、さぞ素晴らしい景色だろう。東京にはこんな街はどんな高級住宅街にもないのだ。そのときジーンズの尻ポケットで陽児のスマートフォンが震えだした。こんなときに誰だろう。

スマートフォンを抜いて、発信者を確認する。浩平からだった。東京はこちらと同じように暑いのだろうか。

「陽児、おめえ元気にやってるか。心配しちまったぞ」

海外で聞くと悟空のものまねも悪くなかった。

「うん、元気にしてる。今日は心心と上海中で、いろんな人にスマートフォンのことをきいて回ったよ。めちゃくちゃ疲れた。東京はどんな感じ？」

浩平の声のトーンが跳ねあがった。

「それがさ、おめえと心心にびっくりニュースがあるんだ。オラと健太郎、遥と真琴姉さんの四人で、ついさっき上海に着いたんだ」

陽児は送話口を押さえて心心に叫んでいた。

「一班の四人が上海にきてる！」

心心の顔色が変わった。

「だけど、どうして……」

浩平の声がスマートフォンから夜の屋上庭園に漏れだした。

「陽岳叔父さんが航空券をプレゼントしてくれたんだ。陽児と心心を新しいアニメスタジオに見学に連れてったから、他のみんなもどうだって。しかも毎日ギャラがもらえるんだから、バイトよりぜんぜんいいだろ。叔父さんはおれたちのアドバイスが欲しいんだってさ。なにせ日本はアニメの先進国だからな」

間近に株主総会を控えた大切な時期に、なぜ四人をはるばる上海にまで連れてきたのだろうか。陽児の頭には悪い言葉しか浮かばなかった。心心を思うように動かすための、「人質」である。声が悲鳴のようになってしまう。

「そっちは今、どこにいるんだ？　ホテルか」

浩平はのんびりと答えた。

「いや、陽岳叔父さんの別荘だってさ。現地のコーディネーターとか、陽月電子の社員がたくさんついて、至れり尽くせりのおもてなしだよ。おまえたちもこっちこないか」

陽児はまた送話口を押さえた。

「どうしよう、心心？　ほんとかどうかわからないけど、みんな副社長の別荘にいるらしい」

心心が心配そうな顔で覗きこんでくる。首を横に振っていった。

「みんなは自由に動けるの？」

うなずき返す。会話を引き延ばして、なんでもいいから情報を得るのだ。映画で観た誘拐事件のネゴシエーターみたいだ。

「浩平、そっちの明日からのスケジュールはどうなってる？」

「スタジオ見学にいくよ。あと三日先までスケジュールはびっしりだ。仕事で呼ばれてるから、しかたないけどな。普通の会社員のボーナスくらいのギャラだから、しょうがないよな。おっと人がきたから、またあとでな」

いきなり通話は切れてしまった。心心が不安げに陽児の顔を見あげてくる。

「どうしよう、陽児？」

どうしたらいいのかわからなかった。C組一班の四人は自由意志で上海にきている。ギャラも発生しているのなら、正規のアルバイトといえるだろう。今のところ陽岳副社長はひとつも違法なことはしていなかった。だが、株主総会までの三日間、あの四人には自由は許されないだろう。会うことも困難かもしれない。さすがに副社長は老獪《ろうかい》だった。ひたひたと無言のプレッシャーをかけてくる。

絶壁のような迎賓館の側面を駆けのぼり、強い風が吹いてきた。嵐のような一瞬の冷たい風だ。陽児と心心は手すりにすがりつくように立ち尽くし、一瞬で顔つきの変貌した夜の上海を見おろしていた。

陽児の頭に浮かぶのは、戦前にこの街についていた別名である。

「魔都・上海」、地上のあらゆる悪と快楽に出会えるこの街を人々はそう呼んでいた。

心心は自分の身体を抱いて震えている。陽児も無言で魔都の闇に冒されそうな心をなんとか静かに押さえこんでいた。

つぎの日も上海は好天で、朝から気温は三十度を軽く超えてきた。当地の人たちはひどく暑いというけれど、東京育ちの陽児にはしのぎやすい気さえしていた。べたべたと肌にまとわりつくような不快な蒸し暑さが、大陸の都市にはない。

通い慣れた来賓用の食堂で朝食をとっていると、心心がいった。

「陽児、今日はちょっと別行動にしてくれないか」

表情が真剣である。陽児はとまどった。

「……別にかまわないけど、ぼくはどうしたらいいのかな」

心心はうれしくもなさそうな笑顔をつくった。急に距離が開いた気がする。

「わたしはひとりでしなければならないことがあるんだ。陽児のことは王室長に頼んでおいたから、いってみたい場所があればリクエストしてね」

とりつく島もないようだった。ドア近くのソファに座って足を組んでいる王室長に視線を流した。こちらは能面のように無表情な顔でうなずきかけてくる。

「わかった。だけど心心、昨日浩平から電話があったよね。岳叔父さんがうちの班のメンバーを……」

そこまで口にしたところで、心心がさえぎった。

「その話は後にして。やらなきゃならないことがたくさんあるんだ」

中国でも有数の巨大企業、陽月電子の未来がかかった株主総会まで、あと二日だった。この会社の二割弱の株式を保有している心心には、なにか陽児に想像もつかない義務や仕事が待っているのかもしれない。

「そうか、わかったよ。今日は王さんといっしょに動くことにする」

あきらめてそういうと、ソファの秘書室長は、満足げな笑みを浮かべた。亜熱帯の上海でも黒いサマーウールのスーツをぴしりと着こなしている。陽児はうつむいて、今朝は一流ホテルで提供されるような豪華なイングリッシュスタイルの朝食に戻った。自分の家がホテルのようだと、疲れるものなんだな。そう思いながら、陽児はふわふわの卵を口に運んだ。

「ははは、どうだい、上海は?」

緑の間に築百年近い石造りのマンションが散らばる旧フランス租界を見おろしながら、王室長がいった。腕をおおきく広げ、自分の領地を示す王族のようだ。

「すごいですよ、なんだってスケールがおおきいし、人もたくさんいる」

上海の人口は東京の倍近かった。街を歩く人のスピードも、自動車の速度もこちらのほうが目まぐるしい気がする。渋谷はずいぶんアップテンポだと思っていたが、あれでものんびりしていたのだ。

心心は朝食を半分残して、さっさと国宝級の美術品が飾られた食堂を出ていった。陽児のほうを振りむくこともなかった。その後、王室長にすこし話をしないかと、屋上の庭園に誘われたのである。

「きみはさっき気になることを口にしたな」

噴水のある屋上庭園で風に吹かれていると、王室長がいきなり質問を放った。この人は抜け目ない人だ。言葉の欠片もきき逃さない。話してしまっていいものだろうか。陽児は幼馴染《おさななじ》みののんきな口調を思いだした。おめえ元気にやってるか。ついさっき上海に着いたんだ。

「C組一班の残り四人が上海にきています」

王室長の顔色が変わった。

「なんだって！」

「副社長にチケットを渡されて、仕事という口実で呼ばれたみたいです。今日はぼくたちもこの前連れていかれた新しいアニメスタジオを見学するといってました」

「直接会ったのか」

「いえ、昨日の夜、ここで浩平から電話を受けたんです」

王室長は内ポケットから陽月電子のスマートフォンをとりだした。素早い動作で、まるで拳銃でも抜いたようだ。

「どこのホテルに泊まってるんだ？　部下に確認にいかせる」

「ホテルじゃないといってました。陽岳副社長の別荘で、たくさんの人に囲まれてるって。至れり尽くせりのもてなしで、あいつは居心地いいっていってたけど」

王室長は中国語でののしり声をあげた。陽児は驚いて眺めるだけだ。冷静沈着な室長が、これほどとり乱すなんて。

「確かに豪華な別荘かもしれないが、きみのクラスメイト四人は今、軟禁状態にあるはずだ。行動の自由はないし、勝手に別荘を離れることもできないだろう。さすがに陽岳だ。とんでもない手を打ってきたな」

その台詞で、陽児のなかでも不安が確信に変わってきた。昨日の電話を受けたときから、嫌な予感はしていたのだ。恐怖を打ち消すために、室長にきいてみる。

「だって、欲しいのは心心の株でしょう？　それだけのために、そんなにひどいことはしないですよ、普通」

王室長ははっきりとわかるように首を横に振った。こういうジェスチャーを見ると、中国人は日本人より欧米人に似ていると陽児は思う。

「正しくは心心お嬢様がもっている株式の議決権だ。人は莫大な富の前では、恥など失くしなりふりかまわなくなる。司《し》馬《ば》遷《せん》『史記』の「貨殖列伝」を読むといい。現代中国を理解するには欠かせない本だ」

そんなことをいわれても、のんびり本など読んでいられなかった。別荘に軟禁状態というのはただならない事態である。陽児はクラスメイトの無事を信じたかった。

「でも四人とも日本人ですよ。もしあいつらの身になにかあったら、中国と日本の外交問題になってしまう。いくら陽岳副社長だって、それほど無茶はできないはずです」

王室長は、馬鹿にしたように横目で陽児を流し見ていった。

「仮に『なにか』が起きたとして、彼らが証拠を残すようなヘマをすると思うかね」

まばゆい陽光のなかで、陽児は目がくらみそうになった。目の前が真っ暗になる。声が自分のものとは思えないほど細くなった。

「……どういう意味です？」

「日本人学生四名が乗った自動車が事故を起こした。クルマは海に落としてもいいし、山なら崖《がけ》から転落させてもいい。運転手には事故を起こす前に、無理やり酒をのませるといいだろう。茅台酒《マオタイチュウ》でもバーボンでもご自由に。それで誰も真剣に調査などしなくなる」

陽児は自分の顔から血の気が引いていくのがわかった。体温も急降下していく。九月の上海なのに寒くてたまらなくなった。全身が震えるばかりで言葉が口から出てこない。

王室長が皮肉そうにいった。

「おまけに、ここは上海だ。調査をするのは当地の警察で、陽岳副社長の影響力がちさかろうはずもない。事件を事故にすり替えるくらいのことなら、電話を一本かければ済む」

「じゃあ、いったいどうすればいいんですか」

陽児は眼下を見おろした。急に旧フランス租界の緑が光のささないジャングルに見えてくる。

「わたしの部下を使って、四人の居場所を捜しだそう。株主総会までが勝負だ。陽児も手伝ってくれ」

「わかりました。浩平からもうすこし詳しい情報をきさだしてみます」

すぐに自分のスマートフォンをとりだした。昨夜の番号を選び、かけてみる。戻ってくるのは不通の電子音だけだった。

「王さん、つながりません」

自分でも気づかないうちに、悲鳴のような声になってしまった。

7

「どうやらここではなさそうだな」

スモークフィルムが貼られたワンボックスカーの窓から外の建物に目をやりながら、王室長がいった。そこは陽月電子の迎賓館から三ブロックほど離れた旧フランス租界のなかだった。鉄製の門の向こうには、迎賓館とよく似た砂色の石造りのマンションが建っている。

通りの反対側のこの場所に車を停めてから、もう三十分近くたっていた。助手席では秘書室の部下がビデオカメラを回しながら、ゲートを出入りする自動車を記録していた。

「わかるんですか？」

陽児には普通の豪華な建造物にしか見えなかった。今もゲート横の詰め所で気のゆるんだ警備員があくびをしている。

「ああ、慣れれば陽児にもわかるようになる。車の出入りもすくないし、警備員の数も増えていないようだ。それになんというかぴりっとした緊張感がない。ここも陽岳副社長が所有する物件で、最上階は住居になっているんだがな」

王室長は陽児の顔を見て、にやりと笑った。

「なんでも岳叔父さんの一番つきあいが長い愛人が住んでいるそうだ」

陽児も週刊誌で読んだことがあった。日本でも明治時代には、政治家や財界の大物はみな愛人を抱えているのが普通で、誰もがその存在を知っていたという。だがそれは、SNSが発達する前ののどかな社会でのことだ。これほど発展した上海なのにまだそんなことがあるとは意外である。

「そういうの中国では当たり前なんですか」

はははっと短く笑って、黒いスーツの室長がいった。

「日本の若者にあまりその手の知識を教えたくはないんだがな。まあ、英雄色を好むというのは、中国の諺《ことわざ》だ。その手の金もちや高級官僚もすくなくはない」

それから、中国語で運転手になにかいった。ゆっくりとワンボックスカーが動きだす。

「この建物は別の車にまかせて、わたしたちはつぎの場所にいこう」

まるでハリウッド製のサスペンスドラマのようだった。声優学校の生徒に過ぎない自分が、見知らぬ異国の街にきてスパイもどきの活動に巻きこまれるなんて。渋谷の書店でこの旅行の費用をつくるためにアルバイトしていたときには想像もつかなかった。

スパイ活動は、最初に思っていたよりも地味で退屈だった。

その日の午後一杯をかけて、三カ所の陽岳副社長所有物件を王室長と見て回った。最初が旧フランス租界のマンション、つぎは黄浦江河口の倉庫街にあるリノベーションされた建物、そして中心街の南京東路《ナンジンドンルー》に戻って全面ガラス張りの現代彫刻のようなマンションである。

ワンボックスカーの座席にずっと座っていたので、陽児は尻と腰が痛くなってきた。王室長は平気な顔をして、何杯もブラックコーヒーをのんでいた。陽児はカフェインが苦手なので、一日にのめるコーヒーはせいぜい二杯までだ。

黒いワンボックスカーが迎賓館に向かったのは、日も暮れた午後六時過ぎである。帰途の車中で王室長がいった。

「今日の調査については、心心お嬢様には秘密にしてくれ。陽児はあくまでわたしと上海市内の観光をしていた。もしなにかきかれたら、男同士で女性連れでは足を運びにくい場所にいっていた。王室長に社会勉強だと無理やり連れていかれたとでもいっておきなさい。そうすれば、お嬢様も詳しくは詮索《せんさく》してこないだろう」

旧フランス租界の広々とした道と緑が見えてきた。陽児はあわてていった。

「ちょっと待ってくださいよ。そうしたら、ぼくが上海の風俗にでも連れていかれたってことになるじゃないですか」

王室長はにやにやしている。

「そうだ。なにか問題があるかね。きみは健康な男子だし、風俗くらいいくだろう。日本ではそうじゃないのか」

陽児は断固抗議した。

「古いなあ、王さん。日本の若者はもうそういうところにはいかないんですよ」

「へえ、そうなのか。旅の終わりの慰労を兼ねて、お嬢様には内緒で上海でも一番の娼《しょう》館《かん》に連れていってやろうと思っていたんだがな。きみはもっと世界を広く知る必要がある。ちなみに日本でいうファッションヘルスは中国では、『打飛機《ダァフェイジー》』というんだ。飛行機を撃ち落とすくらい飛ばすという意味だよ。まあ、男性の自慰そのものを表す言葉でもあるのだがね」

精液で飛行機を撃ち落とす！　発想が白髪三千丈と同じだ。大ぼら吹きの中国人らしかった。老人の髪の長さは九千メートルで、精液は高度一万メートルのジェット機まで届く。王室長がいった。

「今日のところは、四人の行方はまだ判明していない。上海の中心部から網を広げつつ、郊外へと監視態勢を敷いているんだが、なにせ陽岳副社長の会社が所有する物件が多過ぎる。わたしは明日もまた捜索を続ける予定だ」

陽児はスマートフォンをとりだした。今日何度目になるだろうか、浩平の番号を選んでかけてみる。やはりつながらなかった。健太郎も、真琴も、遥も不通のままだ。

「ぼくもいっしょにあいつらを捜しにいきます」

ドラマのなかでCIAが使用するような黒いワンボックスカーが、旧フランス租界を走り抜けていく。今、この瞬間あの四人はなにをしているのだろうか。なにかひどいことをされていないといいのだけれど。なぜか浩平がスタンドマイクの前で、『ドラゴンボール』の悟空のものまねを延々と強要されている姿が目に浮かんだ。オッス！　オラ悟空！

おかしなことを想像していると、夕日を浴びた迎賓館が見えてきた。

王室長がいった。

「協力に感謝する。明日はお嬢様のガードマンに戻ってもかまわない。まあ、とにかく心心お嬢様には今日のことは秘密だ。あとは陽児のほうでうまくやってくれ」

博物館のように美術品に囲まれた来賓用の食堂は、静かなものだった。心心も陽児も言葉数がひどくすくない。その日は洋食で、王室長は定位置のソファに座っていたが、助け舟を出してくれなかった。食後のデザートはオレンジの風味が香るクレープ・シュゼットである。陽児はナイフを置いて、思い切っていった。

「今日は心心はなにをしていたの」

浮かない顔で心心はいう。

「いろいろと法律関係の話とか、あと社内の仲のいい人、何人かと会ってきた。すごく疲れちゃった。みんながあまりにも真剣過ぎて。陽児は？」

陽児の視線は自然に王室長のほうへ泳いでしまった。室長は素知らぬ顔をしている。

「上海の街のあちこちを案内してもらったよ。港の倉庫街とか、南京東路とか。この街にはなんだかスパイみたいな人がたくさんいるんだね」

陽児の軽口で室長の顔色が変わった。それがおかしくて、さらにいい募ってしまう。

「黒いスーツを着て、敵方のアジトをビデオで撮影したりさ。上海がこんなにおもしろい街だとは想像もしていなかったよ」

「なにか映画のロケでもやっていたの？　上海ってそういう街だったかな」

心心には意味がよくわからなかったようだ。陽児の言葉を深く考える余裕もないのかもしれない。この少女が抱える重圧は計りしれなかった。従業員十七万人の巨大企業の進路がかかっているのだ。

うつむいたまま、フォークの先でクレープを崩しながら心心がいった。

「わたし、今日、お父さんに会いたくて、陽月電子の社長室にいったんだ」

二十人は一度に食事ができそうな広々した食堂の空気が、何度か下がったようだった。王室長もソファで足を組んだまま硬直している。陽児はなにか気が軽くなるようなことをいって、心心を元気にしたかった。

「ねえ、打飛機って知ってる？　今日、王室長に教わったんだ」

心心が顔をしかめて、王室長に厳しい口調でなにかいった。中国語はちんぷんかんぷんだが、そのときは即座に意味がわかった。陽児にあまり変なこと教えないで。心心は陽児のほうに向き直ると淡々といった。

「五分でいいから、話をさせて欲しいってお願いしたんだけど、ダメだった。社長はすごく忙しい。アポイントメントをとってくれだって。社長秘書室の人が」

口元を厳しく引き締めたまま王室長がいった。

「なんてこった。春中礼《チュンシュンリー》のやつ。心心お嬢様、もうし訳ありません。明日にでもお父上と面会できるように手配します」

「ううん、いいよ。室長が動くと面倒なことになるから。わたしのほうでなんとかしてみる」

心心の父親はとにかく忙し過ぎるのだ。半年ぶりに帰国したひとり娘とさえ、一昨日の中座した夕食会での一時間ほどしか顔をあわせていない。それで父としての役割を果たしているといえるだろうか。心心が無邪気な目をして見つめてくる。

「ねえ、C組一班のみんなはどうしているのかな。今日はスタジオでなにか収録でもしたのかな」

心心はまだこの事態がわかっていなかった。優しい岳叔父さんがクラスメイトを軟禁状態に置いたかもしれないとは想像もしていないのだろう。陽児はひとつ王室長にうなずくと、心心にきいてみた。

「岳叔父さんからなにか連絡はあったの」

「ううん、とくにないけど。四人が上海を楽しんでるといいなあ」

心心の表情が曇った。

「わたしも何度か電話してみたんだけど、ぜんぜんつながらなくって、ちょっと変なんだ」

副社長は心心にはまだ最終的な脅迫をしていないのだろう。株主総会の後も、親族であり大株主である心心とは長いつきあいになる。できることなら心証を損ねずに、自分の派閥にとりこみたいはずだった。

するといきなり心心が顔をくしゃくしゃに歪めた。

「わたし、生まれる前になにか悪いことでもしたのかなあ。なにもかも、ぜんぜんうまくいかないよ」

目があうと、心心は涙ぐんでいた。心心の生まれた環境はディズニー映画のプリンセスの誰よりも裕福だが、前世の悪行の結果ここに生まれ落ちたのかと嘆いている。陽児はたまらなくなった。

「心心は前世だって、今の世界でだって、なにも悪いことなんてしてないよ」

陽児は純白の布ナプキンを膝から払い落として立ちあがった。なにごとかと王室長もソファから立ちあがっている。長いテーブルの側面を速足で歩き、心心のところにいった。肩に手を置いていう。

「これから、お父さんに会いにいこう。いくら忙しくたってかまわない。ひとり娘が泣いちゃうくらい悩んでるんだ。いこう、心心」

心心は座ったまま涙の膜を張った目で、陽児を見あげてきた。

「でも……お父さんは……ほんとに……」

「そんなことをいって遠慮してるから、駄目なんだ。父親に会いたいときに会うなんて、こんなお城に住んでいない普通の女の子だって、毎日してることなんだよ。心心が自粛しなくちゃいけないことなんて、なにもないよ」

陽児は出入り口の扉に振り向いて叫んだ。

「王秘書室長、今陽峰社長はなにをしていますか」

王室長の目になにかをおもしろがっているような微《かす》かな光が揺れて見えた。陽月電子の最新型スマートフォンで、スケジュールを確認している。

「今夜は上海市長が主催する電子部品工業会のパーティに主賓として出席している」

陽児はこれほど心心の涙で大胆になった自分が意外だった。けれど、もう途中で止めることはできない。

「それはどこでやってるんですか」

「外灘にあるホテルのボールルームだよ。どうするつもりかな」

陽児は心心の手を引いて、立ちあがらせた。

「心心、お父さんに会いたいのは、話をしなきゃいけないほんとうに大切な問題があるからなんだよね」

心心がしっかりとうなずいてみせた。

「なら、いってみよう。ぼくもいっしょについていく。王室長、自動車を手配してください」

スマートフォンを耳に当てながら、黒いスーツの男がいった。

「そうこなくちゃ。やはり陽児には帰国前にお礼をさせてもらおう」

心心は自分の服装を見おろしていった。

「でも、わたし、パーティにいくような恰好してないよ。朝からずっとはいてるジーンズにTシャツだし」

心心がそのとき身につけていたTシャツは、白地に虹の七色が半円形に描かれた、渋谷でもよく目にしたお気に入りのものだった。

「心心、普通の女の子は父親に会うために盛装なんかしないんだよ。そのままでも十分かわいいから、ぜんぜん問題ないよ」

ははははっと短い笑い声がきこえた。王室長が親指を立てて、笑いかけてきた。

「今のは日本では告白といわないのかな。心心お嬢様、車は下に回してあります。わたしもごいっしょするので、パーティに乗りこみませんか。秘書室の部下が文句をつけてきたら、わたしが怒鳴りつけてやります」

陽児は顔を赤くしたが、さっきまで泣いていた心心の表情がぱっと輝いた。

「うん、わかった。部屋に戻って、バッグとってくるね。すぐにおりるから、ふたりは先にいってて」

つむじ風のように豪華な食堂を駆けだしていく。残されたふたりの男性は目を見あわせた。王室長は陽児にいった。

「きみが声優になれなかったら、上海にくるといい。わたしの部下として、ちゃんと鍛え上げてやろう。日本人にしては、陽児は腹が据わったいい男だ」

プロの声優になるのは、千人万人にひとりの確率かもしれないが、アニメ作品の演出家や脚本家への道は諦《あきら》めたくなかった。

「なんとか東京でがんばってみます。でも、ほんとうになんの仕事も見つからなかったら、そのときはお願いします。上海っていい街ですね」

「スパイ合戦もなかなか楽しいものだろう。さあ、心心お嬢様と出かけよう。夜の上海は昼よりもっと素晴らしいぞ」

王室長に続いて、陽児も廊下に飛びだした。上海市長が主催するパーティに突撃するのだと思うと急に怖くなったが、その夜の陽児は無敵だった。

心心の涙を止めるためなら、どんなことだってやってやる。相手が世界第二位のスマートフォンメーカーの社長だってかまうものか。陽児はエレベーターのなかで、全力疾走をしている気分だった。

外灘は一八四二年の南京条約で、最初に外国の租界として設定された地区だった。黄浦江沿いには百年も前に造られた重厚なビルが建ち並び、夜は見事にライトアップされている。古いアメコミに登場する摩天楼のようで、今にもスパイダーマンがスイングしながら登場しそうだった。

ホテルの車寄せにつけたセダンからおりると、陽児は建物の屋上に立つ時計塔を見あげた。夜八時半、パーティは佳境に入った時間だろう。赤いカーペットが敷かれた階段をあがると、ドアマンがうやうやしく扉を開いてくれた。

体育館のように広いロビーには、肩を出したイブニングドレスを着た若い女性とスーツ姿の中年男性がいき交っている。Tシャツにジーンズ姿の心心がいった。

「どうしよう。わたしたち、すごく場違いみたい」

アニメ柄のTシャツを着た陽児はかまわずにいった。

「どうせ招待なんてされてないんだ、別にいいよ。それよりどこでパーティやってるのか、誰かにきいてみて」

ふたりの後をついてくるお目つけ役の王秘書室長は、こちらの様子を興味深そうに見つめてくる。自分から助け舟を出す気はないようだった。心心は通りかかったホテルマンに中国語で質問している。陽児に振り向くといった。

「この先の階段をあがったところに、ホテルで一番おおきなボールルームがあるって。電子部品工業会のパーティなら、そこだって」

「よし、いってみよう」

陽児は心心の手を引いて、広大なロビーを歩きだした。なぜか大勢の客の視線を集めている気がする。ドレスコードからはずれているのが、それほど大問題だろうか。人をかき分けすすみながら、途中で気づいた。多くの人が注目しているのは心心だ。陽峰社長のひとり娘にして、陽月電子の三番目の大株主である。業界では有名なのだろう。

新しい内閣の記念撮影ができそうな広い階段をあがっていくと、開いた扉の奥にシャンデリアが光っていた。それぞれ軽自動車くらいのおおきさで、宴会場の天井高くぶらさがっている。三人が会場に入ろうとすると、スーツ姿の警備員が立ちふさがった。荒っぽい口調で、なにか話しかけてくる。不審者扱いだ。陽児は固まってしまい、心心も困っていると、王室長が中国語でなにか鋭く叫んだ。陽児には言葉はまったくわからなかったが、室長がなにをいっているのかは正確に予想がついた。

こちらにおられるのは、陽月電子陽峰社長のひとり娘・心心様だ。お父上に大切な話がある。上海市長にもご挨拶《あいさつ》にきた。

強面《こわもて》の王室長が内ポケットから名刺を抜いて、銃でも突きつけるように警備員に差しだした。それを見た警備員は急に態度を変えて、陽児たちを通してくれた。

会場に入ると、意外なほどおおきな騒音に包まれた。天井のスピーカーからモーツァルトの嬉遊《きゆう》曲が流れている。会場前方にはステージがあり、近くにはＶＩＰ用の円卓が並んでいる。心心の父親は電子部品工業会の会長だから、あの辺りにいるにちがいない。

「いってみよう」

陽児はまた心心の手を引いた。王室長は元通り黒子役に戻っている。若いふたりがこの局面をどう乗り切るのか、それに興味津々のようだ。陽児と目があうと、にやりと笑ってうなずきかけてきた。くえない人だ。

車椅子に座る陽峰社長の前には長蛇の列ができていた。多くのパーティ参加者がひと言でもいいから挨拶をしたいのだろう。権力があるというのはどういうことか。陽児は初めて大人の世界を覗いた思いだった。ひと目でも視界に入りたい、挨拶だけでも言葉を交わしたい。周囲にいる関係者はみな熱烈にそう望んでいるのだ。今から百人を超える行列に並んだら、いつ話ができるだろうか。

「陽児、とっても無理だよ。お父さん、めちゃくちゃ忙しそうだもん」

「そんな弱気じゃダメだ。近くにいってみよう」

心心の手を引いて、行列をさかのぼっていく。王室長もついてきた。その先には、時速二百キロは出そうな流線型の車椅子に座した陽峰社長が超然と微笑していた。向きあっている相手は上海の電子部品業界の大立者なのだろうが、社長の視線の高さにあわせて自然に中腰になっている。

陽児はすこし離れたところから、腕をぶんぶんと振り回した。こうなったら、恥ずかしがっていられない。何千人かいる参加者のなかで、なんとしてもこちらに注意を向けさせるのだ。

「陽峰社長、心心のお父さーん、こっちを見てください」

中国語はわからないので、日本語で叫んだ。隣にいる心心にいった。

「ほら、心心もお父さんに声かけて」

巨大なパーティの雑音と音楽のなかを、心心の特別な声が透きとおったガラスの棒のように貫いた。

「バーバ！　バーバ！」

車椅子に座った陽峰社長が心心に気づいた。こちらに手を軽くあげる。応対していた客にひと言断りをいれてから、滑らかに電動車椅子がやってきた。陽児は深々とお辞儀をして振り向くと、王室長にいった。

「心心がどうしても話したいことがあるといってます。いつも甘えられなくて、淋しいんです」

意を察した王秘書室長が訳してくれた。陽峰社長の眼鏡の奥の目は穏やかで、微笑も変わらなかった。

「それに心心は陽月電子の未来のことも真剣に考えています。昨日は一日中、上海の人たちがスマートフォンになにを求めるのか、街を歩き回ってインタビューしてきました。明後日の株主総会ではどうしたらいいのか、ほんとうに困っているんです。父と娘ふたりだけで、話をする機会をつくってあげてください」

また頭を下げた。陽峰社長が陽児にうなずきかけてくれる。

「心心はお父さんのことが大好きで……」

そこまでいって、陽児の気もちがぐらついた。これは心心と陽峰社長、家族の問題だ。自分が口をはさむことではないのかもしれない。だが、来週にはどうせ東京に帰るのだ。心心がずっといえなかったことをちゃんと伝えなきゃダメだ。

「大好きだけど、心がきちんと通じているのか、すごく不安になっているんです。お父さんがめちゃくちゃ偉くて、めちゃくちゃ忙しい人なのはわかってます。でも、もうすこしだけ心心のために、ひとり娘のために時間をあげて欲しいんです。お願いします」

静かなモーターのうなりとともに、車椅子が陽児のすぐ近くまでやってきた。心心の父親が手を差しだしてくる。陽児がその手を握ると、パーティの参加者から驚きの声があがった。

どうやら陽月電子の社長はめったに人と握手をしないらしい。片言の日本語でいった。

「わたし、めちゃくちゃ偉くも、忙しくもない。きみはいい青年だ。心心はいい友達をもった」

陽峰社長は心心に声をかけた。そのままふたりは、ステージ横にある関係者用の扉に向かっていく。陽児は心心に手を振っていった。

「先に帰ってるから、お父さんとゆっくりね」

ふたりが警備員に囲まれて扉の向こうに消えてしまうと、王秘書室長がいきなり陽児の肩を抱いてきた。手を伸ばして、髪をくしゃくしゃにする。

「なにするんですか、王さん」

普段は冷静沈着な室長の声が弾んでいた。

「ほんとに陽児を見直したぞ。なかなかガッツのあるやつだ。日本人にしておくのは、もったいない。やっぱり声優学校を卒業したら、上海にこい」

「なにいってるんですか。やめてくださいよ。ぼくは東京でアニメの仕事をするんですから」

王室長がやっと放してくれた。男に肩を抱かれるなんて気味が悪い。室長はかなりの筋肉質で、分厚い胸板をしている。

「陽児はわかっていないな。陽峰社長に進言して機嫌を損ねると、すぐにチベットやアフリカに飛ばされるんだ。わたしは何人もそんな社員を知っている。今夜は勇気ある行動だった。わたしは陽児を誇りに思う」

そうか、ただの学生で社員ではなかったから、後先考えずに好きなことがいえたのか。関係者や社員なら、今後のキャリアのすべてをかけるような大胆な進言だったのだ。陽児はにこにことホテルのパーティ会場を後にする王室長についていきながら、自分が上海有数の権力者になにをしたのか、ようやく理解し始めていた。

その夜、陽児は興奮してなかなか寝つけなかった。

高級ホテルのような来客用寝室のキングサイズのベッドで、転々と寝返りを打ち、ずっとスマートフォンをいじっていた。夜寝るときの冷房が苦手で、エアコンを切っていたせいもあるのだろう。着信音とともに、心心からのラインが届いたのは深夜一時半過ぎだった。

陽児、起きてる？　一行だけのメッセージである。

ベッドから跳ね起きて、返信を打った。起きてる、なに？

即座に心心からラインが返ってきた。顔を見て、お礼がいいたい。すぐに済むから。そっちの部屋にいってもいい？

陽児は顔をあげて、窓に映る自分の姿を見た。パジャマ代わりのTシャツはそれほどよれよれでもない。髪におかしな寝癖はついていないようだ。ふくらんだ後頭部の髪を押さえて、返信した。かまわないよ。

体感的には数秒で、ドアがちいさくノックされた。もしかしたら、心心はこの部屋の前で待機していたのかもしれない。陽児は裸足《はだし》でドアまで向かい、心心を招き入れた。陽月電子のお嬢様はさっきと同じレインボーカラープリントのTシャツを着ている。

「今帰ったとこなんだ。遅くにごめんね」

ベッドの足元にはソファがあるのだが、心心は座らずに立ったままだった。

「いや、ぜんぜんだいじょうぶ。それよりお父さんはなんだって？」

株主総会の作戦を親子で話してきたのだろうと、陽児は期待していた。心心は目を輝かせていう。

「ずっとふたりだけで、昔の話をたくさんしたよ。ママが生きていた頃のことや、まだバーバが怪我をする前のことなんか。すごく懐かしかったなあ。夢みたいだった。こんなにバーバと長く話したのいつ以来だか覚えてないくらい」

すこし肩すかしをくった気がした。家族の話などいつでもできると、つい陽児は考えてしまう。さりげなくきいてみた。

「株主総会はどうするんだ。心心のほうからはなにか質問してないの。お父さんの作戦とかさ」

陽岳副社長は手ごわい相手だった。なによりC組一班の残る四人は今も人質にとられたも同然の状態である。まだ広い上海のどこにいるのかもわからないのだ。

「うん、そういう話はあんまりしていないんだ。お父さんはいってたよ。心心が思うようにしなさいって。会社をここまで育てたのは自分だけれど、会社の未来はおまえとともにある。自分で考えて未来のために一番いいと思う方法を選びなさい。お父さんはどんな結果になっても、それで文句はないって。おまえは賢い子だってさ」

二十歳になったばかりの声優学校の生徒に、世界で二番目に巨大なスマートフォンメーカーの未来を背負わせる。やはりあの社長はなによりテクノロジーが好きな変人なのかもしれない。日本の普通の社長なら、そんなことは絶対させないだろう。

けれど、そういう心心の目は涙でうっすらと赤くなっていた。見かけによらず心心が賢いことはもうわかっていたが、それでも心配のほうが勝ってしまう。

「心心はどうするつもりなんだ？」

深夜の寝室で心心は白いTシャツの肩をすくめた。

「まだ決めていないんだよ。今も必死に考えてるけどさ。社長派のハイテク高級機路線にも、副社長派の廉価版の大量販売路線にも、どっちもいいところがあって、支持するお客さんもいる。陽児も上海の人たちの話をたくさんきいたよね」

うなずいた。人の数だけ夢や希望や欲求や、求めるスマートフォンの形があるのだ。それが、この街だけで二千五百万人もいる。

「わかってるけど、すべての人を満足させる方法なんてないんだよ」

心心はすこし考える顔になったが、口をとがらせていった。

「わかってるよ。なんだか王室長に似てきたなあ。小言ばかりいってさ。そういえば陽児のこともいっていたよ」

「へえ、なんていってたの」

「あの子は度胸があってなかなかいいって。東京の一流大学にいってるなら、英語は話せるだろうから、あとは中国語を学ばせれば、うちの幹部候補生にしてもいいって」

心心はにやにやしていた。

「ぼくが渋谷の声優学校生だって知ってるだろ。英語なんてできるはずないじゃないか」

きりりときつめに陽児をにらんで心心がいった。

「陽児はそういうとこを気にし過ぎだよ。一流大学でなくとも、英語ができなくても、ぜんぜんかまわないじゃないか。大切なのはそんなことじゃないよ」

一流大学に合格して、名前の通った大企業で働く。自分はそういうコースからはずれてしまったけれど、陽児のなかにはまだコンプレックスが残っていた。

「じゃあ、なにが大切なんだよ?」

薄暗い寝室で心心は目を光らせた。人さし指で陽児の胸を突いてきた。大友克洋《おおともかつひろ》の
『AKIRA』のTシャツがパジャマ代わりだ。

「一番大切なのは、ここでしょう。陽児はアニメのセンスはいいし、いい脚本だって書けるんだからさ。誰の前でも堂々としてればいいんだよ」

同世代の女の子に面と向かって褒められた経験などなかった。うれしいというより、胸がじんと熱くなった。

「……心心」

寝室の隅で立ったままふたりは、じっとお互いの目を覗きこんでいた。心心の黒目はこんなにおおきかっただろうか。吸いこまれそうだ。陽月電子のお嬢様がいった。

「陽児にはほんとに感謝してるんだ。わざわざ上海までついてきてくれて、わたしのトラブルにつきあわせてしまった。岳叔父さんの誘いだって迷惑だよね。うちのお父さんはあんな感じだしさ。でも、陽児がいっしょだと、なぜか安心するんだよ」

陽児はナウシカの肩にとまるテトを思いだした。あれはキツネリスだっただろうか。マンガ版では巨神兵の身体から放たれる光を浴びて死んでしまう。

「マスコットみたいなものってこと?」

「うーん、もうちょっといいもの。ほんとに上海で働いてくれたらいいのにって、たまに思うよ。お父さんや岳叔父さんばかりでなく、わたしもね」

そういう心心の目は、暗がりのなかきらきらと水分をたたえ光っていた。目と目があい、その奥にある心が通じあった気がした。

「心心……」

思わず一歩近づいてしまう。ファーストキスというのは、こんな雰囲気のときにするものだろうか。陽児はその気になって、心心の肩に手を置こうとした。心臓が危険なくらいに鼓動を打っている。

けれど、陽児の手は空中で心心の右手に捕まえられた。そのまま熱い握手をする。

「陽児、ほんとにありがと。株主総会まであと一日だね。わたしはいろいろと用があるから、明日はまた王室長に上海を案内してもらって。でも、風俗だけはダメだから。男同士でやらしいとこいくのは禁止だぞ」

「わかってるよ。ぼくがいくはずないだろ」

キスには失敗したけれど、陽児の手のなかには心心の薄くて熱をもった右手があった。女子は指まで柔らかいのだ。びっくりしてしまう。

心心はさっと手を離すと、つむじ風のようにくるりと回り、寝室から出ていった。ドアをそっと閉めながらいった。

「全部終わってうまくいったら、さっきの続きしてもいいよ」

「えっ？」

陽児が間の抜けた返事をしたときには、もう重い木製の扉は閉まっていた。いったいあれはどういう意味なのだろう。陽児はまた眠れないベッドに戻った。

8

しつこい電子の呼びだし音で、陽児は目を覚ました。

窓が青い四角形になっているので、夜明けだとわかった。肌寒いのはなにもかけずに寝てしまったせいだ。なかなか寝つけなかったから、睡眠時間はほんの三時間ほどだろう。

「なんだよ、こんな時間に」

文句をいいながら、サイドテーブルのスマートフォンに手を伸ばした。浩平からだ。上海到着を知らせてきて以来だった。あれから一日しかたっていないのに、もう何日も話をしていない気がする。陽児は飛び起きて叫んだ。

「浩平、そっちはだいじょうぶか」

「まあ、なんとかな。訓練が厳しくて、どこにもいかせてもらえないんだ」

訓練？　陽岳副社長はどんな理由をつけて四人を軟禁しているのだろうか。

「なにをさせられてるんだ？」

「まいっちまったぞ、クリリン。今度、中国アニメのオーディションがあるから、簡単な中国語を覚えろってマンツーマンで教師をつけられて、朝から晩まで絞られてる。あとダンスとか歌の練習もさ。なぜか、ここはぜんぜん電波が悪くて、陽児にかけても通じないしさ」

陽児はベッドを出て、サイドテーブルの引きだしからメモ帳とボールペンをとりだした。いつまで通話できるかはわからなかった。

「そうだったんだ。浩平もたいへんだったな。みんな元気でやってる？」

浩平を不安にさせるのはいい作戦ではなかった。副社長に人質にとられていると教えたら、逆に危険が高まるだろう。事を荒立てたくなかった。

「ああ、元気だよ。連絡がとれなくて心配したんだぞ。仕事の件で相談もあるしさ。アニメで片言の中国語を話す日本生まれのキャラの役なんだけど、オーディションに合格すれば、日本で封切るときにはおれたちが主役をやらせてもらえるってうまい話なんだ」

欲に目がくらむと自分が置かれた状況さえわからなくなるのだ。いつか同じ境遇に落ちるかもしれない。気をつけなければ。

「今、どこにいるんだ？　岳叔父さんの別荘だといっていたよね」

「ああ、ここがどこだかはわからないけど、いつも波の音がしてるから海の近くなんじゃないかな」

陽児は荒々しくメモに走り書きした。波音が聞こえるくらい海の近く。

「どんな建物なのかな。こっちは心心が育った陽月電子の迎賓館で、築百年くらいのすごく豪華な建物だ」

つぎつぎと質問をしたくてたまらなかったが、陽児は自分を抑えて何気ない会話を装った。手がかりになることならなんでもいい。

「あー真っ白なコンクリート造りだ。現代建築っていうのかな、アンドウタダオとかいうんだっけ。ガラスとコンクリートだけでできてるみたいな」

その通りにメモをとった。安藤忠雄、白いコンクリート。もう一度海の近く。

「そこには自動車でいったんだよね。上海市街からどれくらいかかったか、覚えてないかな」

「うーん、よくわかんないけど二時間はかかってない気がする。ずっとバスのなかで、しゃべったり、DVD観てたりしたからな」

「今、使ってるのは自分のスマートフォンだよね」

「当たりめえだろ、クリリン。こっちじゃ家電とか公衆電話なんか見ないからな。いつか通じるかもと思って、一時間おきにかけてたんだぞ」

陽児は不思議に思った。ずっと通じなかったスマホが今は使用できるようになっている。もしかしたら、わざと連絡をとらせているのではないか。

そうだとすると、この通話も盗聴されている可能性があった。夜明けの寝室でそれに気づいた陽児は背中に冷や汗をかいた。どうしたらいいのだろう。こんなときに王秘書室長がそばにいてくれたら。そこで誘拐もののサスペンス映画を思いだした。

腕利きのネゴシエーターはいつだって、可能な限り通話を長引かせ、わずかでもいいから犯人から情報を引きだそうとしていた。相手は幼馴染みの親友だが、今がその交渉のときだ。

「岳叔父さんは元気かな」

「叔父さんには昨日は会ってないよ。大企業の副社長だし、アニメスタジオの経営もあるから、めちゃくちゃ忙しいみたいだ」

その割には心心に働きかけるために何度も東京まで飛んできていた。あの人にとって最重要課題は、陽月電子の経営権を握ることである。そのためならなんでもする野心家だ。

「明日は株主総会があるんだけど、なにかいってなかったかな。ぼくと心心はその総会のために上海にきたんだ」

「株主総会？　きいてないな。それよりさ、陽児と心心にも特別に役を用意してあるっていってたぞ。岳叔父さんはほんと心心には甘いよな。自分の娘のように思っている。いつか心心といっしょに陽月電子をもっと成長させられたらいいなっていってたよ」

それは副社長の本心かもしれなかった。根っからの巨悪という人物ではないようにも思える。だが、巨大過ぎる欲望がどんなふうに人を変えるのか、陽児には想像もつかなかった。時価総額百兆円近い世界で二番目のスマートフォンメーカーを自由に動かし、すべて自分のものにできるというなら、悪魔に魂を売る者も無数に存在することだろう。

「浩平のほうで、暮らしに不自由することはない？」

「うーん、そうだな、どこにもいけないのと、スマホが使えないことくらいかな。くいものはうまいし、プールやテニスコートなんかもついてるし、全員豪華な個室が与えられてるし、気晴らしには不自由しないな。こんな環境で中国語の勉強と声優の練習ができるなんてよ、恵まれてるとオラは思うぞ、クリリン」

いつものんきな浩平だった。締めつけは厳しくないらしい。

「そういえば、台詞の吹きこみは今なにをやってるんだ？」

一日に最低五十回安物のボイスレコーダーに自分が選んだ台詞を吹きこみ、聞き直すのは声優学校で与えられた課題だった。陽児も上海にきてからも毎日続けていた。

「おれのほうは岳叔父さんの新作アニメの台詞だよ。人に姿を変えられる森の精の話なんだ。陽児は？」

そこで思いついた。陽岳副社長への皮肉なメッセージだ。

「ぼくのほうは『ラピュタ』をやってる。ムスカ大佐だ」

「本名ロムスカ・パロ・ウル・ラピュタ。最高の悪役だよな。声は寺田農《てらだみのり》だ」

さすがにアニメオタクにして、声優の卵だった。この会話の録音をきっと陽岳副社長も聞くことだろう。陽児は『天空の城ラピュタ』のクライマックスを思いだしながら、ゆっくりといった。

「シータのもってる飛行石のペンダントを手に入れ、天空の城を自分のものにして、全世界に号令をかけようとする野心家だよね。そんな人間はいつか必ず破滅するんだけど」

海へと墜落していく軍人たちを「見ろ、人がゴミのようだ！」とあざけったムスカは、崩壊する天空の城のなかで岩に圧し潰され死んでいく。浩平がいった。

「バルスだな」

「ああ、バルスだ。いつか本当にやばくなったら、バルスって叫んでくれ」

「わかった。だけど、陽児はなにもんなんだよ。パズーにもスーパーマンにも見えないぞ」

「いいんだ。ぼくは脚本家志望だから、ストーリーを変えて、みんなを救うんだ」

強欲な岳叔父さんにこちらの思いをすこしは伝えられただろうか。陽児は絶対に副社長が知りたがるだろう情報を投げてやった。

「昨夜、外灘のホテルで開かれたパーティで、心心はお父さんの陽峰社長とふたりで話をしたんだ。会社のことなんかもいろいろと話したみたいだよ」

「ああ、そう」

関心がまったくないようだった。浩平の返事はそっけない。そのとき砂を流したようなざーっというノイズが一瞬きこえて、通話が切れてしまった。陽児はあわてて叫んだ。

「浩平、どうした？　なにかあったのか」

無音の数秒間でスマートフォンを握る陽児の手のひらは汗でぬるぬるになった。浩平の身に危険が迫っていないといいのだが。つぎに聞こえてきたのは、まったく別の大人の声だった。

「石森くんだね。わたしがわかるかな」

陽児の背筋に冷たい震えが走った。明けがたの暗い寝室で聞きたくない声だった。深々として低く、たっぷりとした富と大人の余裕を感じさせる。心心の叔父さん、陽岳副社長だった。

「ふたりで会談をしたのは知っている。三時間弱のことだ。あのパーティにはわたしもいたのでね。兄は心心になにを話したのかな」

副社長の声には気おされるような圧力があった。さすがの岳叔父さんの情報網でもふたりきりの話の内容まではわからなかったようだ。

作戦などなにもなかった。切り札の情報ももっていない。陽峰社長は心心に議決権をどう動かせばいいのか助言はしていないのだ。

「情報が知りたいのなら、四人を解放してください」

ふふふっと笑って、上海有数の権力者がいった。

「それは無理な相談だ。せっかく東京からお越しいただいた大切なゲストだからな。客を最上の形でもてなすというのは、中国の伝統文化だ。放りだすなど不可能だ」

とにかく時間を稼がなければ。なにをすればいい？　陽児はつぎの瞬間、口にしていた。

「わかりました。じゃあ、今日、ぼくとふたりで会ってください。そのとき、あなたが心心になにをさせたいのか、きちんと教えてもらえませんか。ぼくはその通り心心に伝えますし、なんとか説得してみるつもりです」

副社長の声のトーンが変わった。

「ほう……うちのアニメスタジオで働く気になってくれたのかね。石森くんはなかなかの切れ者だ。こちらとしても大歓迎だよ。では、今日の午後一時、外灘の一番南にある信号台のデッキで。ひとりきりでくるといい」

最南端の信号台。ひとりでいくこと。陽児は走り書きした。

「メモはとったかね」

今もこちらを監視しているのではないかと、陽児はぞっとした。

「はい。外灘の信号台ですね」

「結構だ。では、今日の午後、また」

通話は切れてしまった。必死の思いでもう一度浩平にかけ直したが、二度とつながることはなかった。陽児の神経はくたくただった。うなり声をあげながらベッドに倒れこむ。もう朝食の時間まで眠ることはできないだろう。それほど神経は太くないし、今後の作戦を考えなければならない。陽児はおおきな羽毛枕から上半身を起こし、窓の外に広がる白い上海の街を眺めていた。

9

広々としたデッキが九月の日ざしにさらされていた。気温が高過ぎるので、通行人はほとんどいない。吹き寄せる川風も熱風のようだ。外灘の南端にある信号台は、すべてのスケールが異様なほど巨大な上海では予想外の小ささだった。鉄塔の天辺《てっぺん》まで三十メートルほどだろうか。黄浦江を通行する船に、かつては旗を掲げて天候を知らせていたという。要注意！　ただいま上海は嵐。

今、その鉄塔にはなんのサインもなく、黒い十字が抜けるように青い亜熱帯の空を刺すだけだった。

「きこえますか、王さん」

陽児は口を動かさずにつぶやいた。胸元には小型のピンマイクが仕込んである。ひとりでこいといわれていたが、クラスメイト四人を軟禁するような相手にひとりで立ち向かう気はなかった。スマートフォンから王秘書室長の音声が返ってくる。

「ああ、だいじょうぶだ。もう話すな。敵もこちらを観察している」

最後にひとつだけ質問しておきたかった。

「海辺の白い別荘はまだ見つかりませんか」

「うちのチームが全力で探している。明日の総会までには絶対になんとかする」

「わかりました」

陽児はてのひらにひどく汗をかいていた。川沿いのベンチには、もう陽岳副社長がきているようだ。黒っぽいスーツの背中が見える。そばに控えているのは男がふたりだった。会社員風とプロレスラーのような巨漢だ。秘書とボディガードだろうか。最小限の随行員かもしれない。腕時計を確かめた。ちょうど午後一時だ。

「お待たせしました、副社長」

ちらりと振り向くと、陽岳はベンチの空いているほうをとんとんと指先で叩いた。座れというのだろう。陽児が腰をおろすと、川面《かわも》を見たまま副社長がいった。

「外灘は見事なものだろう。東京にはこんな景色はないはずだ」

川向こうのスカイラインに目をやる。超高層ビルがぎっしりと並んでいた。

「ええ、そうですね。あんなすごいビルは新宿や六本木《ろっぽんぎ》にもないです」

陽児のほうを見ずに、陽岳がいった。親指で後方をさす。

「わたしがいっているのは、対岸のほうでなく、こちら側の建物だ」

振り向いて陽児は外灘のビルを一瞥《いちべつ》した。バンドは最初にイギリスが強引に設定した租界だった。建ち並ぶビルは十九世紀末から二十世紀最初の三十年ほどの間に建造されたものがほとんどだ。百年物のネオ・バロックやアール・デコ様式の近代建築だった。

「米軍による短い占領期間をのぞいて、きみの国はそれほどひどくやられなかったからな。街の中心部が奪われて、そのままヨーロッパの街並みに造り替えられるようなひどい目には遭っていないのだろう」

東京にも大空襲があったし、広島や長崎には原子爆弾も落とされた。そういいかけたが、陽児は口を閉ざした。確かに東京の街並みはヨーロッパの大都市とはぜんぜん違う。陽岳はなにかいいたげだった。目には強い光が見える。

「この二百年間、中国という国は西洋に好きなようにやられてきた。土地を奪われ、港を奪われ、膨大な銀の代価として輸入されたのは、最悪の麻薬だった。アヘン戦争から日清《にっしん》戦争、そして日中戦争へと続く悲惨な歴史は、石森くんも教科書で学んだことだろう」

そのあたりの近現代史は学校の日本史では手薄だったのだが、陽児にはなにもいえなかった。ただうなずいておくしかない。

「永い間、中国は眠りに就いていた。二十一世紀になって、ようやく西洋に肩を並べるところまで、やってきたのだ。わたしはいつまでもアジアが二番手、三番手のポジションにいることが我慢ならない。わが陽月電子もスマートフォンで世界第二位に甘んじる理由などないはずだ。陽峰社長の技術優先主義では、西洋の牙城《がじょう》は崩せない。中国やアジアの国々の力は人民の数だ。台数を売り世界一になるためには、もっと廉価版のスマートフォンに力を入れなければならない。そのためにはわたしはなんだってやるぞ」

陽岳副社長が陽児をまっすぐににらんできた。さすがに迫力がある。だが、いうべきことはいわなければならなかった。

「あなたの目的は理解できます。中国の歴史もずっと大変だった。でも、陽月電子が世界一になることと、うちの班のメンバー四人にはなんの関係もないはずです。あいつらに手を出したら、ぼくも心心も絶対に許さないし、日本の政府だって黙ってないですよ」

ふふふと低く笑って、副社長がいった。

「彼らはうちのスタジオがすすめている新作のオーディションのために、上海にきているのだ。ちゃんと毎日レッスンは受けているし、食事も欠かしていない。ギャラだって支払っているんだよ。どこにも犯罪的なところなどないだろう。いいがかりは止めてもらいたい」

「スマートフォンを使用できないようにしているのにですか」

陽岳はサマージャケットの内ポケットから、三日月のマークがついたスマートフォンを抜きだした。

「レッスンに集中してもらうために、すこし不便な場所で合宿してもらっているだけだ。電波の事情がよくないんじゃないか。細かなことはわたしにはよくわからない。それにしても、このガラス板は素晴らしいテクノロジーの象徴だとは思わないかね。欧米の科学技術の粋だ。こんな製品で彼らに復讐できるなんて、なんと皮肉なことだろう」

この人は危険だ。会社を成長させ世界一にすることが、そのまま欧米への報復につながってしまっている。世界中の市場で競争があるのはかまわない。けれど、それが技術や経済の帝国主義になるのなら、また二百年前の愚かな戦いが繰り返されてしまう。

「復讐からは、なにも生まれないですよ」

それは数々のアニメで描かれてきたことだった。『ガンダム』シリーズがあれほど長く続いているのも、わくわくするようなモビルスーツの戦闘と同時に、戦いの虚《むな》しさを描き切ったからではないだろうか。

「きみたち日本が挫折《ざせつ》した欧米との戦いを、わたしたち中国が引き継ぐのだ。中国が世界一になれば、日本へのメリットもたくさんあるのだよ。世界でもっとも豊かな国の隣国になるんだからな。そういえば、きみはホテルで別れてから、心心となんの言葉も交わしていないね」

さっと胸のなかが冷えこんだ。背中に嫌な汗をかく。副社長は迎賓館のなかにもスパイを送りこんでいたのだ。

「心心は昨夜は遅くに帰ってきました。深夜にぼくの部屋を訪ねてくれましたよ。さすがに副社長のスパイでも、そこまではわからなかったみたいですね」

陽岳副社長は余裕の笑みを浮かべている。

「そうかね、だがあの子がきみに核心を伝えるとは思えない。心心はともかく陽峰社長のことを、わたしは誰よりもよく知っている。兄は決して強圧的な命令をしない人だ。技術的な才能と未来を読む力は素晴らしいんだが、リーダーシップとビジョンが決定的に欠けている。自分の娘にさえはっきりと命令を出せないくらい、気が優しくて弱気なんだ」

まだ二度ほど顔をあわせただけだが、陽児にもその感覚はわかった。心心の父親を馬鹿にされて、なぜか腹が立つ。

「だから、心心みたいないい子が育つんです。陽峰社長は娘の同級生を人質にとったりは絶対しない人だ」

陽岳副社長が困ったようににやりと笑った。

「そこは何度もいっている。彼らはオーディションを受けに上海にきているだけだ。人質などとんでもない。だが、明日心心がすべての議決権を優しい陽峰社長に投じるというなら、わたしのほうでも考えがあるが……」

拳を握り締めて、陽児は叫んだ。

「浩平たちをどうするつもりだ！」

「さあ、どうなるんだろうな。もしオーディションに不合格の場合、うちのスタジオからもっと中国の内陸部へ観光にいきたがるかもしれない。もしかするとアジアの別の国に消えてしまうかもしれない。わたしも彼らが好きなところに旅するのはとめられない」

四人の日本人の若者を消息不明にするくらいなら、陽岳には簡単なことなのだろう。陽児はドラマで見る悪役とは、まるで手触りの違う悪人と対していた。粗暴なところなど一カ所も見当たらないビジネスマンなのに、平然と若者を四人消すという。恐怖で震えそうだが、奥歯を嚙み締めていった。

「みんなが帰ってくるには、心心はなにをすればいいんですか」

川風が吹いて、陽児のシャツの背中をふくらませた。穏やかな流れに変わりはないけれど、黄浦江は二世紀の間に数多くの争いと死者を見てきたのだろう。

「彼らがオーディションに合格するのは簡単だ。心心が持っている議決権をわたしに与えてくれればいい。必要な数字はあの子がよく知っているはずだ。要するにわたしが会社の株式の過半数を握り、方針決定ができるようになるのなら、それでいい」

陽児は映画で観た、取締役会の場面を思いだした。知識の大半はテレビドラマや映画から得ているのだ。

「そうしたら、心心のお父さんを馘《くび》にするんですか」

社内クーデターを起こすということは、社長を解任して、自分が経営トップに立つつもりなのだろう。はははと声をあげて、陽岳副社長が笑った。

「そんな面倒なことはしない。兄が持つ技術力とネームバリューは陽月電子の看板だからね。兄にはお飾りの社長になってもらい、わたしは副社長のまま経営実権を握らせてもらう。それなら社外には現行の体制との変化はわからないだろう」

「……そういうことでしたか」

この人は権力を自分のものにする方法を考え抜いているのだ。ただ相手を倒せばいいというものではない。とても日本の専門学校生が相手にできるような人間ではなかった。

中国は権謀術数の国だ。

「わたしたちは社長解任動議は提出しない。株主総会の最後に次期五年間の基本的経営方針が社長から発表される。いつもの総会なら、株主たちから形ばかりの承認を得て、それで終了だ。だが、今回、そのタイミングで、わたしたちは陽峰社長に対抗する別な五ヵ年計画を提出する。心心にはその投票で、わたしの味方になってもらいたいのだ。あの子の持つすべての株はいらない。ただわたしが投票総数の五十一パーセントを確かに摑《つか》めるように、議決権を調整してもらいたい。残りは陽峰社長に投じてもらってかまわない」

心心に本当はなにをさせたいのか、最終的な陽岳副社長の目的がようやく明らかになった。二十歳になったばかりの心心が一度投票をするだけで、陽月電子の未来が完全に替わってしまうだろう。

「わかりました。でも、ぼくは心心に伝えることはできるけど、総会でどう動くかまで左右できませんよ」

心心がなにを考えているのかは、陽児にもよくわからなかった。今もどこかで明日の株主総会のために新たな計画を練っているのかもしれない。

「それは承知している。きみはよく心心につくしてくれた。あの子は箱入り娘でね、上海ではひとりで外も歩かせてもらえなかった。まあ、幼い頃にあの不幸な事件が起きてしまったので、陽峰社長も心配なのだ。東京の声優学校で普通の学生のように暮らせて、心から満足しているようだ。同世代の男子とこれほど話したのは、石森くん以外にはいなかったんだよ」

陽児は陽光を映すおおきな川を眺めていた。対岸には上海の未来を思わせる異形の超高層ビルが集積している。そうか、『ローマの休日』だったのか。陽児は白黒映画の名作を思いだした。心心はオードリー・ヘプバーン演じるおっちょこちょいのお姫様で、自分はしがない新聞記者だったのだ。東京はローマほど絵にはならないけれど。いつか姫は上海のお城に帰り、自分は東京の学校に戻る。そこで分かれた世界は、二度と交差することはない。でも、それが真実だというなら、なおのこと心心をがっかりさせたくなかった。あの子のために、自分には今なにができるのだろう。

「おっと忘れていた。わたしは渋谷での心心の行動を毎日報告させていた。安アパートも盗聴させているしね。きみにひとついい情報をあげよう。あの子はどうやら、石森くんに初恋をしているらしい。まあ、箱入りのお嬢様らしい、うんと淡いもののようだがね。説得に必要なら、きみの魅力も上手につかってもらいたい」

一瞬怒りで目の前が暗くなった。会社で権力を摑むために、親戚の娘に尾行をつけ、部屋の盗聴までしているのだ。なにが世界第二位のスマートフォン会社の副社長だ。これまで毎日レコーダー相手に練習していた台詞では出せたことがなかった冷ややかな怒りの声が、自然に噴きだしてくる。

「たかが会社ひとつくらいのことで、女子の心をもてあそぶな」

陽岳は余裕だった。

「負け犬の遠吠《とおぼ》えだな。怒ったところできみのようなただの学生になにができる？　いいかな、心心の投票にきみたちC組一班六人の将来がかかっているんだぞ。全員がプロの声優になれるし、きちんと成功もできる。アジア一のアニメスタジオとの専属契約だ。生涯賃金だって、わたしが保証してあげよう。二十代のすべてをアルバイトとオーディションですり減らさずに、やりたかった仕事に集中できるんだ。これほど素晴らしいオファーが届くことが、きみたちにあるかね」

悪魔の囁きのようだった。自分のなかにある幼い正義感を無視してこの誘いに乗れたら、あの最新鋭のスタジオでシニア・クリエイティブ・オフィサーとしての仕事が待っている。陽児にはそこで自分の仕事ができるはずだという自負もあった。なにかをいいかけて、口を閉ざした。心心を守りたい自分と、輝く未来を選びとりたい自分が、心のなかで争っている。

「まあ、きみはよくやってくれた。他の四人とは違って、きみにならうちのアニメスタジオを、本当にまかせてもいいと思っているくらいだ。ここは大人になって、いっしょに手を組むというのはどうかな。こう見えてわたしは義理に厚い男だ。一度部下にしたら、切り捨てるようなことはしないぞ」

副社長がテレビドラマの悪役のような単純な悪なら、どれほどよかっただろう。中国は面子《メンツ》と義理の国でもある。きっと陽岳はいいボスで、部下にも慕われているのだろう。

「ぼくは自分にできる限りのことをするだけです。でも、あの四人には絶対に手を出さないでください。もしなにかあったら、かなわないまでも全力であなたに抵抗します」

「わたしはそういう意地の張りかたが嫌いじゃない。わがままなくらいの人間のほうがいい仕事をするものだ。スタジオでいっしょに働けるのを楽しみにしているよ、石森陽児くん。さあ、そろそろ解散にしよう。心心の説得をよろしく頼む」

陽岳副社長が右手を差しだしてきた。陽児はついその手を握った。分厚く熱い大人の手だった。そのとき、背後から声がかかった。周囲にあるすべてのものの動きを止めてしまうような、あの特別な声だ。

「まだ終わりじゃないよ」

10

ベンチから振り向くと、心心が川風に髪をなびかせ立っていた。一歩さがったところに、王秘書室長もいる。こちらは猛暑でも黒ずくめで、心心の長い影のようだ。片方の耳からイヤフォンをはずすと、心心がいった。

「今の話はすべて聞かせてもらいました」

一瞬だけ陽岳副社長はひるんだ。すぐにタフな笑顔が戻ってくる。

「そうか、それは手間がはぶけた。わたしのオファーはどうだったかな」

心心も副社長に負けずタフである。

「真剣に検討させてもらいます。副社長の五ヵ年計画を、後でわたしのところに届けさせてください。いくら脅されても、中身を見なければ投票はできませんから」

上海での心心は渋谷にいるときとは別人のようだった。声にも言葉にも威厳がある。

「了解した。わたしの今回の行動は、単に会社を我がものにしたいということではないんだ。わたしなりに陽月電子のベストの未来を描いたうえでの、覚悟の行動だ。そこは勘違いしないでもらいたい」

心心は血の気の失せた顔で、黙ってうなずいた。副社長は畳みかけるようにいった。

「きみたちの上海での聞きとり調査でも、月給の倍もするような高級品でなく、安くて性能のいい普及品のスマートフォンを求める声が強かっただろう。この市場も成熟して、もう最高とか最新を求める時代じゃないんだ」

王室長が心心に近づいて、耳元でなにか囁いた。

「わたしは真剣に副社長の計画を検討すると約束しました。約束したことは、必ず実行します。あなたもC組一班の四人には、危険なことはしないでください。もし、そんなことになったら……」

微妙なところで言葉を止めると、心心は燃えるような目で叔父をにらみつけた。悪役はここでもタフだった。

「そんなことになれば、どうなるのかな」

心心の特別な声が、氷の剣のように鋭くとがった。

「わたしはあなたの生涯の敵になります。わたしの議決権十七・八パーセントは、今後すべての動議で岳叔父さんに敵対する側に投票されることになる」

今度は陽岳副社長の顔色が変わった。総会で五分の一近い票が毎回反対に回るのだ。仮に今回の五ヵ年計画で実権を握れたとしても、その先の会社運営は針のむしろになるだろう。副社長の口調が改まった。

「わかりました。けれども、そうなるか、ならないかは、あなたの投票にかかっている。それはお忘れにならないように。結果を生むのは、つねに選択だ。正しい選択には正しい結果が、誤った選択には好ましくない残酷な結果が待っている」

陽児はあっけにとられて、叔父と姪の会話を聞いていた。十万人を超える従業員を抱える巨大企業の経営者一族ともなると、身内の会話がこんな調子なのだろうか。東京の中流階級では想像もできないことだった。心心が陽児にうなずいていった。

「さあ、もういこう陽児。明日までにやらなくちゃいけないことが、たくさんあるんだ」

陽児は川沿いのベンチから立ちあがると、陽岳副社長にぺこりと頭を下げた。この人は悪いことをするけれど、同時に尊敬できるところが確かにあった。そんな複雑な人物を身近なところで見たのは初めての経験である。

「失礼します。ぼくは心心といきます。できる限りのことはするので、四人をよろしくお願いします」

「ああ、よろしく頼む」

陽児は心心のところにいった。心心が陽児だけに聞こえる声で囁いた。

「だいじょうぶだった？　四人のいそうな場所が絞られたみたいだよ」

　ぐっと拳を握り締めそうになって、あわてて止めた。副社長の秘書がこちらを観察している。王室長がいった。

「早くこの場を離れよう。どうもあちこちにマイクがある気がして安全に話ができそうもない」

　数十メートルの距離から集音できる盗聴器もあるという。心心のアパートに罠《わな》を仕掛けたくらいだから、地元の上海ならお手のものだろう。

「うん、いこう」

　心心が先頭に立って、外灘の公園のデッキを歩きだした。陽児はだんだんと身震いしてきた。危険な猛獣といっしょの檻《おり》にでも入れられた気分だった。もしかしたら、陽児も拉致《らち》された可能性もあったのだ。副社長は手段を選ばないと自分でもいっていた。その場合には後ろで控えていた王秘書室長が黙っていなかったはずだけれど。

「……陽児、さっきの話だけど」

　心心はなぜか頬を赤くしていた。声はかすれて、ひどく聞きとりにくかった。早乙女先生なら厳しい指導が入りそうである。

　さっきのなんの話だろう。心心はイヤーモニタで、陽岳副社長とのすべての会話を聞いていたはずだ。一番重要な項目はなんだっただろうか。

「明日の議決権の話？」

「ち、違う……わたしの桜丘町の、アパートの話だ……岳叔父さんがいっていただろ」

「なんだっけ」

崖から飛びおりるように心心がちいさく叫んだ。

「部屋を盗聴していて、わたしが陽児に……その」

「ああ、初恋をしてるとかいう話か！」

心心が突然おおきな声をあげた。

「あーあー、そういう言葉を簡単に使うものじゃない。すごく大切で、真剣なものなんだぞ」

心心の顔は真っ赤だった。ひどく優秀な癖に、こんなに純情なところがある。巨大企業の箱入り娘というのもなかなか複雑だった。

「それで、その話がどうしたの」

心心はすこし落ち着いたようだった。かわいい咳《せき》ばらいをしていった。

「あれは陽岳副社長の勝手な憶測だ。わたしに対して心理的な優位を築きたいのだろう。陽児はまじめにとってはいけないぞ」

陽児は並んで歩きながら心心の様子を観察した。頬は元の白さに戻ったけれど、目尻にはまだ血色が残っている。すこしは動揺しているのだ。

「わかったよ。でも、ひとつだけ質問してもいいかな」

「ああ、かまわない」

「上海では同世代の男子とはぜんぜんつきあいがなかったという情報は、ほんとうなのかな」

心心は不思議そうな顔で陽児を見た。

「そうだ。わたしはボディガード以外と、街を歩いたことはなかった。同世代の男子と歩いたのは、渋谷の街が初めてだ。それがどうかしたのか」

なぜ自分が上機嫌になるのか、陽児にはわからなかった。それでも気分はうきうきしている。

「いや、それなら別にいいんだ」

川沿いの公園の出口が近づいてきた。目の前に黒いリムジンが停まり、王室長がドアを開けてくれる。

「さあ、移動しながら作戦会議だ」

陽児と心心が並んで座り、王室長が対するソファ席に腰かけた。後部座席の中央にあるテーブルに上海近郊の地図が広げられ、すでに赤いマーカーで三カ所にマルがつけられている。

「陽岳副社長の不動産会社が所有する物件のうち、海に近いものを選んだ。どれも建築は新しく、コンクリート打ち放しの建物だ。うちの秘書室としては、明日の総会までになんとか四人を解放したい」

王室長の声は真剣だった。陽児は横目でちらりと走り過ぎていく上海の元租界の風景を見た。ここが上海であるといわれなければ、ロンドンにもパリにもベルリンにも見えたことだろう。ヨーロッパの人々は植民地や租界には、自分たちの住む旧大陸の都市を徹底して再現する。中国は散々な目に遭ってきた。副社長の言葉が甦《よみがえ》る。

「それは陽峰社長を勝たせるためですか」

王室長はちらりとお嬢様の顔色をうかがった。心心にはもう恥じらいの表情はない。冷静になにかを考える顔になっている。

「いや、わたしは社長派でも副社長派でもない。前にもいったが、心心派だ。陽峰社長のためではなく、お嬢様が自由に議決権を行使できるように動いている。あの四人が解放されれば、心心お嬢様は誰にも気兼ねすることなく、投票ができるんだ」

幼い頃から家庭教師兼ボディガードとして、心心の近くに控えてきて、それだけの信頼が生まれたのだろう。黒いリムジンは上海の中心部を陽光を散らしながら駆けていく。陽児は聞かなくてもいいことを聞いた。

「それで王さんは不安にならないんですか」

心心がいくら優秀でも、まだ今日二十歳になったばかりの女子学生だった。時価総額百兆円近い巨大企業は、ひとつの国家ほどの力がある。その将来を任せるなど、あまりに責任が重過ぎるのではないか。陽児は日本でなら誰もがする心配をしていた。

王室長は微笑んで、心心を見てから、陽児に視線を移した。

「社長も副社長もいつかはいなくなるときがくる。どんな会社だって世代交代するのだ。

それなら次の時代を担う若い世代に、最初から一番重要な仕事を任せてしまう。それは悪くないことだと、わたしは思うんだが。逆に日本の企業はあまりに高齢者に重責を任せ過ぎじゃないのかな」

「そうかもしれませんけど」

納得はできなかった。知識も経験も真剣さも足りないのが若者である。それは陽児自身の甘えだろうか。先にいい訳をつくって、責任から逃れ、楽な立場を選ぶ。渋谷で見かける多くの同世代なら、きっとそうするだろう。

「わたしは、心心お嬢様も次の世代も信じているんだ。きっと陽月電子とこの国をよくしてくれると。そうですよね、お嬢様」

陽児は隣に座る心心に目をやった。かすかだが震えている。きっと責任を背負うのが怖いのだ。だが、しっかりとうなずくと心心はあの特別な声でいった。

「まかせてください。わたしは自分にできる最良の選択を、きっとします」

この子は強い子だ。明日なにがあっても、きっとその経験を役立て、次の機会では成功を収めることだろう。最初の総会で、陽岳副社長の圧力もあり、間違える可能性もあるけれど、そのときはしっかりと自分が支えよう。部下でも会社関係者でもなく、同世代で利益や権力とも無関係だからできる手助けもあるはずだ。陽児はいった。

「まだ暗くなるまで時間がありますよね。この三ヵ所、どうします？」

三人は広大なリムジンの後部座席で、上海近郊の地図の上に額を寄せた。救出作戦のタイムリミットは明日の正午まで。総会は午前十時に開始され、昼食をはさんで午後一時には次期五ヵ年計画の説明と採決が行われる。それまでに仲間を救出するのだ。ヒーローものの主人公を演じても、これほど胸は高鳴らないだろう。陽児は最初の赤マルがつけられた杭州湾跨海大橋《ハンチヨウワンクワハイダーチャオ》付近のゆるやかに突きだした海岸線に目をやった。

三人はいったん陽月電子の迎賓館に戻った。再び上海近郊の地図が開かれたのは、壁一面が大型ディスプレイで埋め尽くされた会議室である。目を丸くしている陽児に、王秘書室長がいった。

「この部屋から世界中の支社と会議ができる。情報漏洩《ろうえい》防止の電子的な対策も万全だ」

こんな部屋で心心のお父さんは世界に広がった陽月電子を動かしているのか。革張りの回転椅子も夢のような座り心地だ。

「なんだかスペクター本部の作戦指揮所みたいです」

王室長が笑い声をあげた。

「ははは、ダブルオーセブンの悪の組織か。映画ほどのスケールではないが、ここもハイテクなら負けていないぞ」

心心は赤いマーカーを手にとると、C組一班の仲間たちが拘禁されていると考えられる三カ所にぐりぐりともう一度マルをつけた。頭上にあるカメラがその映像を撮影し、ディスプレイと反対の壁に投射した。

「時間は明日の昼までしかない。無駄口はもうけっこうです」

心心の厳しい声はファースト『ガンダム』のマチルダ中尉のようだった。陽児は思わず背筋を伸ばして返事をした。

「はい！」

心心はよろしいというようにうなずくと、王室長にいった。

「この三ヵ所を簡単にレクチャーしてください」

王室長はレーザーポインターを手に返事をした。

「わかりました、お嬢様。三ヵ所とも陽岳副社長の不動産会社が所有する物件です。まず上海中心部からもっとも遠く、八十キロほど離れた杭州湾沿いにある企業向けの保養所として建てられた別荘です」

王室長がパソコンを操作するとディスプレイに巨大な橋が浮かんだ。青い海の上をどこまでもコンクリートの橋桁が延びていく。

「その別荘から望むのが、世界で二番目に長い海上橋である杭州湾跨海大橋になります。全長は約三十六キロ」

なんでも規模のおおきな国だった。これほど世界的な順位をありがたがるなんて、案外中国とアメリカはよく似ているのかもしれない。

「建物は地下一階、地上三階の鉄筋コンクリート製。陽児がいっていた特徴と一致します」

「なるほど、つぎは？」

まだ心心はマチルダ中尉だった。あの軍帽でもかぶってくれると、もっと雰囲気が出るのだけれど。レーザーポインターの赤い点がスクリーンに投射された地図を走った。

「上海市街にトンネルと橋でつながる崇明島《チョンミンダオ》の突端にある金持ち向けの別荘です。近くに崇明東灘《ドンタン》鳥類国家級自然保護区があり、野鳥観察の名所になっています。こちらは中心部から直線距離で四十キロほどですが、トンネルと橋、あるいはフェリーしか足がないので、すこし不便になります」

上海からの距離がなぜ、それほど問題になるのだろう。そこで陽月電子の株主総会のことが頭に浮かんだ。陽児は心心に質問した。

「総会が開かれるのは、どこなの？」

「浦東新区《プードンシンク》にある陽月電子の本社、そこに併設された陽佳月ホールだよ。わたしのお母さんの名前がついたメモリアルホールなんだ。株主総会や社内ミーティングだけでなく、国際組織の会議やクラシックのコンサートホールとしても使われている。音は東京のホールとアジア一を競っているんだって」

亡くなった母親の名前を冠したコンベンションホール。それほど立派な施設を、一族で所有しているのか。桁外れ過ぎて、陽児には想像もつかない。

「そのホールに明日の午後イチまでに心心が到着していればいいんだよね」

「そうだ。それでわたしの持っている票を投じれば、今回の騒動も一件落着になる」

思わず陽児は噴きだしそうになった。

「一件落着なんて日本語、どこで覚えたんだ？」

ふふふと笑って、心心は胸を張った。

「もちろん時代劇専門チャンネルだ。なんで、日本人はもっと時代劇つくらないかな。すごくおもしろいのに」

あきれながら同級生二人の会話を聞いていた王室長がさえぎった。

「さて、最後のひとつを紹介してもいいかな。三番目は東海に突きだした洋山《ヤンシャン》保税港区に建つリノベーション物件だ。元は巨大な倉庫だったが、東京の建築家に依頼して、モダンに生まれ変わった。この写真は中国の建築専門誌に掲載されたものだ。建築家は陽児がいっていた安藤忠雄の若い弟子だそうだ」

レンガ造りの倉庫のなかに設置されたコンクリート製の箱が映しだされた。正方形の建物がいくつも重なって奇妙な視覚的効果を生んでいた。まるで『マインクラフト』の世界だ。

「こちらは、浦東新区から陸路で六十キロほどの距離にある」

陽児は巨大なオーバルテーブルに置かれた銀の盆に目をやった。今日はまだ昼食をとっていなかった。クラブハウス・サンドイッチとフライドポテト、それにフルーツの盛りあわせが、蠟《ろう》細工のように見事に整っている。王室長がいった。

「腹が減ってるなら、遠慮せずにたべていいぞ」

陽児がおずおずと手を伸ばしたが、心心は無視して室長に尋ねた。

「現在の三拠点の状況は？」

「すべての拠点に監視班を張りつけてあります。現在のところ、C組一班の姿はどこにも確認されていません」

陽児はサンドイッチを頬張りながらいった。

「あの、素人の質問なんですけど、いっせいに踏みこんだりできないんですか。こっちは四人の日本人学生を人質にとられたようなものだし、犯罪じゃないですか」

王室長は浮かない顔をした。

「それをどうやって証明するんだ。暴力沙汰《ざた》になれば、向こうは警察を呼ぶだろう。そうなれば、うちは圧倒的に不利になる。建造物侵入と暴力行為だ。いくら陽児が四人は人質にとられていると主張しても、警察に顔が利く副社長がアニメ映画の吹き替えのため声優の卵を東京から呼んだと証言すれば、それで終わりだろう。そうなれば、二度と手出しができなくなる」

四人はもっと中国の内陸部へ観光にいきたがるかもしれない、不気味に微笑みながらそういった陽岳副社長の顔がまざまざと浮かんだ。あの人は目的のために手段を選ぶようなことはしないだろう。

「じゃあ、いったいどうするんですか」

陽児の声は悲鳴のようだった。関節が白くなるほどテーブルの上の両手を強く組んで、心心がすり潰すようにいう。

「とにかく情報を集める。それで四人がいると確認できたら、その拠点に一気に全戦力を投入し、人質を奪還する。警察に通報する余裕は与えない。敵味方双方の人員に多少の損傷が出るのも覚悟の上だ」

心心の目がぎらぎらと光っていた。自分は生まれてから今まで、これほどの決断をしたことがあっただろうか。目があうと、心心がいった。

「陽児、安心してくれ。四人は絶対に傷つけさせない」

「うん、わかってる、心心」

会議室の高い天井を仰いで、心心はながながとため息をついた。

「わたしがお母さんから譲り受けた株が、こんな災難を呼ぶなんて。あー、マーマが今も生きていてくれたらなあ。わたしは株式も議決権もホールも、ぜんぜん欲しくなかったのになあ」

王秘書室長はパソコンに目を伏せて、なにもいわなかった。この子はずっとひとりで、世界有数の巨大企業の経営を担う責任と闘ってきたのだ。陽児は手を伸ばし、心心の肩にそっとふれた。心心の熱い指先が冷たい陽児の手に重なった。

「だいじょうぶだ。ぼくがついてる。あの四人だって、心心のことをすこしも悪く思ってなんかないよ。明日、すべてを乗り切って、また渋谷に帰って、声優学校で練習しよう。きっと全員無事に東京に帰れる。あきらめなきゃ、絶対だいじょうぶだ」

「わかった、陽児。またわたしは上海からきた普通のアニメ好きな女の子に戻れるんだよな」

目と目をずっとあわせていると、そのまま心心の明るい茶色の瞳にのみこまれそうだった。人の目は世界よりおおきくなることがある。いつか脚本を書くとき、この気持ちを忘れないようにしよう。陽児は悪の組織の指揮所のような会議室で、そう固く決意した。

その夜、迎賓館は厳戒態勢になった。心心と陽児、それに指揮官の王秘書室長は会議室にこもりきりになり、食事もいつもの来客用食堂ではなく、簡単なものをこちらに運ばせて済ませた。夜の十一時を過ぎても、まだどの拠点に四人が拘禁されているのかつかむことはできなかった。

さすがに三人とも疲労の色が濃くなっていた。王室長の顔も脂ぎってきている。心心が心配そうにいう。

「室長、まだわからないか」

黒いジャケットを脱ぎ、シャツを袖《そで》まくりした室長が壁に投射された地図を見ながらいった。

「それぞれの拠点から、十分おきに定時連絡をさせています。今のところ、確証はつかめていません」

陽児はなにかきっかけはないか考えていた。あの四人がいるという証拠になるようなものが、どこかにないだろうか。そうだ、C組一班は全員声優の卵だ。台詞の練習で使うのはもちろん日本語である。

「王さん、昼ぼくに盗聴用のマイクをつけましたよね。あのとき、遠くからでも集音できる装置があるといってた気がするんですが」

上海近郊の地図に据えられた王室長の視線は動かなかった。疲れたようにいう。

「ああ、超指向性のズームマイクロホンのことだな。それなら日本製のいいものを用意して、三チームにもたせている。だが、張り込みをしている地点から、拠点の奥までは距離が遠すぎて、盗聴が困難なんだ」

さすがにプロだった。陽児が思いつくような手段はもう講じてあるのだ。

「わかりました。でも、とにかく日本語が聞こえたら、そこが目的の場所です」

「ああ、そうだな。わたしは明日の朝まで、ここで救出作戦の指揮を執る。心心お嬢様と陽児は、部屋に戻って、すこし眠ってきたらどうだ？　なにか判明したら、すぐに知らせるぞ」

心心が交互にぐるぐると肩を回していた。きっとひどく凝っているのだろう。陽児も背中と首筋が緊張と長い待機のせいでこちこちだった。心心が肩のストレッチをしながらいった。

「わかりました。シャワーを浴びて、すこし仮眠をとってきます。陽児もそうするといい。本番は明日だ」

シャワーで身体に張った汗の膜を流すのは、さぞ気もちいいことだろう。けれど、ベッドに横になったところで、とても眠れるとは思えなかった。

「ぼくもそうしようかな。眠れないようなら、またこの部屋に戻ってきます」

心心が疲れた笑顔を覗かせた。

「でも、浩平たちはきっとすやすや眠ってるはずだ。岳叔父さんの大切なゲストだからな。この迎賓館にも負けない豪華な食事と高級なマットレスを置いた個室が用意されているに決まっている」

中国では客人をとても大切にする。浩平が腹を出して寝ている姿が容易に想像できた。

「頭にくるな。こっちがこんなに心配してるのに」

心心は長い前髪を指先に丸め、鼻に押しつけ、においを嗅《か》いでいた。

「うーん、嫌だ。おじさんみたいなにおいがする。王室長、現在の作戦はどうなってる？」

室長は無表情に手元のペーパーを読みあげた。

「作戦は流動的です。事態が流動的だから、しかたないんですが。目標の確証がとれたら、待機させた救出班を送りこみます」

陽児はそこで口をはさんだ。どうにも納得がいかないのだ。

「じゃあ、もしこのまま明日の正午になっても、状況が動かなかったら、どうするんですか」

王室長は陽児から心心に視線を移した。確認をとるように声が改まる。

「その場合は、イチかバチかで強襲作戦を三拠点で執行する。心心お嬢様が総会で投票をする直前、救出班と監視班を合体させて踏みこませる。まあ、戦力的にはかなり厳しくなるんだが。監視班は無理をいって業務命令で徹夜させているが、普段はパソコンしか扱わないホワイトカラーなんでね」

心心がひどく冷めた声で質問した。

「どんな結果を予測していますか」

両手をおおきく広げ、室長が首を横に振った。

「わかりません。たぶん、現場は大混乱になるでしょう。ただ一斉突入で時間を稼げるのは確かだ。心心お嬢様は望む通りに議決権を行使することが可能です」

「わたしの議決権……」

心心はそうつぶやくと黙りこんだ。陽児はあわてて質問した。

「そのときあの四人はどうなるんですか」

必死になってすがるように室長を見つめたが、目をそらされてしまった。

「わからない。できる限りのことはするが、安全の保証はできない。副社長側がどんな人間を使って警護させているのかも、わたしたちにはわからない。陽月電子の人間ならいいが、金で雇われた黒社会《ヘイシェフィ》の手の者なら、どう動くか予想もつかない」

滑らかな日本語が黒社会のところだけ、中国語になった。陽児もジョン・ウー監督の香港任侠映画が好きなので、その言葉の意味がわかった。わかると同時に背筋に震えが走る。

「黒社会！　じゃあ、あの四人は……」

「そこまでだ」

心心が鋭く叫んで、とり乱しそうになった陽児の言葉を制止した。

「わたしも、王室長もちゃんと考えている。陽児、わたしたちを信じて欲しい」

そういう心心の目はうっすらと赤く、視線は陽児にすがりつくようだった。自分などより遥《はる》かに巨大な重圧に圧し潰されそうになっているのかもしれない。陽児は気を引き締めた。追いこまれた心心のお荷物にだけはなりたくない。

「シャワーを浴びて、頭を冷やしてくる」

心心は誰にともなくそう告げると、空気の淀んだ作戦指揮所を出ていった。

11

陽児は髪と身体を洗うと、冷たいシャワーと熱いシャワーを交互に浴びた。大理石の床にガラスの間仕切りでできたバスルームは、五つ星の高級ホテルのような豪華さだ。ふかふかの白いタオルとバスローブがラックの上に用意してある。

パジャマ代わりのTシャツをかぶり、ベッドに倒れこんで、天井をにらんだ。日本の暴力団に似た組織が中国にも当然、存在する。黒社会は金さえ手に入るなら、どんな違法行為も実行する集団だ。さすがの王室長も四人の人質の安全は保証してくれなかった。

気になったのは心心の表情だった。このトラブルは陽月電子の社長令嬢であり、巨大企業の二割近い議決権を握る陽心心を中心に動いている。だが、心心は陽児の知る通りなら、普通の感覚をもったごく普通の女の子である。もし、四人の同級生になにかあったら、心心は自責のあまり壊れてしまうのではないか。すくなくとも、渋谷の声優学校に復帰するのは、ひどく困難なことになるだろう。陽児自身も、そうなったとき今のようにフラットに、心心とつきあえるのか自信がなかった。心心がもっている力と富のせいで、クラスの友人四人が犠牲になるのだ……。

陽児はそこで頭を振った。「犠牲」なんて言葉は縁起が悪い。そう否定すると同時に『男たちの挽歌《ばんか》』で、名もないチンピラ役が身体中に銃弾を浴び、倒れていくシーンが浮かんでしまう。浩平と健太郎が弾丸を受け踊るように倒れ、遥と真琴は額に一発ずつ弾丸を撃ちこまれ、眠るようにこと切れている。胸が張り裂けるような場面だ。

もうなにも考えないようにしよう。力強く目を閉じて、頭から悪いイメージを消していると、疲れ切った陽児は崖から飛びおりるように眠りに落ちてしまった。

全身に汗をかいて、悪夢から目覚めた。陽児は豪華なベッドから跳ね起きた。今、何時だろう？　壁の時計を見ると、もう午前四時を回っていた。Ｔシャツにショートパンツ姿のまま、寝室を飛びだし、会議室に向かった。

扉を開けると、王室長が徹夜中の血走った目でちらりと陽児を見た。

「すこしは眠れたかい、陽児」

王室長の向かいには心心が座っていた。パソコンを開いて、なにか調べものをしている。陽児に気づくと、にこりと笑っていった。

「おはよう。髪の毛すごい寝癖」

ドライヤーをかけずに寝てしまったのだ。陽児は頭を押さえながら、王室長の隣に座った。

「心心は寝てないの」

「いや四十五分は仮眠した。うちの社員が徹夜をしてるのに、わたしだけのんびり寝ていられない」

王室長は満足そうに笑って無言のままだった。陽児はいった。

「あれからなにか変わりはありましたか」

「いや、別に。定時の報告は受けているが、どの拠点にも動きはない。みんな眠りこけているんだろう。こちらは監視班の交代要員を準備したよ。今日の朝九時でチェンジだ」

今日はいよいよ決戦だった。心心が株主総会で投票する前に、なんとしても四人の身の安全を確保しなければならない。寝癖になどかまってはいられなかった。

心心が妙に明るい声をあげた。

「ちょっと早いけど朝ごはんにするか？　キッチンにいって、なにか適当につくってくるよ。陽児も腹へっただろ」

王室長が破顔した。

学校のスタジオできいたことがある、役づくりをしたプロのような声だった。心心はこの場にいる人間を勇気づけようとしている。ほんとうならその役割を果たすのは自分のはずなのに、先を越されてしまった。

「ほう、心心お嬢様の手づくりですか。それは楽しみだ」

「ぼくもお腹空いたよ。でも、あまり面倒な料理はしなくていいから。手早く簡単にね」

陽児も調子をあわせておいた。男同士で話しておきたいこともある。

ぽんっとTシャツの胸を叩いて、お嬢様はいう。

「おう、まかせとけ。わたしは東京で料理の腕をあげたんだぞ」

心心が会議室から出ていくと、陽児は低い声で質問した。

「このまま正午まで動きがないと、三拠点同時に突入することになるんでしたよね」

疲れた表情だが、王室長は即座に答えた。頭の回転はまだ良好のようだ。

「そういうことになる。投票の結果どうなるか予測がつかないので、その前に四人を押さえたい。危険は覚悟の上だ」

じっと王室長の目を覗きこみ、陽児は視線に決意を乗せた。

「そのときは、ぼくもいっしょに突入させてください」

室長は険しい顔をした。

「うーん、陽児は心心お嬢様の客人だし、危険な目には遭わせられない。申し訳ないが、この迎賓館か総会が開かれるホールで待機していてくれないか」

自分だけ安全なところにいる。それだけは避けたかった。

「きっと役に立ちます。第一、誰がこんなに複雑な事態を、あの四人に説明できるんですか。人質にとられたとはいっても、四人はそんなこと気づいていない。力ずくで身柄を確保したら、こちらが誘拐犯だと思われるのがオチです。でも、その場にぼくがいれば、説得もできるし、四人を落ち着かせることもできる。ぼくはC組一班の監督です」

演出をしているのだから、それで間違いないはずだ。王室長が頭を抱えた。中国語でなにかぶつぶつと不平を漏らしている。あるいはどこかにいる神様を呪ったのだろうか。

「残念だが、陽児のいうことももっともだ。しかたない、現場に連れていこう。ただし、わたしのそばを絶対に離れないこと。それに暴力沙汰の前線には近づかないように」

ようやくこれで自分の役が果たせる。陽児は王室長のいい分に半分だけ納得していた。あともうひと押しだ。

「それで昼の作戦なんですけど、ぼくにもなにか武器を貸してもらえませんか」

「何？」

思わず中国語で叫んで、王室長はいった。

「陽児に武器なんてやれるはずがないだろ。銃を撃つ訓練をしたことがあるのか」

「いや、そこまで危険なものじゃなくて、たとえばスタンガンとか特殊警棒とか」

陽児をにらみつけて、室長がいう。

「おいおい、警察官の使うテーザーガンで、この二十年間に全米で千件を超える死亡事例が報告されているんだぞ。電撃は決して安全じゃない」

王室長は立ちあがると、ファイルキャビネットを開き、ごそごそとなにか探し始めた。手に短い棒のようなものをもって戻ってくる。

「こいつは事務用のロールペーパーの芯だ。圧縮ボール紙でできている。陽児にはこれくらいの武器がちょうどいいだろう」

「えー、ロールペーパーの芯ですか」

舐《な》められたものだ。もし相手がもっと危険な武器をもっていたら、どうすればいいのだろうか。陽児はおおいに不満だった。

「もちろん使い方によっては、こんなものでも十分な殺傷力がある」

にやりと笑うと、王室長が風のように動いた。

「例えば、ここを突く！」

はあっと腹から声をあげ、右足を踏みこみながら、両手で握った三十センチほどの紙筒を陽児の鼻の下に突きだした。陽児の全身が凍りつく。

「踏みこんだ全身の力と体重を乗せて、急所の人中《じんちゅう》を突いた。これで陽児の好きなマンガなら、『おまえはもう死んでいる』ということになる。武器の威力は使う者の意志次第で、どうにでも変わるんだ。覚えておきなさい。こんなものでなく、紙一枚でも人を殺すことはできる」

この人は底知れない人だ。王室長には謎が多かった。もしかしたら、前職は中国の軍関係だったのかもしれない。人を殺す方法を学べる場所は、それこそ軍か黒社会しか考えられない。陽児の背筋に冷たい震えが走った。

上海旧フランス租界の空に、新しい日が昇っていた。

迎賓館屋上の空気は冴えて、吸いこむと肺の奥まできれいにしてくれそうだった。東の空は青いガラス屋根のようで、背後の西空はまだ夜の色に透きとおり、星をいくつも浮かべている。陽児は深呼吸をしていった。

「ここは気もちいいところだね。話ってなに、心心」

心心は屋上庭園の手すりにもたれ、明けていく空を見つめている。租界の緑のなかで、朝の鳥たちがやかましかった。

「C組一班のみんなのことだ」

陽児の背にも芯が通った。同級生の身の安全がかかっている。いい加減な態度ではいられなかった。

「うん、わかった。ちゃんときくよ。話して」

ひとつ深くうなずいて、心心がゆっくりと話し始めた。

「わたしは今日、生まれて初めてマーマからもらった議決権を行使する。それはとても大切で重要な仕事なんだ」

陽児もうなずいた。上海のスマートフォンショップを巡り歩き、たくさんの人にききとり調査をしたのが、もう何ヵ月も昔のようだ。心心は深呼吸をして宣言した。

「でも、どんなに重要でも四人の命には代えられない」

「心心……」

陽児は言葉に詰まった。心心は本気なのだ。

「今のまま、状況が変わらずに進行するなら、わたしが王室長に命じて、三拠点同時突入作戦は停止させる。四人の命はなによりも大切だ」

陽児は叫んだ。

「だけど、そうしたらあのずるい副社長のいいなりになってしまう。心心はほんとにそれでいいのか」

幼い女の子のように、迎賓館の屋上で心心は地団太を踏んだ。

「よくないよ。でも、どうしようもないじゃないか。あの四人は生まれて初めてわたしにできた友達なんだから」

心心の目から涙がこぼれた。朝日を受けて、塩辛い粒がきらきらと光って落ちていく。

「わたしだって悔しいけど、友達四人の身の安全には代えられないんだよ」

わーっと声をあげて、心心が泣きだした。想像もつかないプレッシャーを耐えてきた少女の涙だった。陽児は両手を心心の肩に乗せた。

「わかったから、もう泣かないで。こっちまで泣きそうになる」

「ちょっと胸貸して」

心心はそういうと、ぶつかるように陽児の胸に飛びこんできた。陽児は力一杯心心を抱き締めたかったけれど、肩に置いた手を動かせなかった。決意が胸の底から湧きあがってくる。

「今日一日これからなにがあっても、ぼくは心心のそばにいる」

うんうんとうなずいて、心心が陽児の胸でいう。

「ああ、最後までわたしを見ていてくれ。わたしがほんとうに立派に大役を果たせるか、陽児だけには見てもらいたいんだ」

あの特別な声は、これほどの至近距離では威力抜群だった。

もうなにも言葉はいらなかった。陽児は心心が泣き止むまで、明けていく旧フランス租界の空を見つめていた。決戦の今日という日が、どんな結果をもたらすのか、誰にもわからない。だが、なにが起きても、自分はこの少女といっしょに善いことも悪いことも、すべて自分の身体で受けとめるのだ。

この朝、生まれて初めて陽児は大人への長い道のりを歩きだしたのかもしれない。

12

ロウソクが短くなっていくのを見るような、じりじりとした待機の時間が続いていた。陽児は洗濯したてのTシャツとジーンズに着替え、手元にはいつでも外に飛びだせるようにショルダーバッグを用意していた。中にはスマートフォンとパスポート、GEAで支給されたICレコーダー、さらに王秘書室長から手渡された圧縮ボール紙でできたロールペーパーの芯が入っている。いざとなればクラスメイトを軟禁している敵を、この硬い紙筒で思い切り突くのだ。

作戦指揮所にいきなりブザーが響いた。それもほぼ同時に三つの耳ざわりな電子音が重なる。陽児と心心は顔を見あわせた。壁の大型ディスプレイに王室長の部下三人の緊張した顔が浮かびあがった。陽児には中国語はわからないが、切迫感はびしびしと伝わってくる。いっせいに報告が始まった。王室長が叫んだ。

「あわてるな。ひとりずつだ。なにがあった？」

右端の若い男性が最初だった。喧嘩《けんか》でも売るような激しい調子でなにか叫んでいる。心心が訳してくれた。

「杭州湾沿いにある別荘を監視してる第一班だ。窓のカーテンを閉め切った大型バスがゲートから出てきたそうだ。護衛の黒いミニバンもついている」

陽児は壁の時計を確認した。ちょうど八時半だ。心心の投票まで約四時間半だった。すべてが決着するまで、映画二本分の時間しかないのに、ひどく遠い未来に思える。なにが起こるのかまったく不確定な未来は、永遠の先にあった。

「バスって、いったいなんのために……」

陽児の宙ぶらりんなつぶやきに、王室長が応じた。

「敵もこちらを警戒しているんじゃないか。うちの襲撃を予想しているんだ。決戦の株主総会を控えて、人質をもっと秘匿性の高い場所に移動させようとしているんだろう」

続いて二番目の中年男性が早口で報告を始めた。心心がいう。

「この人は崇明島の第二監視班。やっぱりバスが出発したって」

王室長の表情が険しくなった。最後に目を真っ赤に充血させた女性が口を開いた。心心が訳そうとしたところで、陽児はさえぎった。

「もう想像はつくよ。あの人は洋山の元倉庫を見張っているんだよね。そこからも目隠しをしたバスが出た」

心心の顔色は蒼白だった。もともと白いのだが、完全に血の気が失せている。無理もなかった。昨夜はほぼ完徹しているうえ、四人のクラスメイトが副社長にさらわれているのだ。報告を終え、指示を待つ三人の監視班リーダーに王室長がなにか叫んでいる。

心心がいった。

「念のため監視班を残し、クルマでバスを追えっていってる」

陽児はプロジェクターで映しだされた上海近郊図を見あげた。救出班の自動車が動きだしている。それぞれ距離は数十キロ以上離れているが、砂糖の山に引き寄せられる蟻のように、最寄りの幹線道路から上海市の中心部を目指しているようだ。陽児は叫んだ。

「心心、バスは三台とも上海市街に向かってるみたいだ」

王室長がすり潰すような声で漏らした。

「どういうことだ。敵はなにを考えている？」

心心が立ちあがった。肩からバッグをさげていう。

「わたしたちも動こう。きっとわたしがいうことをきかないときのために、会場の近くに四人を連れてきて、プレッシャーをかけるつもりなんだよ」

王室長は冷静だった。じりじりと動くGPSの三つの赤い点をじっと観察している。

「こちらが動くのは最後でいい。お嬢様、もうすこしバスの動きを注意深く見ておきましょう。どこか新たな拠点に向かっているのかもしれない。それとも単なる陽動作戦かもしれない。今の段階ではどんなふうにも読める状態です」

陽児はごくりと唾をのんだ。上海市街に向かってくる三台のバスのうちのどれかに、C組一班の四人が乗っているのだ。いくら能天気なクラスメイトでも、そろそろ様子がおかしいことに気がついているのだろうか。それとも陽岳副社長のいう声優デビュー話を、いまだに素直に信じているのか。冷房が強力に効いた会議室で、陽児の汗はとまらなかった。

壁の時計は九時近くになった。株主総会は午前十時からなので、出席するならそろそろ準備をしなければならない時間だ。王室長が地図にレーザーポインターを走らせる。

「陽児、見てくれ。三台のバスが上海の環状道路に入った」

新たな動きだった。地図の表記を読んでいく。こういうとき漢字を使用する中国語は便利だ。発音はわからないが意味ならだいたいわかる。バスは中山北路《ヂョンシャンベイルー》、中山南一路《ヂョンシャンナンイルー》、羅山路《ルオシャンルー》を走っている。どれも上海の中心部を囲む四国のような形をした環状線の一部だった。

王室長がバネ仕掛けのように立ちあがると叫んだ。

「さあ、こちらが動く番だ。そうだ、こいつを着てくれ」

陽児と心心にごわごわとした黒いベストを差しだす。心心は黙って腕を通したが、陽児はつい質問した。

「なんですか、これ」

にやりと凄《すご》みのある笑みを浮かべ、室長がいった。

「警察がつかっている防刃ベストだ。さすがにいくら陽岳が曲者《くせもの》でも、陽月電子の後継者に銃まではつかわないだろう」

ということは敵もナイフくらいは抜くかもしれないということだろう。陽児は身震いすると、ショルダーバッグを心臓を守る盾のように胸に抱え、王室長の広い背中に続き会議室を飛びだした。

13

迎賓館の車寄せには、三台の黒いSUVが停車していた。近づけば顔が映りそうなくらいピカピカに磨かれている。すべてアウディの大型タイプだった。なぜか理由はわからないが、上海ではドイツ三大メーカーのなかでは四輪のマークを目にする機会が一番多かった。

陽児は心心と王室長といっしょに三台の中央にあるSUVに乗りこんだ。三列目のシートには誰も座っていない。ここに浩平や健太郎たちを乗せて、迎賓館に帰れるだろうか。

「出発《チユウフア》！」

王室長が助手席で低く命じると、黒い作業着の運転手がアウディをじわりと動かした。運転手は秘書室のなかでも荒事専門なのだろう。陽児と同じ防刃ベストを着こみ、スキンヘッドに黒いキャップをかぶっている。身体はプロレスラーのように分厚かった。

三台のSUVは黒い列車のようにぴたりと等間隔で旧フランス租界を駆け抜けていく。緑豊かな邸宅街から、びっしりとビジネスビルが道路の両側を埋めつくすオフィス街に入った。王室長がいった。

「ここから一番近い中山南一路を移動中のバスを追う」

旧フランス租界がある衡山路《ホンシャンルー》から、直線距離で五キロほどだろうか。室長がスマートフォンになにか叫んだ。訳してもらわなくとも、陽児にもわかった。先頭車両の運転手に急げと命令したのだ。

片側四車線はある上海の環状路を、左右に先行車をかわしながらアウディは駆けた。道行く会社員はこちらを指さし、何事かと注目している。おおきな交差点が近づき、警察官の姿を認めると、さっと法定速度に落とし、姿が見えなくなると市街地レースのスポーツカーのように急加速していく。重たいSUVだが、胸のすくような加速だった。この調子ならのろくさい大型バスくらい、あと十五分もすれば捕まえられるだろう。陽児はいった。

「心心、追いついたらどうする?」

王室長も興味をもったようだった。助手席から振り返り、心心に目をやった。

「わたしに考えがある。まかせて」

防刃ベストの胸を叩いてそういった。いったいなにをする気なのだろう。陽児には心心の計画は予想もできなかった。この子がなにをするかは、いつだって予測不可能である。困惑して助手席を見ると、王室長は肩をすくめて正面に向きなおってしまった。王室長も散々悩まされたのだろう。だいたい陽月電子のような世界的大企業の跡とり娘が、渋谷の声優学校に留学するというのが最初から無理ゲーなのだ。

黄浦江にかかる南浦大橋《ナンプーダーチャオ》の手前で、白い観光バスが見えてきた。心心が指さして叫んだ。

「あれだ。後ろに陽月リゾートって書いてある」

三日月とヤシの木がいっしょにデザインされたロゴマークだった。上海の不動産王・陽岳が展開する観光会社である。王室長が振り向かずにいう。

「どうしますか、お嬢様」

心心は引き締まったりりしい顔でいった。

「あのバスの隣に寄せて走らせて」

ごそごそとおおきなバッグからなにかとりだしている。ファスナーが引っかかりうまくいかないようだ。陽児は大型拳銃かショットガンでも出すのかと心配になった。

「なにしてるの、心心？」

お嬢様はにやりと笑うと狭い後部座席で武器を掲げた。広がった部分の直径がフライパンほどもある大型の拡声器だった。

「こいつで、わたしが声をつかう。もし浩平たちが乗っていれば、日本語で呼びかければきっとなにか反応があるはずだ」

確かにその可能性は高かった。こういうとき陽児はいつも悲観的である。

「まあ、そうかもしれない。四人が睡眠薬で眠らされてなくて、全員猿轡《さるぐつわ》を噛まされ縛られていなければ」

声優デビューをちらつかせ、上海まで連れてきたのだ。副社長サイドがそう簡単に筋書きを変えてくるとも思えないが、ついつい悪いほうに想像してしまう。心心の顔が真剣になった。

「そのときは無理にでもバスを停めて、こいつをくれてやる」

ぐっと握り締めた拳を突きあげた。このお嬢様に人を殴れるのだろうか。やれやれという思いと、これから始まるかもしれない格闘への恐怖で、胸のなかで嵐が吹き荒れるようだ。

「心心はそんなこと、しなくていい。ぼくがきっと守ってみせる」

陽児はショルダーバッグから、硬いロールペーパーの芯をとりだした。ひどく頼りなく感じるけれど、自分には防刃ベストを着たこの身体がある。いざというときは心心を守るために身体を投げだせばそれでいい。


三日月とヤシの木が描かれた輝くように白い大型観光バスの横に、黒いアウディがつけられた。手を伸ばせば、車体に触れられそうな近さだ。窓の白い遮光カーテンは閉め切られている。陽児が運転手の肩越しに覗いたスピードメーターは時速七十六キロ。心心が後部座席のウィンドウを開けると、熱した突風が車内に流れこんできた。九月初めの上海は、まだ真夏の暑さだ。副社長派のミニバンはバスの先を走っていた。黒いアウディはバスの左右と後ろにつけている。

心心は車外に拡声器を突きだし、あの特別な声で叫んだ。

「浩平、健太郎、遥、真琴姉さん、そこにいるか？　きこえたらなんでもいいから、日本語で叫んでくれ」

アウディの車内では耳が痛くなるほどの音量だった。陽児も心心の後ろから叫んだ。

「浩平、いるならなにかいってくれ」

なんでもいいんだ。いつもの『ドラゴンボール』の悟空の真似でもいい。観光バスからはなんの返答もなかった。心心はそれでもあきらめない。

「C組一班の四人、そこにいるか？　岳叔父さんのデビュー話は、ぜんぶ嘘なんだ。みんなのことをだまして、上海まで連れてきた。実力が買われた訳じゃないんだ。わたしたちはまだまだ声優として、一人前なんかじゃない」

胸がえぐられるようだった。一日でも早くプロになって、人にいいところを見せたい。ほんとうの演技力もないし、滑舌だってアマチュアに毛が生えたようなものなのに、うまい話にはすぐに飛びついてしまう。そんな自分とクラスメイトが恥ずかしかった。

心心の渾身《こんしん》の呼びかけに、またも返事はなかった。熱い風だけが吹き荒れている。

そこで心心は日本語から中国語に切り替えた。まくしたてるようにひと息で話してしまう。ききとれたのは心心の名前と企業名だけだった。王室長が訳してくれた。

「わたしは陽月電子の後継者・陽心心。運転手はバスを停めなさい。さもないと、あなただけでなく陽月電子グループで働く、すべての親戚まで含めて首を切ることになる。

わたしは本気だ、だそうだ。どうだ？　うちのお嬢様はなかなかやるだろう」

そういって、ウインクを寄越した。男のウインクなどどうでもいいが、陽月電子は家族的な経営で有名だった。従業員の親類縁者を優遇して採用しているときいたことがある。一族のほぼすべてが陽月グループで働く者も多いそうだ。陽岳副社長の威光も相当なものだが、心心は全グループの次期オーナーである。そう遠くない将来、全権を握るのは心心だ。

陽児は息をのんで、すぐそばで並走する大型バスを見あげていた。近くで見るとバスの側面が白い絶壁のようにそそり立っている。心心の髪が吹きこむ風で爆発するように乱れた。しばらくなんの変化もなかった。心心がもう一度拡声器を車外に突きだし、なにか叫ぼうとしたときだった。黒い作業着の運転手が鋭く叫んだ。

「スロー・ダウン！」

ゆっくりとバスの速度が落ちていく。路肩に停車したのは、十五秒ほどしてからだった。南浦大橋を渡り切った対岸である。アウディはバスの五メートルほど手前で、ゆっくりと停まった。王室長がいった。

「いくぞ、陽児」

ショルダーバッグを斜めがけにして、両手でロールペーパーの芯を握り締めた。室長に続き心心、最後が陽児だった。敵側のミニバンは二十メートルほど先で、斜めに停止していた。車内からこちらの様子をうかがっているようだ。

近づいていくと、コンプレッサーから空気が抜ける音がして、大型バスの乗車口がスイングするように開いた。運転手が眉を八の字にして両手をあわせ、くどくどとなにか弁明している。他に敵方の姿は見えなかった。王室長は初老の運転手を無視して大型バスに乗りこんだ。心心と陽児も王室長の広い肩越しにバスの車内を覗きこむ。

乗客は誰もいなかった。このバスは陽動のためのダミーだ。拡声器を片手にさげた心心の顔を見ると、また朝方のように蒼白になっている。王室長がいった。

「誰も乗せてないバスを秘密で走らせるだけで、二週間分の給料をやるといわれたそうだ。自分はいいが息子の首だけは切らないでくれと懇願されている。息子は本社でエンジニアをしているそうだ」

心心が放りだすようにいった。

「心配しなくていい。あなたにも息子さんにも、なにもしないといって」

王室長が中国語で運転手にいうと、バスの外から激しいエンジン音が響いた。タイヤを鳴らして、ミニバンが走り去っていく。陽児は腕時計に目をやった。もう十時をだいぶ過ぎている。陽佳月ホールではすでに株主総会が始まっていることだろう。

「どうする、心心」

心心は大型バスのステップを駆けおりながらいった。

「バスはあと二台ある。室長、次はどこ？」

三人は小走りで、初秋の日ざしをまばゆく撥《は》ね返すＳＵＶに戻った。

アウディの車列は、南浦大橋の先にあるインターチェンジで環状路をおりると、Uターンして反対車線に入った。

「二台目のバスは今、中山公園《チョンシャンパーク》近辺を走行中だ。このまま戻れば世博会博物館のあたりでキャッチできるだろう」

小山のようなSUVは渡ったばかりの大橋を猛烈なスピードでとって返していた。陽児に素朴な疑問が浮かんだ。

「向こうとこっちは車線が反対ですよね。どうやって、停めさせるんですか」

幹線道路で中央分離帯にもガードレールが設置されている。一段と車列は加速し、橋の欄干が飛ぶように過ぎていく。にやりと笑うと、こともなげに王室長はいった。

「ときには交通規則だって、破らなきゃならない。数キロ毎に緊急車両用の通行路があるんだ。そこを突っ切り、反対車線に出る。しっかりシートベルトを締めておけよ」

陽児はシートベルトを確認して、隣の心心に目をやった。膝の上の拡声器が震えている。心心だって二十歳になったばかりの女子である。陽児は自分も怖かったが、心心の手に自分の手を重ね、ぽんぽんと軽く叩いた。指先が氷水から出したばかりのように冷たいのは、きっと重圧で圧し潰されそうなせいだ。なんの根拠もなかったけれど、無理やり笑顔をつくり、陽児は自分に出せる一番のイケボの用意をした。声の質を完全に変えるには、喉の筋肉の締めつけ具合を変化させなければいけない。ショルダーバッグから安物ICレコーダーをとりだし、心心に突きつける。

「心心、絶対に四人はだいじょうぶ。またみんないっしょに、渋谷の学園で声を録れるよ。総会が無事に終わったら、東京に帰ろう。またみんなで声優の勉強をするんだ」

心心の眉が下がり、必死で涙をこらえる表情になった。目は真っ赤だが、ひと粒も涙を落とさないように口をへの字に曲げると、『となりのトトロ』のメイのように鼻の穴が丸く膨らんだ。エンジンの轟音《ごうおん》に負けない声で心心が叫んだ。

「わかった。絶対、全員揃って渋谷に帰ろうな、陽児」

「ああ、まかせろ」

陽児は自分も泣きそうになって、車窓の外に目をやった。緑灰色の黄浦江の川面がゆったりと、河口に向かって延びている。陽児は台湾製のICレコーダーを指が白くなるほど握り締めた。


王室長のスマートフォンが鳴ったのは、上海の旧市街側にわたってすぐだった。報告はきっと残り二台の大型バスを追っている救出班からだろう。室長の顔色が変わった。振り向きざまに叫んだ。

「お嬢様、こちらに向かっていたバスが環状路を離れました。上海体育館で一般道に下り、今は市の中心部に移動中です」

「わかりました。わたしたちもつぎの出口で下りましょう」

高架線の左右には高層ビルが圧倒的な物量で広がっていた。渋谷や銀座の街並みがどこまでも連なっているようだ。インターチェンジの標識が見えた。先ほど室長がいっていた世博会博物館の文字が見える。ぐっと減速しながら長い坂道をおりていく。陽児はそこで想像もしていなかったものを目にした。

王室長がダッシュボードを叩いて叫んだ。

「くそっ、こんなときに。陽児、これが世界的に有名な上海のラッシュアワーだ。車はぜんぜん動かない。まあ敵のバスも動けないんだがな」

五十メートルほど先に見える信号機は青だが、まったく自動車の列は動かなかった。王室長はまた電話に戻った。何ターンかのやりとりをして、つなぎっ放しのスマートフォンから顔を離した。

「なんて皮肉な話だ。このままますすめば、朝わたしたちが出発した旧フランス租界のあたりで、杭州湾の別荘を出たバスと遭遇できそうだ。だけど、時間がない。このバスに四人が乗っていなければ、もう一台は間にあいそうもない。そちらは環状路のちょうど反対側だ」

心心が冷静な声でいう。

「わたしはどうすればいい？」

「次も空振りなら、お嬢様は陽児といっしょに総会に向かってください。わたしと秘書室の精鋭は最後まで、お友達を追います。必ずや四人を連れて戻りますので、総会であなたが正しいと信じる行動をとってください」

クラスメイトの救出だけが目的ではなかった。世界第二位のスマートフォン会社の、次の五年間の命運がかかっているのだ。心心の細い肩には計り知れないプレッシャーがのしかかっている。王室長がスマートフォンに戻った。

「次の交差点を左だ」

そういってから、中国語で運転手に指示を出す。陽児に気をつかってくれているのだろう。次の交差点まで五十メートルをすすむのに、貴重な朝の十五分が空費されてしまった。陽児はアウディの後部座席に座ったまま、全力でその場駆け足をする気分だった。気もちはこれ以上ないくらい焦っているのに、人が歩く速さよりものろのろとしか前進しない。すぐ近くに大型バスが迫っているはずなのに、これほど絶望的な気分はなかった。

旧フランス租界のある衡山路のメインストリートも、自動車の渋滞で埋まっていた。九月初旬の好天のせいもあるかもしれない。上海の空は南国の青さをたたえ、どこまでも高かった。渋滞は確かでも先ほどまでの商業地区よりは、幾分緩和されている。すくなくとも歩くよりはずっと速いし、ときに十五キロほどのスピードが出せるときもあった。

王室長が通話しながら、窓を全開にして上半身をアウディの外に出した。暴走族の箱乗りの要領だ。

「ちょっと待ってくれ。バスの背中が見えた。この先、三百メートル」

助手席に戻ると室長がいった。

「このままでは永遠に距離が詰まらない。ちょっと無理をさせます」

運転手のほうを見て、日本語でいう。

「警察に見つかると、交通違反のチケットを切られるんだが、こいつはあとどれくらい点数が残ってるんだろうな」

そのままスマートフォンで、誰かに命令を出しているようだ。目の前を走る先頭のアウディがターンランプを一度点滅させると片側三車線の道路の中央車線から、いきなり隣の車線にコースを変えた。後続車から激しいクラクションが鳴らされたが、陽児の乗る車も無理やり後に続いた。最後尾のアウディもついてくる。クラクションが一台だけでは済まなくなった。渋滞のあちこちで、クラクションの嵐になる。

黒いアウディの車列は路肩を猛然と突きすすんでいく。あまりの勢いと黒い公用車のような見た目のせいで、道を譲ってくれる車もすくなくなかった。王室長がつぶやいた。

「まるで救急車か、党幹部のリムジンみたいだな」

陽児はあきれて強引なドライブを見つめていた。東京なら白バイかパトカーがすぐに飛んでくることだろう。三十メートルほどまで近づいたところで、心心がウインドウを下げた。先ほどの室長のように上半身を外に乗りだそうとしている。陽児を振り向いていった。

「落ちないように支えてて」

拡声器を片手に箱乗りをする心心を見ることになるとは思わなかった。車外に放りだされないように、膝のあたりを両手でつかんだ。王室長が横目でちらりと見ていう。

「陽児、心心お嬢様におかしな気は起こすなよ」

頬をわずかに赤く染めて陽児は叫んだ。

「この大事なときに、なにいってるんですか」

心心は上半身を車外に投げだして中国語で叫んだ。誰も翻訳してくれなかったが、意味は手にとるようにわかる。そこのバス、停まりなさい。陽月リゾートのバス、停車しなさい。何度か停止命令を出すと、日本語に切り替えた。

「浩平、健太郎、遥、真琴姉さん、そこにいるの？　いるなら返事をして。今、みんなはひどく危険な状況なんだよ。岳叔父さんのスカウトなんて、全部嘘なんだから。なんでもいいから、いるなら返事をして」

車内をメガホンの轟音が満たしている。陽児は心心の細い膝を抱えながら、腕時計に目をやった。もう十二時を過ぎている。心心の議決権行使まで一時間を切っていた。路肩を無理やりすすむSUVはもう十メートルほど後方まで、陽月リゾートの大型バスに迫っていた。

「ほら、陽児もなにかいって」

口元に拡声器を押しつけられた。頭が真っ白でなにをいえばいいのか、まるで考えられない。それでも陽児は幼馴染みに向かって、でたらめに叫んだ。

「浩平、きこえてるか？　おまえのせいでこっちはめちゃくちゃ大変なんだ。今度絶対焼肉おごらせるからな。おい、浩平、なにかいってみろ」

返事はなかった。ＳＵＶはほぼ真横を並走している。全長十五メートルほどある大型バスの最後尾の窓で、遮光カーテンが揺れている。窓の向こうでなにか起きているようだ。斜めになった平行四辺形の窓が半分開いて、浩平の顔が覗いた。心心と陽児は思わず歓声をあげた。拡声器で増幅された歓喜の声が、緑深い旧フランス租界に響き渡る。

「クリリン、おめえ、なにいってんだ。どうして、オラが焼肉おごらなきゃならねえんだよ。心心もなにかいってやって……」

得意の『ドラゴンボール』のものまねの途中で、浩平は誰かに引き戻されたようだった。勢いよく窓が閉まり、白い遮光カーテンが隙間なく引かれた。心心が叫んだ。

「王室長！」

室長が運転手にひと言いうと、アウディは速度を急にあげて、大型バスとミニバンのあいだに鼻を突っこんだ。あやうく心心が振り落とされそうになり、陽児は心心の腰を思い切り抱き締めた。腕に余るほどのボリュームがある。女子のお尻は男よりもどっしりとして、おおきいのかもしれない。三車線の一番左側の流れが完全に停止した。またクラクションの嵐が巻き起こる。

停止したアウディのなかでシートベルトをはずしながら、王室長がいった。

「やっとわたしの見せ場がきたな。腕が鳴る」

『燃えよドラゴン』のブルース・リーのように親指の先で、鼻の頭を弾《はじ》くようにこする。

心心も同じ動作をしていった。

「わたしも腕が鳴る。室長、功夫《カンフー》をつかってもいい？」

ドアを開けると、王室長はゆっくりと黒い革靴のソールを熱をもったアスファルトに着けた。振り向くと微笑んでいう。

「お嬢様の腕が落ちていないか、しっかりと見せていただきます。お怪我だけは気をつけて。おい、陽児、ちゃんと盾になるんだぞ」

陽月リゾートの大型バスと先頭のミニバンから、わらわらと物騒な男たちが降りてきた。ざっと確認しただけで、十六、七人はいる。こちらはSUV一台に四人ずつ計十二人の軍勢だ。数は不利でも、こうなったら戦うしかなかった。

陽児の手を振りほどいた心心は、ふわりと窓から路肩に飛びおりた。陽児は恐怖と興奮でぬるぬるになったてのひらで、硬いロールペーパーの芯を握り締めた。ぼくも男だ。やるときはやってやる。大型バスの前方にいる敵の集団が、陽炎《かげろう》のように揺らいで見える。陽児は防刃ベストの前をきつくかきあわせた。

「いくぞ、陽児」

そういうと同時に走りだしたのは、心心と王室長だった。

「おう！」

遅ればせながら、腹に響く返事をして、陽児も前線に向かって駆けだした。集団の乱闘など生まれて初めてだった。だが、いい訳などできない。男でも女でも、声優の卵だろうが、平和な東京の専門学校生だろうが、戦うべきときには戦わなければならないのだ。信じる正義と仲間の身を守るために。

陽児は自分でも訳のわからない雄たけびをあげながら、クラクションの嵐のなか全身の血を沸騰させ、旧フランス租界のメインストリートを駆けていった。

真っ先に敵に向かって飛びかかっていったのは、王秘書室長と心心だった。陽児は防刃ベストを着た少女の背中だけ見つめ、唇を噛み締めて乱闘に加わっていった。陽岳副社長の部下たちの半分は、困ったように立ちすくんでいる。室長と次期オーナーである心心の顔を知っているのだろう。陽月電子のホワイトカラーかもしれない。

残り半分は明らかにタチの悪そうな恰好と面構えをしていた。黒社会の構成員だろうか。どこの国でも暴力を仕事の本筋にしている人間には、変わらない雰囲気があるものだ。抜き身の刃物のような危険な匂いを周囲に振りまいている。男たちは龍の刺繍《ししゅう》のスタジアムジャンパーやきらきらと秋の日を撥ね返す金色のジャージなど、上海の一般市民とはかけ離れた服を着こんでいた。敵とこちらの戦力比は、三対二。こちらの戦力も半分はサラリーマンで、王室長直属の武闘派は残りの半分だ。

「ハーッハッ！」

心心が脚をおおきく開いて、両手を前後に構えた。拳を握らず、てのひらは開いたまま。相手は龍のジャンパーを着た二十代のスキンヘッドで、心心を見て鼻で笑った。なにか中国語で挑発している。金持ちのじゃじゃ馬娘、鼻っ柱をへし折ってやる。陽児にききとれたのは小姐《シャオチエ》という言葉だけだったが、誰も通訳してくれなくとも意味はすぐにわかった。

心心は男の面前で、てのひらをかかってこいという風にくいくいと動かした。相手は身長で二十センチ、体重で三十キロは上だろう。ケンカ慣れもしていそうだし、危険すぎる敵だ。硬い圧縮ボール紙のパイプを握り締め、震える脚で陽児が前に出ようとしたところで、王室長が鋭く叫んだ。

「待て、陽児。お嬢様の功夫をすこし見せてくれ」

陽児のほうを一瞬振り向くと、心心がいった。

「没問題《メイウェンティ》！」

その隙をついて、龍のジャンパーが飛びついてくる。さすがに若い女性なので遠慮したのか、拳で殴りかかるのではなく、防刃ベストの胸元を掴みにきた。開いたままの心心のてのひらがくるりと回って、男の腕を外に流した。バランスを崩してつんのめったスキンヘッドの鼻に、鞭《むち》のように心心のてのひらが飛んだ。ぱちんと水面を叩くような音が鳴る。心心が裏拳の要領で、手の甲を鼻骨に叩きつけたのだ。男の鼻から水道の蛇口を半分開いたようにだらだらと血が垂れた。

「我操你妈（ぶっ殺す）！」

男が顔を真っ赤にして叫んだ。王室長がつぶやいた。

「やれやれ、これだから素人はいかん。すぐ熱くなる」

一歩跳びさがった心心は先ほどと同じ構えで、鼻血を流す男に正対していた。男の胸の銀のドラゴンが血に濡れて光っている。なんだか最新のカンフーアクション映画みたいだ。だが、今度は男も本気だった。ボクシングの構えになり、右手でオーバーハンドのストレートを放ってきた。体重の乗ったスピードのある一撃必殺の拳だ。

王室長は腕組みを解かなかった。明らかにピンチに陥った心心の状況を楽しんでいる。

「ほう、なるほど。そうくるか」

男の右拳は途中で停止した。心心はパンチを流そうと右腕を突きだしたままだ。男の重心はまだ後ろにあり、右手を戻すと同時に、左の拳が鎌《かま》のような半円を描いて、心心の側頭部に向かっていく。大振りの右はフェイントで、本命は左フックだ。きっと得意のノックアウトパンチなのだろう。

「危ない心心！」

陽月電子のお嬢様はその場で、すっと沈みこんだ。顔が長身の男の腹の位置にくる。

「ハーッハッ！」

開いたままのてのひらを血で濡れた男のTシャツの腹に押しこむように打ちこんだ。

「素晴らしい！　今のを見たか、陽児。攻防一体となった八卦掌《はっけしょう》の見事な返し技だ。ボクシングでいうなら、カウンターの右ボディストレートというところだな」

　男は腹を抱えて、その場に膝をついた。王室長が風のように動いた。

「心心お嬢様、後片づけはわたしが」

　一瞬で男に接近すると、首の横に軽く握った拳の底を叩きこむ。龍のジャンパーの男はタイヤが破裂するときのように激しく息を吐きながら、気を失い倒れこんでしまった。王室長がいった。

「いや、素晴らしい。日本の声優学校で腕が鈍《なま》ったかと思っていましたが、まだまだ健在だ。さすが、わたしの一番弟子だ」

　陽児は、旧フランス租界のメインストリート三車線を封鎖して周囲で始まった乱闘を眺めていた。副社長派と秘書室の戦いは、混乱を極めていた。クラクションの嵐は鳴りやまず、真夏のような秋の日が真上から差してくる。なぜか両派の会社員は会社員同士、武闘派は武闘派同士で戦っている。乱戦にも一定のルールはあるようだ。

「ここから出せ！」

　カーテンを閉め切った大型バスのなかから、男の声が響いた。よく通る若武者のような切れのいい声は健太郎だった。サイドの窓が開けられて、健太郎と遥が顔を覗かせた。

「陽児、どうなってる？　こいつら、いったいなんなんだ」

　窓枠のなかに横から顔を突きだしたのは浩平だった。

「なんだよ、クリリン、カンフー映画の撮影か。やべえことになってんな」

浩平の背後で小柄な真琴がつま先立ちしていた。C組一班の全員の安全が確認されたのだ。陽児はうれしさと同時に、安堵《あんど》でその場にへたり込みそうになった。気合いを入れて腹から声を出す。『もののけ姫』のアシタカのように凜々《りり》しいといいのだが。

「オーディションの話は全部嘘だ。心心がもってる議決権が欲しくて、みんなを軟禁して、脅しをかけてきたんだ。ぼくは副社長から直接きいている。みんな、だまされていたんだ」

真琴がぼそりといった。

「それはそうだよね。わたしたちなんて、声優としてはまだぜんぜんダメなんだから」

健太郎が叫んだ。

「おれたちはどうすればいい？」

陽児は周囲の乱闘に目をやった。

「こっちのほうが人数がすくないんだ。健太郎と浩平は手助けしてくれ」

「わかった」

健太郎はさすがに元高校球児だった。二メートル近い高さがある大型バスの窓から、そのまま飛びおりてくる。バスケットシューズの底が、焼けたアスファルトでばちんと鳴った。手にはなぜかリンゴをもっている。

金のジャージの男を涼しくにらんで、唸るようにいった。

「あいつ、陽岳の手下だな」

「ああ」

健太郎はしなやかに振りかぶると、きれいな8の字を描いて右腕を振った。びゅんと空気を切る音がする。赤いリンゴは銃弾のように、金のジャージの男の頭に向かって飛んでいった。イナズマ形に剃《そ》りこみをいれた側頭部で、リンゴは爆発するように砕け散った。男はその場に銃で撃たれたかのようにまっすぐ落ちる。遅れてやってきた浩平がいった。

「ほんもののかめはめ波みてえだな、ピッコロ」

王室長がにやりと笑っていった。

「きみたちは、ほんとうにおもしろいな。日本男児を見直したぞ。では、そろそろ片をつけにいってくる」

心心は男の鼻をへし折ったあと、腕を組んで戦場を見つめていた。陽児はきいた。

「これから、どうする？　ぼくたちも戦うよ」

平気な顔で心心はこたえた。

「もう終わったようなもの。わたしたちに出る幕はない」

まだ敵の武闘派は何人か残っている。いくら相手がケンカ慣れしていても、陽児と健太郎と浩平の三人で囲んでしまえば、ひとりくらい倒せるだろう。

「だけど……」

「見ているといい。王室長はわたしが知っているただひとり本物の功夫の達人。あの人が本気になれば、敵は藁人形《わら》のようなもの」

乱戦のなかに跳びこんだ王室長は、つむじ風のように敵をなぎ倒していく。蹴りは使わず、拳だけで敵の急所を突いていった。力感のある大振りの拳ではなかった。鋭いメスで患部だけ切りとるように、黒社会の男たちを冷静に戦闘不能にしていくのだ。遥と真琴がバスの窓から応援した。

「黒いスーツ、がんばって!」

残された敵はあとひとりになった。灰色スーツを着た男は、三十代後半で王室長とよく似た空気をまとっていた。敵のボスだろうか。黒目勝ちの鮫《さめ》のような目をぎらぎらと光らせている。ジャケットの懐に手を入れると、長さ二十センチはある凶暴なコンバットナイフを引き抜いた。王室長は目を細めていった。

「わたしに刃《やいば》を向けるということは、陽月電子次期オーナーに刃を向けることに等しいと、わかっているのか」

振り向かずに、心心にいった。

「これから模範演武をご覧にいれます。よく見て、学んでください」

灰色スーツの鮫男がナイフを構えながら、駆け寄ってくる。心臓をひと突きしようというのだろう。王室長は重心をぐんと下げて、前後に脚を開いた。開いたままのてのひらを、鮫男に向かってくいくいと動かす。かかってこい。先ほどの心心と同じ敵を挑発する動きだった。鮫男がなにか叫んで、コンバットナイフを突きだす。王室長の無刃のてのひらが男の手を迎え撃つ。ナイフをもった手首の内側を滑るように叩くと、鮫男の身体が右側に流れた。

王室長はさらに身体を沈め、一歩おおきく踏みこんだ。ぱんっと花火のような音が、アスファルトを打った。

「ハーッハッ！」

鮫男の白シャツの腹に、てのひらがまっすぐ撃ちこまれた。心心がつぶやく。

「あれが、王室長の発勁《はっけい》だ。すごいな。わたしのとはぜんぜん違う」

鮫男はナイフを落とし、腹にショットガンでもくらったように前のめりにゆっくりと倒れていく。もう意識はないようだ。

「そうだ、お前にはお嬢様に刃を向けた罰をやらねばな」

こちらを向いたまま倒れていく鮫男を見もせずに、右手を鞭のように振った。またぱんっと花火のような音が鳴り、鮫男の立派な鼻が牡丹《ぼたん》の花のように赤く潰れた。王室長が手を打ち鳴らして叫んだ。

「人質は解放した。みな、撤収だ」

そのとき歩道の植え込みのなかで倒れていた男がふらふらと立ちあがった。最初に心心が倒した龍のジャンパーである。首を振って周囲を見ると、すぐ心心に気づいた。ジーンズの尻ポケットから、得物をとりだす。金属音が鳴って、柄に丸い穴がいくつも空いたバタフライナイフが開かれる。鋭い刀身が秋の日を受けて、ぎらりと光った。陽児は心心と王室長を同時に見た。室長はまだ五メートルも離れた鮫男のところにいる。その間にバタフライナイフをもった龍のジャンパーは、心心の背後に迫っていた。鼻骨をへし折られた恨みで、必死の形相だ。

「うわー！」

陽児は叫びながら心心の盾となり、龍のジャンパーの前に立ちふさがった。鼻からまだ血を流している男が、ナイフを突きだしてきた。悪夢のような景色だ。陽児には心心や室長のように功夫の心得はない。最新式の防刃ベストの性能を信じて、受け切るだけだ。

バタフライナイフの刃が左の脇腹に当たった。陽児は意味もなく、全力で腹に力をこめた。ナイフはベストを貫くことはできなかった。だが殴られたような痛みが走る。陽児は痛みを無視して、ロールペーパーの芯を両手で握り締めた。振りかぶりまっすぐ若い男の頭頂に振りおろす。

「面ーっ！」

男は再び気を失い、その場に崩れ落ちた。王室長のいう通り、圧縮ボール紙を硬く丸めた芯には木刀と同じくらいの威力があった。駆けつけた王室長が心心を守りながらいう。

「見事だ、陽児。剣道をやっていたのか」

陽児はようやく固く握り締めていた紙筒から手を離した。まだ指が震えている。心底怖かったのだ。ナイフをもった敵に立ち向かったことなど、平和な日本であるはずがない。

「高校の体育の授業でやったんです。面打ちだけは得意だったけど、まさか、こんな……」

相手を打ち倒したのも、気絶させたのも、ナイフで刺されたのも、生まれて初めてだった。王室長が陽児の肩を叩いていった。

「命のやりとりは初めてか。それにしては、よくやった。一命をかけて、よくお嬢様を守ってくれた。陽児へボーナスを払わないとな」

心心はつんと顔をあげていう。

「別に陽児が守ってくれなくても、自分の身は自分で守れます。それより陽児、あなた室長からお金もらっていたのか」

「いや、そんなものもらってないよ」

どうしてこんな場面で、秘密のアルバイトの話をばらすんだ。陽児は王室長に腹を立てたが、もうあとの祭りだった。心心はあごの先をつまんで考えこんだ。

「そういえば、いつもわたしに優しいし、妙にあとをついてくるし、なぜか偶然同じ場所にいるし、おかしいと思っていた。全部、お金のため?」

陽児の返事は悲鳴のようだった。

「そんなはずないだろ。金のために命なんてかけられないよ」

自分の腹を見おろした。防刃ベストには楔形《くさび》の穴が開いている。これを着ていなければ、ナイフの先は内臓まで届いたことだろう。改めて震えがきた。

心心はベストの穴を見ていった。

「まあ、いいや。命をかけてくれたのは確かだ。あとで話をきかせろ」

14

遠くからサイレンの音がきこえてきた。クラクションの嵐も相変わらずだ。旧フランス租界の周囲を改めて見回すと、大渋滞のただなかだった。陽児が腕時計を見ると、心心がいった。

「今、何時？」

「十二時三十八分」

陽月電子の株主総会、午後の部の開始まであと二十二分。ここまで乗ってきたアウディは上海名物の渋滞に加え、車線を遮断した大乱闘で、身動きがとれそうもなかった。

陽児はいった。

「近くにメトロの駅は？」

「ここからじゃ、走っても十分以上かかる」

「じゃあ、どうすればいいんだ。もう間にあわないよ」

歩道にはたくさんの野次馬が集まっていた。心心がなにか見つけたようだ。

「陽児、きて」

そういいながら、野次馬のなかに入っていく。マロニエの木陰には白いベスパに横座りしたカップルがいた。ヘルメットふたつはバックミラーにかけてある。揃いの白いショートパンツに、目に痛いほど鮮やかなラコステのオレンジとグリーンのポロシャツを着ていた。心心が中国語でいった。

「そのベスパ、貸してくれない？」

ガムを噛んだ少女が、心心の爪先《つまさき》から頭の天辺まで探るように見ていう。

「わたし、あなたのこと知ってる。陽月電子のお嬢様だよね。すーごいお金持ちの」

ボーイフレンドが驚いた顔をした。

「へえ、じゃあ、いいこづかいになるな。いいよ、貸してやるよ」

少女がボーイフレンドをさえぎった。

「ちょっと待って。貸すなんてダメ。なんでも好きなクルマと交換してくれるなら、このベスパ、今すぐあげる」

陽児にはなにが起きているのか、まるでわからなかった。心心が交渉していて、向こうがなにか要求している。それくらいしか理解できない。

「ほら、あんた、欲しかったクルマいいなさいよ」

つぎの単語は陽児にもききとれた。若いボーイフレンドが興奮していう。

「ポルシェのカイエン。ターボつきで、色はメタリックシルバーで」

日本でなら二千万はする最高級SUVである。苦笑して心心がいった。

「わかった。いいよ。フル装備で好きなオプション全部つけていい。さあ、鍵を貸して」

若い男が心心にベスパの鍵を差しだした。

「それ、ほんとうの話だよね」

心心は力強くうなずいた。

「わたしは陽心心、約束したことは必ず守る。さあ、陽児いこう」

鍵を放り投げてくる。陽児はあわてて両手でキャッチした。

「ぼくが運転するのか」

心心は白いヘルメットの顎紐《あごひも》を締めながらいった。

「王女様を乗せて、街を走るのは男の仕事だろ」

『ローマの休日』では新聞記者のグレゴリー・ペックが、ベスパの後ろにオードリー・ヘプバーンを乗せて、モノクロのローマを駆け回っていた。陽児も大好きな映画だ。

「わかった。やってみる」

けれど、上海はローマではなかった。もちろんほとんどのドライバーが交通規則を生真面目に順守する東京でもない。渋滞で混雑した自動車の間をすり抜け、他のオートバイの大群と競うのは、予想以上の困難さだった。旧フランス租界を出る交差点では、荒っぽく幅寄せしながら追い抜いてくるタクシーにハンドルをとられ、あやうく交差点角のオープンカフェのテラス席に突っこみそうになる。

陽児の腰にしがみついて、心心が叫んだ。

「あー、もうあぶない。そこで停めて」

ベスパはブレーキが足踏み式で、慣れない陽児はなんとかカフェの前で、スクーターを停車した。陽児はバックミラー越しにいった。

「何回か乗ったことあるけど、単車は苦手なんだ」

「わかった。陽児、運転代わって」

心心が前でハンドルを握り、陽児は後ろの席で心心の腰にしがみついた。何度かアクセルを開いて、エンジンにブリッピングをくれる。そのたびに回転数が跳ねあがり、ベスパはつんのめるような動きを見せた。

「よーし、こんな感じか。わかった。陽児、飛ばすから、落とされないように、しっかりつかまって」

そういうと、いきなりアクセルを全開にした。お尻を蹴り飛ばされたように優雅なイタリア製スクーターが走りだす。スピードに乗って、すぐに車の流れをリードするように、すいすいと追い抜いていく。熱したアスファルトの上、吹き寄せる風が心地よかった。心心は格闘技でもスクーターの運転でも、陽児の遥か先をいくようだった。

また一台、荒っぽい運転のタクシーを追い抜いた。クラクションを鳴らされたが、心心は完全に無視して、つぎのターゲットに追いすがっていく。陽児は風に向かって叫んだ。

「なんだか、すごく気持ちいいなー」

「ほんとだな。陽児、わたしについてきてくれてありがとう」

とんだじゃじゃ馬だけれど、心心には最初からどこか特別なところがあった。目を離せない不思議な魅力がある。もしかしたら声優という仕事でも、スターになってしまうのかもしれない。この子のそばにいたら、一生退屈しないだろうな。

「陽児、つぎのカーブ、スピード落とさずに突っこむぞ。わたしと同じ方に、身体を倒してくれ」

もうすぐ黄浦江だった。小南門《シャオナンメン》を通り抜け、左に曲がると川の下を抜けるトンネルの入口が見えてくる。心心がハンドルにぶらさがるように身体を倒した。陽児もそのちいさな背中に胸を押しつけ、心心と角度をあわせた。白いスクーターは川沿いの道の急カーブを、アイスダンスをするペアのように息のあったふたりを乗せて、滑るように駆け抜けていった。

目指す陽佳月ホールは、黄浦江対岸の上海新市街にあった。こちらは旧市街と違い、道幅が広々として、車の流れもよかった。外灘のクラシカルなビルとは違い、ガラスと金属のモダンで奇妙な形の超高層ビルが、競うように空を刺している。

「見えてきたぞ、陽児。あれがわたしのマーマのホールだ」

ガラス製の高さ三百メートルはある衝立《ついたて》のような陽月電子本社ビルの足元に、シドニーのオペラハウスにも似たホールが羽を広げていた。ベスパが歩道に乗りあげようとしたところで、警備員がホイッスルを鳴らした。心心はヘルメットを脱いで、顔をさらした。

「わたしだ。陽心心だ。これから株主総会に出席する」

人でにぎわう広い歩道を抜け、人工の小川に沿って、ゆるやかな登坂路を駆けあがった。総会当日で警備員の姿が多かったが、呼び止められるたびに心心は自分の名前を叫んで、突破していく。

ホールの入口に向かう最後の階段の手前で、心心はスクーターを停めた。ここからは自分の足で走るしかない。

「何時だ、陽児？」

「一時十四分過ぎ。間にあうの？」

「わからないけど、なんとかする」

防刃ベストを着たまま階段を駆け抜け、警備員に声をかけるとガラス張りのエントランスに入った。高さ十五メートルほどある吹き抜けのアトリウムには、白大理石の女性像が立っていた。貫頭衣のようなロングドレスを着て、未来の方向を指し示すように右手を正面にあげている。なんでもおおきなものが好きな中国人なので、背の高さは三メートル以上あった。すごくきれいな人だ。

横目で見ながら、陽児は叫んだ。

「あれは?」

「うちのお母さん。ほんとはあんなにおおきくなかったし、ウエストも細くなかったけど。でも、わたしの最高のお母さんだよ」

「そうか、これが全部済んだら、あとで挨拶させてくれ」

心心がちらりと振り向いて笑った。

「お母さん、わたしが初めてのボーイフレンドを連れていったら、びっくりするだろうな」

陽児の胸のなかで花が咲いたようだった。脚本家の卵としてイメージするならピンクのガーベラ一輪だ。ホールに通じる両開きの防音扉の脇には、スーツ姿の社員が立っていた。

「心心お嬢様!」

「総会はどこまで進んでいる?」

若い社員が姿勢を正していった。

「次期五ヵ年計画の投票が始まっています。みな、社長も副社長も、お嬢様を捜しておいでです」

「わかった」

　真剣な顔でひとつうなずき返す。若いスーツの社員が扉を開けてくれた。すり鉢状に広がる円形のホール全景が目に飛びこんできた。三千三百人を収容する多目的ホールの八割ほどの席が埋まっている。壁は複雑な凹凸のある白木材が隙間なく張られていた。

「お待たせしました。陽心心はここにいます」

　特別な声が、白木のホールに響き渡った。鮮やかな青のベロアの座席に座る三千人近い株主が、いっせいに心心を振り向いた。陽児はあまりの視線の圧力で一歩引いてしまった。しかし、心心はひるまなかった。静まり返ったホールの通路をステージに向かって、しっかりとした足どりでおりていく。陽児も従者のようにあとを追った。

　ステージには心心の父親の陽峰社長と叔父の陽岳副社長の席が用意されていた。中央にあるテーブルの空席には、陽心心のプレートがさがっている。車椅子の陽峰社長が最初に声をかけてきた。

「心心、遅かったね。待っていたよ」

　続いて陽岳副社長が底知れない笑みを浮かべたままいった。

「間にあってよかった。お友達はみな元気だったかな」

　心心も負けずに笑顔でうなずいた。

「ええ、みんな元気でした。今頃、王室長が迎賓館に護送してくれているはずです。残念だけれど、叔父さんの計画は崩れました」

ステージ下からそういうと、心心は横に切られた階段をあがっていく。陽児はそこで立ちどまった。ここから先は心心だけの場所だった。世界第二位のスマートフォンメーカーで、時価総額百兆円近い巨大企業の株主総会なのだ。陽児は陽月電子の株など、ひとつももっていなかった。

三段ほどステップをあがると、心心は振り向いて手を差しだしてきた。

「陽児もいこう。ここにこられたのは、きみのおかげだ」

胸が熱くなった。心心の伸ばした手をとる。指先が冷たく震えていた。平気な顔をしているが、この子も緊張の極致なんだ。陽児はお嬢様の耳元で囁いた。

「ぼくがついてる。心心は思ったように、やるべきことをやってくれ」

手をつないで、階段をあがっていく。マイクをもった進行係がやってきて、心心と陽児をステージ中央にある立ち机に導いてくれた。場内にアナウンスする。

「さて、皆さま永らくお待たせしました。最後に陽心心による投票で、次期五ヵ年計画が決定いたします。これまでのところ、陽峰社長、陽岳副社長どちらの計画も、議決権の過半数を得ておりません」

進行係が心心に目配せした。上海のテレビの高名な司会者なのかもしれない。妙に場慣れしたハンサムな中年だった。

「では、陽心心お嬢様、投票をお願いします」

心心が目に見えて震えだした。まだ二十歳になったばかりの女の子に、巨大企業の未来を選ばせるなど、無茶もいいところだった。陽児には応援することしかできない。

「心心、だいじょうぶだ。クラスの発表会を思い出して。どんなに緊張してても、きみならやれる」

心心が陽児の目をまっすぐに見つめてきた。

「陽児、ほんとにわたしならできるのか？」

「ああ、きみの声なら絶対にだいじょうぶだ」

目の前五メートルほど先には、スポットライトを淡く浴びた立ち机があった。机の中央には、陽月電子のタブレットが置いてある。手をつないだまま机に向かい、心心は右手の人さし指でタブレットにふれた。指紋認証が済むと、ディスプレイが生き返る。タブレットをそっと脇にずらした。この子はなにをする気なのだろう。陽児が心配していると、心心はスタンドマイクを握った。あの特別な声が巨大なホールの隅々まで、あふれるように流れた。

「わたしは投票を棄権します」

一瞬おいて、静かだったホールにざわめきが戻ってくる。いったいどういう意味だろう。陽児はあせりながら、心心の横顔を見つめていた。

「わたしはここにいる石森陽児といっしょに上海市民がどんなスマートフォンを求めているのか調査しました。たとえ高価でも最新最高の性能を求める声、性能よりも使いやすさと経済性を求める声、いろいろな顧客の声をきいてきました。陽月電子を支持し、愛してくださる顧客と株主の皆様の期待に応えるために、わたしは陽峰社長と陽岳副社長、双方の次期五ヵ年計画、どちらにも賛成票を投じないことにします。わたしが求めるのは、さらなる話しあいと新たな着地点です」

陽児には心心がなにをいっているのか、まるでわからなかった。ただひどく説得力のあるいい声だと思うだけだ。ホールを埋めた聴衆が騒ぎ始めた。なかには心心の意思に賛成し、拍手しながら立ちあがる人たちもすくなくない。お嬢様は片手をあげて、あの特別な声でそっという。

「わたしは投票を棄権した。いこう、陽児」

一瞬静まり返った会場が、怒号と歓声に包まれた。広いステージに置かれたテーブルに、心心は戻っていく。社員の誰かが気を利かせて、陽児の椅子も用意してくれた。進行係がいった。

「次期五ヵ年計画が未決のまま、今回の株主総会は閉会となります。わたしは陽心心が提案した、さらなる話しあいと新たな着地点というアイディアは、なかなか悪くないと思うのですが、株主の皆様はいかがでしょうか」

拍手を求めるように両手をあげて、観客を煽《あお》っている。尻切れトンボの総会の終わりを、それなりに盛りあげるつもりなのだろう。心心は席に戻る前に、陽峰社長のところにいった。陽児の手を離し、車椅子の父親の首に抱きついて、泣きながらいう。

「お父さん、ごめんね。真剣に考えたけど、こういう形しか選べなかったよ」

陽児は陽峰社長を見つめていた。目には穏やかな光、口元には微笑が浮かんでいる。心心の防刃ベストの背中をぽんぽんと叩いていった。

「こんなものを着て、すごい立ち回りをしてきたんだな。あまり父親を心配させないでおくれ。心心、おまえは幼い頃から、大人をよく見たうえで、自分の考えをいえる賢い子だった」

心心は顔をあげて、父親の目を覗きこんだ。

「じゃあ、わたしの選んだことで間違いなかったの？」

「ああ、そうだ。わたしも自分の派閥の急進派を抑え切れなくてね。けれど、株主総会でこういう結論が出た以上、皆嫌でも副社長派と再び話しあいをすることになるだろう」

陽児は離れたテーブルに座る副社長に目をやった。しぶとい笑みを浮かべ、多くの株主たちと同じように抱きあう父と娘に拍手を送っている。

また明日から巨大企業内部の暗闘が始まるのだろう。陽児に気づくと、やれやれというう顔で首を振り、ステージから離れていった。

株主総会は終了した。株主たちは潮が引くように、陽佳月ホールを出ていく。海のように青い座席よりも、一段と鮮やかに青い緞帳《どんちょう》がゆっくりとおりてきた。陽児は車椅子のうえで抱きあったまま、何事かを楽し気に話し続ける父と娘の姿を、あたたかな幸福感とともにいつまでも見つめていた。

再び、東京渋谷さくら坂

「あーあ、オラの声優デビューの夢もおじゃんか。世のなか厳しいなあ、クリリン」

浩平が渋谷さくら坂の緑の屋根を仰いで、文句をいった。春の入学式のときには、薄紅の花の雲だったソメイヨシノの並木は、九月になっても瑞々《みずみず》しい青葉をどっさりと繁らせている。

「そんなうまい話が、そうそうあるはずないじゃない」

現実派の真琴が、軽蔑《けいべつ》したようにいった。

「そうだよ。芸能界だって、声優の世界だって、実際はもっと地道なものなんだから。派手に見えるのは表面だけだよ」

子役からモデル、そして声優へと華麗な転身を図る遥の言葉だけに説得力があった。

C組一班は新たな課題の練習のため、さくら坂上にあるGEAに向かって歩いているところだった。長身の健太郎が思い切りジャンプして、青葉を一枚ちぎりとった。

「おれは上海にいけてよかったと思う。最新鋭のアニメスタジオを見学できただけでも十分だ。いつかあんなところで声優の仕事ができたらって、新しい夢がひとつできた」

「はいはい、元高校球児はいつでも前向きでいいよな。おれは中国でもいいから、声優デビューしたかったなあ。あっちはくいものもうまいし、女の子もかわいいし、ギャラも日本より高そうだし、いうことなしだったのになあ」

心心がばしんっと浩平の背中を叩いた。

「いてえな、なにすんだ。この暴力女。おれ、見てたんだぞ。心心がヤクザを叩き……」

そこまでいったところで、つぎの平手が浩平の背中に飛んだ。浩平は背中を押さえて悶絶《もんぜつ》した。

「上海がそんなに気にいったんなら、またいつかみんなでくるといい。つぎはわたしが、あちこち案内してあげる」

陽児はいつものメンバーを眺めながら考えていた。旧フランス租界での大立ち回りも、交通法規を無視してスクーターで駆け回ったことも、迎賓館の屋上庭園で透明な夜明けを見たことも、すべてが幻のようだった。だが、あの街ではこの瞬間にも大勢の人たちが、にぎやかで騒がしく沸騰するように生きていることだろう。あの街は今もダイナミックに成長しているのだ。心心が陽児を振り向いていった。

「なんだ、陽児。ひとりでにやにやして。やらしいこと思いだして、笑ってるんじゃないよな」

心心の男言葉にもう慣れてしまった。むしろ舌足らずな日本の女の子のしゃべり方が、苦手になりつつある。

「タブレットをさわる前には、怖くて震えていた癖に」

心心のてのひらが稲妻のように陽児の顔に走って、陽児は思わず目を閉じた。おかしなことをいえば、この少女に鼻骨を折られるかもしれない。だが、てのひらは顔の直前でとまっていた。ふれるか、ふれないかのかすかさで、陽児の頬を撫《な》でていく。

「わたしだって、忘れてないことがあるぞ。陽児は暴漢からわたしを守るために、命をかけてくれた。お腹をナイフで刺されたんだものね」

浩平が指笛を吹く真似をしていった。

「ヒューヒュー、すげえな、クリリン。おめえ、脇役のくせにかっこつけやがって」

心心が陽児にだけきこえるように囁いた。

「そんなことない。主役だよ。あのとき陽児はかっこよかった。ほんとだよ」

陽児はなにか叫びながら、ソメイヨシノの緑のトンネルを、坂の天辺《てっぺん》目指して駆けあがりたくなった。確かに自分は声優としてはザコキャラかもしれない。けれど、脚本家や演出家としてはどうだろう。絶えず努力を続ければ、そこそこのところまでいけそうな気がする。

浩平がメガホンのように手を口に当てて叫んだ。

「おーい、みんな。陽児がまたスケベ笑いしてるぞ」

あのロールペーパーの芯が手元にないのが残念だった。幼馴染《おさななじ》みの頭に面を一本決める絶好のチャンスだったのに。

「さあ、ふざけてないで。午後はみっちり稽古《けいこ》するよ」

真琴が先頭に立って学園に向かい歩いていく。陽児は最後尾で、先をいく五人の仲間を見つめていた。演出家志望の癖だろうか。全員が目に入る位置にいるのが好きなのだ。

すこし先をいく心心が振り向いて、あの特別な声をあげた。

「ねえ、陽児、きいて、きいて」

その声はあまりに特別で、言葉の意味もわからなくさせるほどだった。

「ねえ、陽児、きいてるの？」

「あっ、ごめん。ぼんやりしてた。もう一度、きかせて」

陽児は二度目の心心の声をきいた。ききほれてしまい、またも意味がよくわからない。けれど、それでいいのだ。わからなければ、何度でもきき返せばいい。心心の声は何度きいても、やはり特別で、陽児の胸の一番奥まであたたかく震わせてくれる。

「犯人確保のシーンなんだけど、もうちょっと冷酷な感じで……ねえ、陽児、きいてる？」

「きいてるよ。もう何度もね、ぼくに届いてる」

きみの声は、ぼくに届いている。

きっと最初からずっと届いていた。

胸のなかでそうつぶやいて、陽児は遥か先まで続くさくら坂と、その頂上に立つ声優学校の建物を見あげながら、ゆっくりと坂道をのぼり始めた。

解説

吉《よし》田《だ》伸《のぶ》子《こ》（書評家）

桜の花吹雪舞う、4月の東京、渋谷《しぶや》。物語は、石森陽児《いしもりようじ》が幼馴染《おさななじみ》の手塚浩平《てづかこうへい》とともに、入学式に向かう場面から幕を開ける。

春から二人が通うことになったのは、渋谷でも有数の生徒数を誇るＧＥＮＥＲＡＬ ＥＮＴＥＲＴＡＩＮＭＥＮＴ ＡＣＡＤＥＭＹ、略してＧＥＡと呼ばれる専門学校で、声優科、アニメ科、ゲーム科、小説・シナリオ科の全四科がある。一番人気のある声優科は、一学年で三百人を超える生徒数だ。ネクタイは鮮やかなブルーにしたものの、無難なブラックスーツの陽児に対して、浩平は灰色のグレンチェックのスーツに淡いピンク色のネクタイだ。１８０センチ近い陽児と、陽児より7～8センチ低い浩平。慎重派の陽児とイケイケな浩平。二人のこの対比、いいなぁ。

入学式では、人が多いところが苦手な陽児は最後列に座り、ぼんやりと学園長の式辞を聞いている。隣に座る浩平は、可愛い女子がいないか周囲を見回していた。そんな時、突然ホールに轟音《ごうおん》が響く。遅刻してきた生徒がいたのだ。

「すみません、道に迷って、遅刻しました」

真っ白なスーツに、肩から斜めにかけた真っ赤なダッフルバッグ。彼女のその声に、ざわついていたホールは一瞬で静まる。「人の心に直接届く不思議な声だ」と陽児が魅せられた直後、彼女はそのまま席につこうとしてつまずき、パイプ椅子に頭から突っ込んでしまう。パイプ椅子の片付けを手伝った陽児の隣に、耳まで赤くして座った少女だったが、どこか違和感を感じる陽児。その違和感が、彼女の襟元からのぞく黄色いタオルだと気づいた陽児は、彼女に言う。「あの、きみ、背中にタオルがはいっているよ」

懸命にタオルを抜き取ろうとするも、悪戦苦闘する彼女に、再び手を貸す陽児。無事にタオルがとれたのはいいものの、はずみでブラジャーのホックまで外れてしまった彼女は、背を丸めてトイレへ。真っ白なスーツに真っ赤なバッグ。黄色いタオル。「あんなポンコツでなければ、けっこうかわいいのに」とこぼす浩平とは裏腹に、陽児のなかでは彼女の姿が鮮やかに印象付けられる。

長々と書いてしまったが、この冒頭の場面、ボーイ・ミーツ・ガールのシーンとして、めちゃくちゃ秀逸じゃないですか？　遅刻、からのどんがらがっしゃん、からのお間抜けエピ。これはもう、一目惚《ぼ》れ（ひと声惚れ、でもある）というやつ！

入学式後、クラスに分かれてのガイダンスで、陽児は先ほどの少女と同じC組になる。浩平も一緒だ。各自の自己紹介で、彼女が上海《シャンハイ》から来た留学生、「陽心心《ヤンシンシン》」であること、日本語は日本のアニメと漫画から独学で覚えたこと、声優になって日本のアニメに出演するのが夢であることがわかる。

このガイダンスで、陽児、浩平、心心とともに、最前列に座っていた元高校球児・藤《ふじ》子《こ》健太郎《けんたろう》、大島遥《おおしまはるか》、プロのナレーター志望の萩尾真琴《はぎおまこと》が、第一班の面子《メンツ》となる。健太郎は高校卒業後に自動車工場で二年間働き、この学園に入るためのお金を貯めたという苦労人。遥は五歳のころから事務所に所属しモデルや演技の仕事をしてきたが、どうしても声優にチャレンジしたいと事務所に無理を言って入学してきた。芸能界の厳しさを身を以《もっ》て知っている。真琴は、キオスクで一年間働いたことで、自分が本当にやりたいことに気づいた。それぞれに特色を持つ六人を一つのチームにするあたりも絶妙だ。

　これで面子が揃ったわけで、ここからどう展開していくのか。真琴はナレーター志望だが、あとの五人は陽児をのぞいて全員が声優志望（陽児はそもそも小説・シナリオ科を志望していたのだが、浩平のプッシュで志望を変えていた）。声優を目指して切磋《せっさ》琢《たく》磨《ま》していく彼らのドラマをどんなふうに作っていくのか。そう思っていたのだが、その期待はいい意味で裏切られる。物語の早い段階で、心心が中国国内でトップシェアを誇るスマホを製造している「陽月電子《ヤンユエディエンヅゥ》」創業者であり、オーナー社長・陽峰《ヤンファン》の一人娘であることが明かされるのだ。同時に、その秘密を明かした「陽月電子」の社長秘書室長・王《ワン》から、陽児と浩平は心心の監視と警護を頼まれる。

「陽月」は世界第二位（！）のスマホの製造会社であり、他にも、半導体、通信基地局、パソコンやディスプレイなどを作っており、不動産会社や新聞社、テレビ局も所有。心心は、お嬢様オブお嬢様だったのである。そう来ましたか！

しかも、「陽月電子」では、心心の父と叔父・陽岳《ユエ》、二つの派閥が対立しており、交通事故により、母親の陽佳月《ジィアユエ》を亡くしていた（父の陽峰は車椅子生活に）心心は、佳月の遺産を相続し、「陽月」の発行済株の18パーセントを所有することに。それは、心心が中国で十四番めの大富豪であることを意味した。同時に、「陽月電子」という会社のキャスティングボートを握る人物であることも。そう、心心が父親サイドに付くのか、叔父サイドに付くのかで、「陽月電子」の社内勢力図が決まる、ということでもあった。

なんとしてでも心心を自分の味方に引き入れたい岳は、陽児たちグループ全員を懐柔しようとする。陽児たちを招いたランチ会で、「わたしのかわいい心心と心心の大切な友人」のために、上海に新しく開業準備中のアニメスタジオが稼働したら制作するアニメシリーズの日本語版で、声優デビューを、と提案。王室長から岳の本心を聞かされていた陽児以外は、破格の申し出に心を動かされる……。

ここまでが第一部東京編の大筋。第二部上海編では、株主総会に出席する心心と陽児vs岳が描かれているのだが、「陽月電子」の株をめぐる組織小説、心心と峰の父娘《おやこ》小説、さらには冒険小説、アクション小説の要素まで、惜しみなく盛り込まれていて、読み応え200％。中国の大富豪半端ない！　さすが中国四千年！　岳、えげつなさすぎるだろ！　と前のめりで引き込まれるのと同時に、他国からの干渉を受け続けた上海という街の歴史にも思いを馳《は》せるように描かれているのは、流石。

そして、何よりも、心心と陽児のキャラがいい。とくに陽児の心根の真っ当さと清潔感は、『池袋《いけぶくろ》ウエストゲートパーク』の主人公マコトと同質のものだ（というか、石田《いしだ》さんが描く少年たちって、みんな心の芯《しん》が真っ直ぐじゃないですか?）。

個人的にツボだったのは、上海編のこのシーン。株主総会に間に合うかどうかの瀬戸際で渋滞に巻き込まれた心心は、道端にベスパを止めていたカップルに近づき、ベスパを貸してくれるように交渉する。相手の女性が、心心を「陽月電子」のお嬢様だと見てとって言う。「なんでも好きなクルマと交換してくれるなら、このベスパ、今すぐあげる」と。そして、ボーイフレンドに、欲しかったクルマを言え、と圧をかける。彼は言う。「ポルシェのカイエン。ターボつきで、色はメタリックシルバーで」

ポルシェですよ。日本でなら二千万円はする！　でも、スーパーお嬢様の心心は動じないで、こう返す。

「わかった。いいよ。フル装備で好きなオプション全部つけていい」

心心、漢《おとこ》だな！

そして、陽児の運転で二人乗り、とくれば、これはもう、「ローマの休日」でしょう（とはいえ、本書では陽児運転に業を煮やした心心に途中から運転は変わるのだけど）。

青春小説（かつ、心心と陽児の初恋小説でもある）の王道に、〝エンターテインメント要素全部載せ〟な本書。石田さんのストーリーテリングを存分に堪能《たんのう》できる一冊だ。

本書は、二〇二二年三月に小社より刊行された
単行本を加筆修正のうえ、文庫化したものです。
この物語はフィクションであり、実在の個人・
団体とは一切関係ありません。

心心《シンシン》

東京《とうきよう》の星《ほし》、上海《シヤンハイ》の月《つき》

石田衣良《いしだいら》

令和7年 3月25日　初版発行

発行者●山下直久

発行●株式会社KADOKAWA
〒102-8177　東京都千代田区富士見2-13-3
電話　0570-002-301（ナビダイヤル）

角川文庫 24574

印刷所●株式会社暁印刷
製本所●本間製本株式会社

表紙画●和田三造

●お問い合わせ
https://www.kadokawa.co.jp/（「お問い合わせ」へお進みください）
※内容によっては、お答えできない場合があります。
※サポートは日本国内のみとさせていただきます。
※Japanese text only

ISBN 978-4-04-115642-1　C0193

角川文庫発刊に際して

角川源義

第二次世界大戦の敗北は、軍事力の敗北であった以上に、私たちの若い文化力の敗退であった。私たちの文化が戦争に対して如何に無力であり、単なるあだ花に過ぎなかったかを、私たちは身を以て体験し痛感した。西洋近代文化の摂取にとって、明治以後八十年の歳月は決して短かすぎたとは言えない。にもかかわらず、近代文化の伝統を確立し、自由な批判と柔軟な良識に富む文化層として自らを形成することに私たちは失敗して来た。そしてこれは、各層への文化の普及滲透を任務とする出版人の責任でもあった。

一九四五年以来、私たちは再び振出しに戻り、第一歩から踏み出すことを余儀なくされた。これは大きな不幸ではあるが、反面、これまでの混沌・未熟・歪曲の中にあった我が国の文化に秩序と確たる基礎を齎らすためには絶好の機会でもある。角川書店は、このような祖国の文化的危機にあたり、微力をも顧みず再建の礎石たるべき抱負と決意とをもって出発したが、ここに創立以来の念願を果すべく角川文庫を発刊する。これまで刊行されたあらゆる全集叢書文庫類の長所と短所とを検討し、古今東西の不朽の典籍を、良心的編集のもとに、廉価に、そして書架にふさわしい美本として、多くのひとびとに提供しようとする。しかし私たちは徒らに百科全書的な知識のジレッタントを作ることを目的とせず、あくまで祖国の文化に秩序と再建への道を示し、この文庫を角川書店の栄ある事業として、今後永久に継続発展せしめ、学芸と教養との殿堂として大成せんことを期したい。多くの読書子の愛情ある忠言と支持とによって、この希望と抱負とを完遂せしめられんことを願う。

一九四九年五月三日

角川文庫ベストセラー

約束　石田衣良

池田小学校事件の衝撃から一気呵成に書き上げた表題作はじめ、ささやかで力強い回復・再生の物語を描いた必涙の短編集。人生の道程は時としてあまりにもハードだけど、もういちど歩きだす勇気を、この一冊で。

美丘　石田衣良

美丘、きみは流れ星のように自分を削り輝き続けた……平凡な大学生活を送っていた太一の前に現れた問題児。障害を越え結ばれたとき、太一は衝撃の事実を知る。著者渾身の涙のラブ・ストーリー。

5年3組リョウタ組　石田衣良

茶髪にネックレス、涙もろくてまっすぐな、教師生活4年目のリョウタ先生。ちょっと古風な25歳の熱血教師の一年間をみずみずしく描く、新たな青春・教育小説！

白黒つけます!!　石田衣良

恋しなくなったのは男のせい？　それとも……恋愛、教育、社会問題など解決のつかない身近な難問題に人気作家が挑む！　毎日新聞連載で20万人が参加した人気痛快コラム、待望の文庫化！

恋は、あなたのすべてじゃない　石田衣良

〝自分をそんなに責めなくてもいい。生きることを楽しみながら、恋や仕事で少しずつ前進していけばいい〟——思い詰めた気持ちをふっと軽くして、よりよい女になる為のヒントを差し出す恋愛指南本！

角川文庫ベストセラー

再生　石田衣良

平凡でつまらないと思っていた康彦の人生は、妻の死で急変。喪失感から抜けだせずにいたある日、康彦のもとを訪ねてきたのは……身近な人との絆を再発見し、ふたたび前を向いて歩き出すまでを描く感動作！

親指の恋人　石田衣良

純粋な愛をはぐくむ2人に、現実という障壁が冷酷に立ちふさがる——すぐそばにあるリアルな恋愛を、格差社会とからめ、名手ならではの味つけで描いた恋愛小説の新たなスタンダードの誕生！

ラブソファに、ひとり　石田衣良

予期せぬときにふと落ちる恋の感覚、加速度をつけて誰かに惹かれていく目が覚めるようなよろこび。臆病の殻を一枚脱ぎ捨て、あなたもきっと、恋に踏みだしたくなる——。当代一の名手が紡ぐ極上恋愛短篇集！

マタニティ・グレイ　石田衣良

小さな出版社で働く千花子は、予定外の妊娠で人生の大きな変更を迫られる。戸惑いながらも出産を決意したが、切迫流産で入院になり……妊娠を機に、自分の生き方を、夫婦や親との関係を、洗い直していく。

スイングアウト・ブラザース　石田衣良

ほぼ同時に彼女にフラれた33歳の男3人組が、大学時代の憧れのマドンナ、河島美紗子先輩のエステティックサロンの特待生になって、数々の難題をクリアし、モテ男を目指す！　笑って泣けるＴＩＰＳも満載！

角川文庫ベストセラー

TROISトロワ 恋は三では割りきれない　石田衣良 佐藤江梨子 唯川恵

新進気鋭の作詞家・遠山響樹は、年上の女性実業家・浅木季理子と8年の付き合いを続けながら、ダイヤモンドの原石のような歌手・エリカと恋に落ちてしまった……愛欲と官能に満ちた奇跡の恋愛小説！

ひと粒の宇宙 全30篇　石田衣良他

芥川賞から直木賞、新鋭から老練まで、現代文学の第一線級の作家30人が、それぞれのヴォイスで物語のひだを情感ゆたかに謳いあげる、この上なく贅沢な掌篇小説のアンソロジー！

本からはじまる物語　阿刀田高、有栖川有栖、いしいしんじ、石田衣良、市川拓司、今江祥智、内海隆一郎、恩田陸、篠田節子、柴崎友香 他

森を飛びから絵本をつかまえる狩人、ほしい本をすぐにそろえてくれる不思議な本屋、祖父がゆっくり本を読む理由、書店のバックヤードに隠された秘密……1話5分、本の世界の魅力がつまったアンソロジー。

バッテリー 全六巻　あさのあつこ

中学入学直前の春、岡山県の県境の町に引っ越してきた巧。ピッチャーとしての自分の才能を信じ切る彼の前に、同級生の豪が現れ!? 二人なら「最高のバッテリー」になれる！ 世代を超えるベストセラー!!

かんかん橋を渡ったら　あさのあつこ

中国山地を流れる山川に架かる「かんかん橋」の先には、かつて温泉街として賑わった町・津雲がある。そこで暮らす女性達は現実とぶつかりながらも、精一杯生きていた。絆と想いに胸が熱くなる長編作品。

角川文庫ベストセラー

幸福な遊戯　角田光代

ハルオと立人とわたし。恋人でもなく家族でもない者同士の共同生活は、奇妙に温かく幸せだった。しかし、やがてわたしたちはバラバラになってしまい――。瑞々しさ溢れる短編集。

ピンク・バス　角田光代

夫・タクジとの間に子を授かり浮かれるサエコの家に、タクジの姉・実夏子が突然訪れてくる。不審な行動を繰り返す実夏子。その言動に対して何も言わない夫に苛つき、サエコの心はかき乱されていく。

あしたはうんと遠くへいこう　角田光代

泉は、田舎の温泉町で生まれ育った女の子。東京の大学に出てきて、卒業して、働いて。今度こそ幸せになりたいと願い、さまざまな恋愛を繰り返しながら、少しずつ少しずつ明日を目指して歩いていく……。

愛がなんだ　角田光代

OLのテルコはマモちゃんにベタ惚れだ。彼から電話があれば仕事中に長電話、デートとなれば即退社。全てがマモちゃん最優先で会社もクビ寸前。濃密な筆致で綴られる、全力疾走片思い小説。

薄闇シルエット　角田光代

「結婚してやる」と恋人に得意げに言われ、ハナは反発する。結婚を「幸せ」と信じにくいが、自分なりの何かも見つからず、もう37歳。そんな自分に苛立ち、戸惑うが……ひたむきに生きる女性の心情を描く。

角川文庫ベストセラー

ナラタージュ　島本理生

お願いだから、私を壊して。ごまかすこともそらすこともできない、鮮烈な痛みに満ちた20歳の恋。もうこの恋から逃れることはできない。早熟の天才作家、若き日の絶唱というべき恋愛文学の最高作。

一千一秒の日々　島本理生

仲良しのまま破局してしまった真琴と哲、メタボな針谷にちょっかいを出す美少女の一紗、誰にも言えない思いを抱きしめる瑛子――。不器用な彼らの、愛おしいラブストーリー集。

クローバー　島本理生

強引で女子力全開の華子と人生流され気味の理系男子・冬冶。双子の前にめげない求愛者と微妙にズレてる才女が現れた！　でこぼこ4人の賑やかな恋と日常。キュートで切ない青春恋愛小説。

波打ち際の蛍　島本理生

DVで心の傷を負い、カウンセリングに通っていた麻由は、蛍に出逢い心惹かれていく。彼を想う気持ちと不安。相反する気持ちを抱えながら、麻由は痛みを越えて足を踏み出す。切実な祈りと光に満ちた恋愛小説。

B級恋愛グルメのすすめ　島本理生

自身や周囲の驚きの恋愛エピソード、思わず頷く男女間のギャップ考察、ラーメンや日本酒への愛、同じ相手との再婚式レポート……出産時のエピソードを文庫書き下ろし。解説は、夫の小説家・佐藤友哉。

角川文庫ベストセラー

ブルーもしくはブルー　山本文緒

偶然、自分とそっくりな「分身（ドッペルゲンガー）」に出会った蒼子。2人は期間限定でお互いの生活を入れ替わってみるが、事態は思わぬ展開に……！　読みだしたら止まらない、中毒性あり山本ワールド！

紙婚式　山本文緒

一緒に暮らして十年、こぎれいなマンションに住み、互いの生活に干渉せず、家計も別々。傍目には羨ましがられる夫婦関係は、夫の何気ない一言で砕けた。結婚のなかで手探りしあう男女の機微を描いた短篇集。

恋愛中毒　山本文緒

世界の一部にすぎないはずの恋が私のすべてをしばりつけるのはどうしてなんだろう。もう他人を愛さないと決めた水無月の心に、小説家創路は強引に踏み込んで――吉川英治文学新人賞受賞、恋愛小説の最高傑作。

あなたには帰る家がある　山本文緒

平凡な主婦が恋に落ちたのは、些細なことがきっかけだった。平凡な男が恋したのは、幸福そうな主婦の姿だった。妻と夫、それぞれの恋、その中で家庭の事情が浮き彫りにされ――。結婚の意味を問う長編小説！

シュガーレス・ラヴ　山本文緒

短時間、正座しただけで骨折する「骨粗鬆症」。恋人からの電話を待って夜も眠れない「睡眠障害」。フードコーディネーターを襲った「味覚異常」。ストレスに立ち向かい、再生する姿を描いた10の物語。